T0246827

LA
Taxonomía
DEL
Amor

RACHAEL ALLEN

Traducción de Jeannine Emery

Argentina – Chile – Colombia – España
Estados Unidos – México – Perú – Uruguay

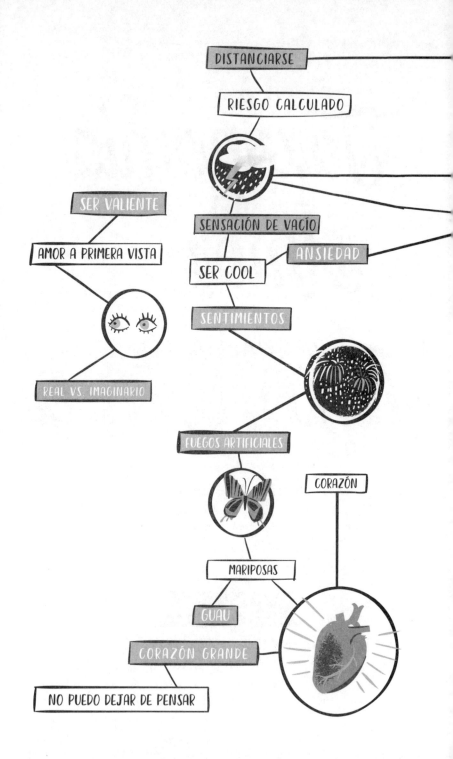

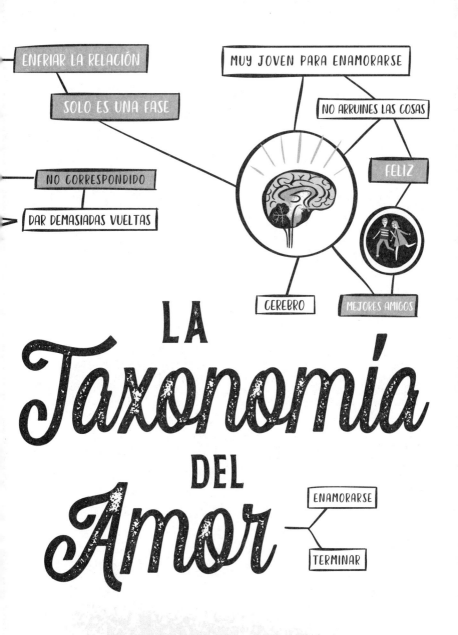

ENFRIAR LA RELACIÓN

MUY JOVEN PARA ENAMORARSE

SOLO ES UNA FASE

NO ARRUINES LAS COSAS

NO CORRESPONDIDO

FELIZ

DAR DEMASIADAS VUELTAS

CEREBRO

MEJORES AMIGOS

LA Taxonomía DEL Amor

ENAMORARSE

TERMINAR

RACHAEL ALLEN

Título original: *A Taxonomy Of Love*
Editor original: Amulet Books
Traductor: Jeannine Emery

1.ª edición: enero 2022

ISBN: 978-84-96886-91-9
E-ISBN: 978-84-17312-27-5
Depósito legal: B-18.262-2021

Fotocomposición: Ediciones Urano, S.A.U.

Impreso por: Rodesa, S.A. – Polígono Industrial San Miguel
Parcelas E7-E8 – 31132 Villatuerta (Navarra)

Impreso en España – *Printed in Spain*

Para Susan, por creer,
y para Zack, por todo.

Prólogo

El verano que cumplí trece años sucedieron dos cosas importantes.

Hope se mudó a la casa de al lado.

La señora Laver nos mandó a hacer un proyecto sobre taxonomías. El objetivo: tomar fotografías de veinte clases diferentes de insectos y clasificarlos trazando sus taxonomías.

Lo mejor fue encontrar un escorpión de Carolina con catorce crías color blanco lechoso sobre su espalda. Eran exactamente iguales al escorpión adulto, salvo que eran de color claro y diminutas: pinzas minúsculas, patas filiformes, cuerpos más pequeños que el aguijón de la madre.

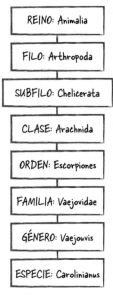

REINO: Animalia

FILO: Arthropoda

SUBFILO: Chelicerata

CLASE: Arachnida

ORDEN: Escorpiones

FAMILIA: Vaejovidae

GÉNERO: Vaejouvis

ESPECIE: Carolinianus

Mirar el mundo de aquel modo me pareció completamente lógico. Porque están todos los escorpiones juntos en una rama, con sus pinzas y sus colas segmentadas en un extremo. Y si subes una rama, llegas a la clase *Arachnida*, que puede sorprenderte al comienzo porque las arañas y los escorpiones no se parecen demasiado, pero luego te das cuenta de que ambos son invertebrados, con ocho patas segmentadas. Y si sigues subiendo más y más, puedes ver que todos los organismos vivos se parecen entre sí, pero también que son diferentes, y también cuántos grados de diferencia existen. Puedes ver hasta qué punto todo encaja.

Cuando terminó el proyecto, comencé a dibujar taxonomías en todos lados: generalmente, eran cosas divertidas y bobas. Pero, sin darme cuenta, las trazaba todo el tiempo. A algunas personas no les gustaban las etiquetas ni los casilleros, pero yo creo que pueden ayudar a que te entiendas a ti mismo. A veces. Como cuando has estado comportándote de un modo muy extraño sin poder evitarlo, y el médico finalmente te dice que tienes síndrome de Tourette. Son más que etiquetas y palabras. Es el momento *ajá*, junto con una explicación y un plan. Etiquetas como estas pueden quitarte un peso de encima.

Supongo que por eso siempre me ha gustado tanto clasificar a las personas y las cosas, aunque se trate solo de descifrar las criaturas de las cartas de Magic: el Encuentro es la más parecida a mi temible profesora de Educación Física. Quiero decir que estas taxonomías incluso podrían ser mejores que las cartas Magic. Quizá finalmente pueda explicarme por qué veo las cosas de modo tan distinto a todos los demás. Quizá podría usarlas para comprender por qué mi hermano mayor siempre parece gustarle tanto a las chicas. Quizá podría usarlas para comprenderlo *todo*.

Parte uno

13 años

UNA TAXONOMÍA DE LAS CHICAS QUE HACEN DIFÍCIL CONCENTRARSE EN LOS DEBERES DE MATEMÁTICAS

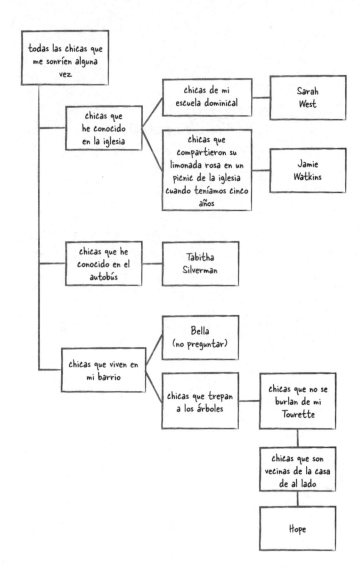

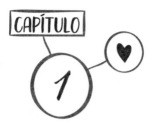

CAPÍTULO 1

Mi vecina de la casa de al lado, Hope Birdsong, tiene poderes mágicos. Estoy seguro de ello al ochenta por ciento.

Dato: consigue que matones que la doblan en tamaño le tengan miedo (lo cual implica control mental o, como mínimo, valentía sobrenatural).

Dato: su pelo huele a las madreselvas en primavera, y tiene el mundo entero colgado en las paredes de su habitación.

Dato: ¿os habéis dado cuenta de que se llama Hope Birdsong*? La gente normal no tiene esa clase de nombres.

Teniendo en cuenta esta información, la felicidad debería estar saliéndome por los poros. Pero hay un problema.

Dato: Hope Birdsong jamás pero jamás podrá corresponder a mi amor.

La culpa es de las galletas.

En cualquier momento del día, hay un treinta y cinco por ciento de probabilidades de que mi madrastra esté horneando galletas. Algunos días, las galletas parecen más que productos horneados: son presagios sobre sucesos extraordinarios. Otros días son, sencillamente, increíblemente deliciosas.

---

* N. del E.: «Hope» en inglés significa «Esperanza» y «bridsong», «canción de ave».

Pam está trabajando en otra tanda de flores de mantequilla de cacahuete cuando oigo un motor potente deteniéndose con una larga exhalación en la casa de al lado. Antes de que se abran las puertas, escudriño a través de las cortinas metálicas, cruzando los dedos para que quienes salgan de la furgoneta de mudanza sean chicos y no un tropel de neandertales como mi hermano mayor, Dean, y todos sus amigos. Espero y me ilusiono. La imagen de las plantas carnívoras desplegada en el lado de la furgoneta parece una muy buena señal.

Ojalá sea el tipo de chico a quien le guste Minecraft y los equipos de espionaje más que darle puñetazos a la gente.

Ojalá crea que la mejor manera de pasar el viernes por la noche sea haciendo camping.

Ojalá…

Y nunca consigo acabar la idea porque la puerta se abre, y *ella* salta fuera.

—Spencer, ¿qué miras? —pregunta Pam.

Hay cosas que pueden dejarte tan extasiado que no tienes más remedio que ser sincero.

—La chica más guapa que he visto en mi vida.

—Ah, ¿sí? ¿Cómo es?

Un dejo de diversión se percibe en su voz; resulta bastante guay que no se burle de mí. De hecho, Pam es, sobre todo, una madrastra bastante guay, salvo cuando hace cosas raras como flipar y comprar cantidades industriales de productos de limpieza solo porque le he dicho que hago pis en la ducha. Como si no lo hiciera todo el mundo.

—Tiene el pelo blanco —consigo decir al fin.

Pam levanta la mirada desde donde se encuentra enjuagando un cuenco.

—Te refieres a que es rubio.

—No. *Blanco.* —Prácticamente, brilla. Me recuerda a la fibra óptica.

Observo maravillado mientras retoza en el jardín con un pastor alemán que está a mitad de camino entre un perro adulto y un cachorro.

—¡Hope! —grita una voz desde la casa, y ella corre dentro.

Hope. Por supuesto que *esperanza* es su nombre.

El horno emite un pitido.

—¿Crees que deberíamos llevar algunas galletas a los vecinos nuevos? —pregunta mi madrastra.

¡SÍ! ¡Sí, esa es la mejor idea en la historia de las ideas! Sí, debo hacerlo ahora mismo porque Hope ha desaparecido hace seis segundos enteros, ¡y ya comienzo a sentir el síndrome de abstinencia! Abro la boca, pero no emito sonido alguno. La única palabra escurridiza, que me cambiaría la vida, permanece cruelmente fuera de mi alcance.

Y en aquel preciso instante, oigo la voz de mi hermano por detrás.

—¿Quién es esa chica con el pelo blanco?

¡Hope! Me vuelvo, y allí está de nuevo en su jardín.

—Chicos. ¿Queréis galletas? —Pam extiende el plato reluciente, y me mira, pero mi mandíbula ha quedado inmovilizada. Aunque no la de Dean. Pasa a toda velocidad y arrebata el plato directamente del aire, arrancándome también a mí la seguridad directamente del pecho. Debió verme intentar decir que sí. Mis sentimientos eran tan grandes que burbujeaban contra el techo y salían filtrándose por la ventana abierta. Debió notarlo.

Observo —furioso— cómo el imbécil sube de un salto los escalones del porche de los nuevos vecinos, directo al corazón de Hope.

Debió ser mi mano la que golpeara con estruendo el llamador con forma de ancla que los Rackham olvidaron.

Debieron ser mis ojos los que devoraran su sonrisa y se la devolvieran.

Debí ser yo.

Al día siguiente sigo abatido. Pam sugiere que vaya y me presente —de eso nada— y luego dice que, si sigo con esa cara, me llevará ella misma y me obligará a estrecharles la mano a todos los miembros de la familia, así que decido que es hora de salir de la casa. Lo antes posible.

Huyo al vestíbulo y trato de pensar en el siguiente paso. Supongo que podría ver si Mimi, mi abuela, quiere ir a hacer senderismo. Miro por la ventana al apartamento sobre el garaje donde vive Mimi desde que murió el abuelo, hace seis años. La luz está encendida, así que seguramente está en casa. No puedo evitar lanzar una mirada a la casa de los vecinos, pero no veo a Hope y, de cualquier forma, tengo que dejar de comportarme de un modo tan patético.

Sacudo la cabeza y cojo mis botas de montaña. No esperaba encontrar una oruga detrás.

«Vaya, amiguita. ¿Cómo has conseguido entrar?».

Es color café, con una mancha de un intenso color verde lima que cubre todo su dorso como una manta, salvo en el medio, donde hay un pequeño círculo color café que parece destinado a un jinete en miniatura. No la levanto. La picadura de la oruga es peor que la de diez avispas. ¿Esos pelos que cubren los cuernos de la cabeza y la cola y que parecen tan simpáticos para acariciar? Son espinas llenas de veneno.

Pero no lo puedo resistir. Apoyo el dedo índice sobre la suave piel de la silla de montar de la oruga. Retrae la cabeza y la cola, y su cuerpo se curva en una U. *El zoológico de mascotas está cerrado hoy, amiga.* Aparto la mano bruscamente. Estoy casi seguro de que me mira fijamente.

—Ey, Spencer. ¿Qué haces? —Papá aparece de pronto y se sienta en el banco frente a mí.

—Oh, pues, acabo de encontrar esta oruga.

La observa.

—Vaya. Qué tipeja más graciosa. Escucha, Dean y yo tenemos pensado ir a las cabañas para hacer algunas reparaciones. Pero quizá prefieras quedarte aquí atrapando orugas, ¿verdad?

En realidad, no me mira cuando habla, está ocupado en calzarse sus zapatillas de deporte sin molestarse en desatarlas antes.

—Eh, sí, claro. —La última vez que intenté ayudar en las cabañas, hubo un incidente desafortunado con una grapadora.

—Eso creí. —Toca la parte de arriba de mi gorra—. Nos vemos, amigo.

(Todo lo que hay que saber sobre mi padre: una vez se cortó la pierna con una motosierra mientras talaba árboles, y se dio una ducha *además* de prepararse un sándwich de tocino, lechuga y queso antes de conducir él mismo hacia el hospital para que lo atendieran).

Voy a buscar un trozo de papel de la impresora y, con la punta de un guante de trabajo, empujo a la oruga con suavidad para que suba encima. Dean entra corriendo y mete a la fuerza los pies en los zapatos, también sin desatar.

—Mierda, me olvidé el sombrero. —Regresa corriendo escaleras abajo a su habitación.

Desciendo la mirada a mis botas sin atar. Me pregunto si todo el mundo se pone los zapatos del mismo modo salvo yo. Quizá mi madre no lo haga. Quizá beba leche desnatada con el *delivery* de comida china, aunque a todo el mundo le parezca un asco. Pero no lo sé. En realidad, no la he visto desde que tenía cinco años.

Llevo la oruga ensillada afuera sobre su camilla de papel. Se nota que es verano solo por los ruidos: los chicos, que gritan y ríen, y el sonido de un balón de baloncesto que golpea contra el asfalto y resuena en el aire. Por algún motivo, el bullicioso partido que han improvisado al otro lado de la calle me hace sentir más solo que nunca.

Luego advierto que no es así. Quiero decir, que no estoy solo.

Hope está quieta en su porche delantero, con el plato de galletas vacío aferrado contra el pecho. Y la expresión de su rostro se parece, estoy bastante seguro, a la mía de hace un momento.

Dean azota la puerta detrás de mí. Hope se vuelve hacia el sonido. Me ve. Saluda con la mano en alto. Baja los escalones. Esta podría ser mi oportunidad. Tengo aproximadamente doce segundos para que se me ocurra una presentación deslumbrante. Algo que me haga parecer sofisticado. Guay. Misterioso.

—Este es mi hermano Spencer. Está jugando con una oruga.

No eso.

Pero ella sonríe.

—Hola, soy Hope.

—Hola —digo. Y luego tengo un tic. Tan solo me encojo de hombros. Quizá, el menos vergonzoso de mis tics, pero ahora solo puedo pensar en si parezco indiferente o desequilibrado. El movimiento que hago con los hombros cuando tengo el tic de encogerlos no es el mismo que cuando los encojo de verdad. Cuando tengo el tic parece que mis hombros estuvieran conectados a un trozo de cuerda y alguien hubiera decidido que sería divertido darle un tirón.

Hope no parece notar siquiera cuando encojo los hombros un par de veces más a causa del tic. Es demasiado pronto aún para ponerla en la lista de «chicos que no se burlan de mí», pero es una posibilidad muy concreta.

—Yo, eh, os he traído el plato. Las galletas estaban muy buenas. Gracias.

Extiendo la mano, pero Dean coge rápidamente el plato antes que yo (de nuevo). Su mano roza la de Hope, y las mejillas de ella se sonrojan. Odio a mi hermano. Quiero decir, lo odio de verdad.

—¡Dean! —ruge papá desde la camioneta—. Vamos.

—Nos vemos. —Inclina la cabeza hacia Hope y empuja el plato contra mi pecho como si estuviera haciendo un pase de fútbol.

Supongo que esperaba que Hope se marchara después de eso porque me sorprende cuando se queda quieta delante de mí.

—Así es que… ¿en qué curso estás? —pregunta.

—Séptimo.

—¡Yo también!

Estoy pensando que quizá esta sea la mejor noticia que he recibido en todo el verano cuando una mujer con los brazos más tonificados que he visto en mi vida emerge de la casa de Hope.

—¿Estás lista para ir al mercado?

—Claro —le responde Hope por encima del hombro. Me sonríe—. Te veré luego, ¿no?

—Claro. Por supuesto. —Me siento orgulloso de mí mismo porque he conseguido decirlo mientras se alejaba en lugar de hacerlo cuando ya estuviera dentro del coche.

Un par de jugadores de baloncesto la miran mientras pasa. Ya puedo verlo con claridad: la integrarán rápidamente en el grupo, y ese será el fin de todo. Las posibilidades de que la semana que viene se burle de mí suben de poco probables a probables.

Pero luego noto que los observa mientras se aleja con su madre en el coche. Tiene de nuevo esa expresión. El gesto de alguien que está perdido.

Y las posibilidades vuelven a bajar de probables a remotamente posibles.

CAPÍTULO
2

Para que lo sepáis, cuando alguien dice que te verá luego y después no aparece durante cuatro días enteros, puedes apostar a que está llamándote «chico oruga» delante de todo el mundo.

Dean acaba de marcharse al campamento de béisbol, así que estoy en la sala jugando a lo que yo quiero el tiempo que quiero porque ni siquiera está aquí para quitarme el mando y subirme los calzoncillos por encima del pantalón. Es una tierra de alienígenas, ladrones de autos y zombis, y yo soy el rey y podría quedarme jugando para siempre. O durante los próximos diez minutos, porque al rey le vendría muy bien un descanso para beber una Mountain Dew.

Regreso de la cocina, con la bebida en la mano, cuando alguien toca a la puerta, y soy yo el que la abre (hay que entenderlo: obligado por Pam).

Es ella.

Me siento tentado de cerrar la puerta y volver a abrirla solo para estar seguro, pero no quiero parecer raro, así que, en cambio, me quedo mirándola y me pregunto si su pelo está hecho de luz de sol.

—Oye, ¿quieres salir? —pregunta.

Sí, digo. Salvo que dentro de la cabeza y no con la boca.

No, no, no, no, no. No de nuevo. ¿Así serán las cosas cada vez que la vea? ¿Los dientes apretados como si alguien los hubiera sellado con pegamento y la lengua adherida a la parte posterior de mi garganta? Hago un ruido gutural como si estuviera ahogándome. Hope me mira como preguntándose si tengo algún tipo de daño cerebral.

—¿Quieres… salir…? —Me dirige una sonrisa tranquilizadora. El ventilador del porche gira en círculos perezosos, una velocidad que produce en el pelo ondas hipnóticas.

—Claro —digo, aliviado de que se me haya aflojado la mandíbula. Pero entonces hago un tic y levanto los hombros. No uno grande, pero seguramente lo ha visto. Salvo que no reacciona. Quizá ha pensado que era un gesto normal. Quizá mi tic de hombros no es tan diferente como lo creo.

Y luego me pongo a pensar en mis tics, y en Hope notando mis tics, y en las marcas de bronceado que le cruzan la clavícula, y en si ella me ha visto mirando las marcas de bronceado, y santo cielo, la comezón de la nariz… *Hazlo. Simplemente, hazlo. Te sentirás mucho mejor.* Hay unas malditas hormigas rojas que caminan dentro de mi nariz y me hacen cosquillas con sus patas ásperas, y lo único que tengo que hacer es inspirar por la nariz para que se vayan.

Hope me está mirando.

No. No hagas el tic.

¡Tengo que hacerlo!

No lo hagas.

Pero las hormigas. Estoy tan desesperado por hacer el tic que… *Sniiifff.*

El alivio es inmediato. Creo que así debe de sentirse mi padre cuando se esconde detrás de la pila de troncos con un cigarro. Salvo que, además, me inunda una tremenda sensación de logro, como a nivel celular. Liberar un tic reprimido hace que me sienta como si acabara de trepar una montaña y todo va bien en el mundo.

Desciendo las escaleras tras Hope, esperando que no advierta esa inspiración ni las dos que han seguido.

Hago muchos tics (¿decenas de veces por día? ¿Cientos?), pero sin duda, sucede más cuando estoy nervioso. O quizá yo los advierta más cuando estoy nervioso. Es posible que ambos.

—¿A dónde vamos? —pregunto.

—Iba a trepar árboles. ¿Quieres venir?

MALDITA SEA, ¿ESTO ES VERDAD?

—Sí.

La sigo arrastrando los pies, la cabeza me da vueltas. Tengo una costumbre... sí, ya sé, es estúpido, pero tengo un mazo especial de cartas Magic en las que pego el nombre de diferentes personas según sus características (*obviamente*, no las valiosas). No sé, siento que me ayuda a entender mejor a las personas o algo así. Comencé ese juego un día que estábamos cazando y vomité. Mi padre y Dean se reían a carcajadas, y yo pensé, ¡los dos son Minotauros! Y si tuviera que darle una a Hope, diría que es una Bailarina de la arboleda sátira o quizá algún tipo de Dríada. Me he equivocado en el pasado (cuando mi padre comenzó a salir con Pam, estaba seguro de que era una Troll de montaña). Pero Hope tiene el pelo, el nombre y la costumbre de trepar árboles. A ninguna chica humana del colegio le divierte pasar los sábados trepando árboles. A esta altura, todas han sido lobotomizadas para divertirse de manera tradicional, y han comenzado a comportarse como Bella Fontaine, que vive al otro lado de la calle. Bella divide el tiempo entre su obsesión por los chicos, burlarse de personas como yo y las conspiraciones para ejercer el dominio del colegio vía mensajes de texto. Y, decididamente, no es una Dríada, aunque podría convencerme de que es una Arpía.

—He encontrado un bosquecillo con árboles perfectos para trepar. Está pasando el callejón hacia allá. —Señala en la distancia, proyectando la barbilla de un modo majestuoso. Para ser una chica, se trata de una barbilla fuerte, con una hendidura apenas marcada.

—¡Sí! Conozco ese lugar. Son los árboles de pecana.

—¿En serio? Qué genial.

—¡Lo sé! En el otoño vamos a recogerlas, y Pam prepara pasteles.

Las comidas caseras son el hobby de Pam (la obsesión). Pasteles, pepinillos, pan de masa fermentada, salsa de habanero y melocotón, mermelada de tocino. MERMELADA DE TOCINO. Le cuento a Hope sobre todas las cosas increíbles que puedes encontrar en nuestro armario de comida —ella parece creer que se llama una despensa— y también que los pepinillos caseros no saben ni remotamente a los comprados.

—Te aseguro, estos pepinillos cambiarán completamente la forma en la que ves los pepinillos.

—Qué guay que te lleves bien con tu madrastra —dice.

—Oh, sí. Pam es genial.

(Todo lo que hay que saber sobre Pam: es la que sube fotos a Pinterest que enloquecen a otras mujeres, y las hacen reconsiderar su capacidad como esposas/madres/operadoras de pistolas de silicona. Salvo que no lo hace a propósito. Realmente, le gusta andar pegando cosas con la pistola de silicona).

Hope me pregunta cómo es el colegio aquí, y le cuento una versión que me hace parecer un veinte por ciento más guay.

—¿Es extraño tener que volver a hacer amigos desde cero? —pregunto—. Seguramente, tenías un millón de amigos en tu antiguo colegio.

—Oh, claro. Eh… millones. —Echa un vistazo a la canasta de baloncesto al final de la calle.

Nuestras palabras van y vienen al tiempo que nos apartamos del camino y nos abrimos paso entre brezos y encajes de la reina Ana. Sujeto una rama hacia atrás para que pase Hope en lo que considero un gesto sumamente cortés y caballeresco, y luego inspiro una vez más, lo que le llama la atención:

—¿Estás resfriado?

—Este, eh… sí. —Y luego hago una pausa. No quiero hacerlo, pero no tengo el tipo de síndrome de Tourette que me permita decidir si lo cuento y cuándo lo hago. Con lanzar una catarata de tics verbales, la gente se da cuenta de que *algo* me está pasando, aunque no sepa exactamente qué. Y luego me pregunta: «¿Qué te pasa?» o la más amable: «¿Estás bien?», al tiempo que me dirige una mirada de preocupación que, en realidad, significa: «¿Qué te pasa?». No soportaría escuchar a Hope preguntarlo, así que respiro hondo y se lo digo sin más—. Bueno, en realidad, no. Es decir, tengo el síndrome de Tourette.

Espero a que se aparte de mí. Es lo que hace el noventa y siete por ciento de las personas cuando lo cuento. Puede ser que sus ojos sonrían y sus bocas estén diciendo palabras amables, pero sus cuerpos los traicionan: un impulso primitivo de apartarse por si acaso les pueda contagiar mi rareza.

—¿Cómo es? —pregunta. Se inclina hacia delante mientras pregunta. Es algo tan insignificante, pero en ese momento siento que mido tres metros.

De un salto me encaramo al árbol de pecana más cercano, y ella se impulsa justo a mi lado.

—No suelto palabrotas todo el tiempo ni nada. Solo, ya sabes, inspiro o me encojo de hombros, y a veces siento deseos de repetir una palabra que escucho. Una y otra vez. Como si fuera imposible no hacerlo.

Ella asiente como si no supiera qué decir y sigue trepando.

—De todas formas, no es nada del otro mundo. —Hago el tic de inspirar. Salvo que es porque estoy avergonzándome delante de una chica que me gusta.

Hope se sienta en una rama y balancea las piernas, y yo me poso sobre una que está enfrente. Coge un puñado de vainas verdes y duras.

—¿Así que estas se convertirán en pecanas?

—Sip. Pecanas. —Y en ese momento mi cerebro de Tourette decide que realmente me odia porque se aferra a la palabra «pecanas» y no puedo dejar de pronunciarla. *Pecanas*. Pero la pronuncio como si fuera «peee-canas», porque, aparentemente, hoy soy tan sureño como Mimi.

»PEEE-CANAS. —Si solo pudiera hacer que mi boca...—. PEEE-CANAS.

Ufff. Sigo repitiéndola, gritándola a medio volumen. Mi voz hace eco a través del bosquecillo de árboles, que ahora ya no me gusta tanto. Este es el motivo por el cual tengo que llevar una toalla cada vez que voy al cine. Quisiera taparme la boca con algo ahora mismo. Intento cubrirla con los dedos.

—PEEE-CANAS. —Vaya, esto es genial.

—¿De verdad que no puedes dejar de hacerlo? —Ahora me mira directamente. Estoy acostumbrado a que las personas se queden mirándome, pero solo un segundo, lo suficiente para encasillarme dentro de la categoría de «Personas a las que no se debe mirar ni hablar». Luego se vuelven como si no me hubieran visto en absoluto. Esto es diferente.

—No. —Salvo que creo que quizá sí haya dejado de hacerlo ahora. Pero no quiero fijar la atención demasiado en eso y provocarlo de nuevo, así que intento vaciar la mente de la palabra y comenzar a hablar rápido de lo primero que se me cruza por la cabeza—. Pero este verano fui a un campamento de Tourette... en realidad, volví la semana pasada... y pude conocer a otras personas que lo tienen y compartir mecanismos para manejar los tics. —Caray, tengo que impedir que este barco se hunda—. Allí conocí a Sophie.

—¿Sophie? —El sol, que entra a raudales a través de las hojas, le toca el rostro, y Hope arruga la nariz.

¡Sí! ¡Sophie! ¡Sophie es guay! ¡Sigamos con la idea de Sophie!

—Sí. Sophie es genial. Nos enviamos mensajes casi todos los días.

¿Ves? Sophie es una chica y le gusto. Yo también podría gustarte a ti.

—Oh. —Trepa aún más alto, y no alcanzo a ver su cara—. Pues eso es genial. Eh… y Dean, ¿tiene novia?

Algo cae del interior del árbol y estalla contra las piedras que están abajo. Mi corazón. Estoy casi seguro de que es mi corazón.

¡Miente! ¡Miente! ¡Miente!

—No —digo (la verdad, ufff)—. No tiene novia.

Antes de que ella pueda hacer algo terrible, como pedirme que le pregunte a mi hermano si cree que es guapa, me anticipo:

—Voy a probar otro árbol. —He trepado todo lo lejos que podía en este.

Me abro camino hacia la rama más baja colgándome de los dedos antes de dejarme caer al suelo. Aún no he recuperado el equilibro cuando unas manos me empujan contra el tronco. Siento un ramalazo de pánico y desconcierto, pero consigo enderezarme. Levanto la mirada, más y más. Y veo los rostros de Ethan Wells y dos de sus amigos orangutanes. ¿Cómo he podido ignorar que estarían aquí? Supongo que no los he oído por encima del sonido de mi corazón quebrándose.

El rostro de Ethan se acerca tanto que tengo la impresión de que va a devorar el mío.

—¿Qué hay, Spencer?

—Dean está en el campamento de béisbol —digo lo más rápido que puedo. La ausencia de mi hermano debía significar dos semanas enteras sin latigazos con toallas, sin que me bajaran los pantalones, sin escuchar todo el día «Deja de golpearte». No más pezones púrpuras por parte de los amigos de Dean, que parecen pasar cada momento del día aguardando a que aparezca tras doblar una esquina. Iba a ser un preámbulo glorioso al otoño, cuando todos comiencen su primer año en el instituto y yo esté en séptimo curso, solo.

Los simios sonríen.

—Sí. Ahora tu hermano mayor no está aquí para protegerte —dice con voz más alta.

¿Dean? ¿Para protegerme? Sigo intentando comprender la validez de la declaración cuando Ethan dice:

—No estábamos buscando a Dean. Te buscábamos a ti.

—¿A mí? —Inspiro e intento disimularlo limpiándome la nariz.

—Sí. A ti. ¿Has estado observando a mi novia por la ventana?

—¿Qué? No. —Hago el tic de encoger los hombros.

—¿Estás seguro? Porque estás encogiendo los hombros como si no lo supieras. —Tuerce la boca en una mueca divertida como si fuera el rey de todas las cosas graciosas. Los simios sueltan una risita maliciosa.

—No. Lo juro. —No me acercaría ni a diez metros de esa vaca.

—Estás mintiendo, pervertido asqueroso. Bella te vio apuntando tus prismáticos a su ventana.

Oh, mierda.

—No es cierto. Había un pájaro carpintero pelirrojo en el árbol que está junto a su casa. Lo estaba observando almacenar saltamontes en las grietas de la corteza.

—Un pájaro carpintero. Claaaro. Pues, por si acaso se te ocurra alguna idea, creo que vamos a tener que enseñarte una lección sobre el avistamiento de aves. —Hace crujir sus nudillos. Mi piel se estremece. No puedo creer que Hope vaya a ver esto—. Pide perdón. Pide perdón por espiar mientras estaba cambiándose.

Entonces llego a ese punto conocido en el que, sencillamente, ya no puedo aguantar más.

—¿Por espiar a qué? ¿A una gárgola?

Me empuja contra el árbol.

—¿Qué has dicho? —Convergen sobre mí, un Cerbero de tres cabezas, y me pregunto si las palizas funcionan como la memoria muscular, porque puedo sentir las magulladuras que están esperando formarse. Las manos de Ethan se hunden en mis hombros.

Siempre me da la impresión de que mis arrebatos valen la pena hasta el primer puñetazo. Me encantaría echarle la culpa al Tourette, pero esto es al cien por cien culpa de mi propia estupidez.

—Escucha, pedazo de cabrón. —Hope salta hacia abajo desde una rama y aterriza a mi lado con un golpe suave—. A mi chico Spencer no le importa una mierda ver a tu novia en su sujetador infantil.

El puño de Ethan queda congelado en el aire como si esto fuera una película en la que, solo si aprietas el botón de *play*, verás la parte donde me rompe la nariz.

Hope aprovecha la oportunidad para alejar mi cara de la línea de ataque. Los simios nos observan con miradas más estúpidas que lo habitual, sus nudillos y cerebros completamente inmovilizados.

Aguardo a que los músculos pendencieros de Ethan se vuelvan a poner en movimiento. Hope hace sonar cada uno de sus dedos. ¿Tiene miedo? No parece asustada en absoluto. Ethan sí parece un poco atemorizado.

—Vamos a casa a tomar un refresco —continúa— y, si sabes lo que te conviene, no nos seguirás porque mi madre es la única mujer bombero de Peach Valley.

Esta chica no es una chica común y corriente. Esta es la reina de las chicas duras. Y, por lo que parece, le viene de familia.

Hope guía el camino, y yo la sigo, aturdido, preguntándome cómo sigo vivo.

—Cielos, Spence, ¿era necesario que dijeras que su novia es una gárgola? Es como si quisieras que te dieran una paliza.

Spence. Me ha llamado Spence.

—No conoces a Ethan. Me va a moler a palos de todos modos, así que más vale que haga que valga la pena.

Me mira como si todas mis células hubieran cambiado de lugar y me hubiera convertido en otra cosa.

—Claro. Me gusta tu rollo, Spence.

—Gracias. —Si me sigue llamando así, voy a estamparme contra un árbol.

El cumplido de Hope me pone de tan buen humor que apenas noto algo mientras caminamos a través del bosque, ni siquiera cuando cruzamos taconeando el porche trasero, ni cuando coge dos trozos de queso en hebras de la nevera. Pero luego abre de par en par la puerta de su habitación, y tengo la sensación de que mis terminaciones nerviosas se multiplican y mis ojos se reproducen con treinta mil facetas como los de la libélula. Porque jamás he visto un dormitorio como este.

Fotografías de personas y animales, como las que se ven en la *National Geographic*, sujetas con chinchetas de un extremo al otro de la habitación. Globos aerostáticos, junto a un oso polar, junto a la Torre Eiffel. Un cañón hecho de fractales de hielo. Monjes tibetanos llevando los cuernos más grandes que haya visto jamás. Un mapa del mundo que ocupa la mitad de una pared y otro de los Estados Unidos, encima de su escritorio. Y luego otros mapas, más pequeños, como el del mar Caribe, junto a su ventana. Me acerco arrastrando los pies y advierto una chincheta violeta con la forma de la letra *J*, clavada en Haití.

—¿Qué es esto? —pregunto.

—Es por Janie, mi hermana. El mes pasado estuvo en Sudáfrica y ahora está en Haití. —Le da un golpecito a la *J*, pero no la conozco lo suficiente como para entender la expresión de su rostro—. Se marchó hace nueve semanas. Jamás hemos estado tanto tiempo separadas. —Sacude los hombros de arriba abajo como si con ello pudiera minimizar el asunto—. Pero está bien. Hemos estado enviándonos mensajes por la noche y postales. ¡Y mira! Me hace dibujos. —Señala una mujer con los brazos alrededor de su hija; un mercado abarrotado de gente; dos niños cogidos de la mano delante de los despojos de una tormenta. Los dibujos son preciosos, pero las caras… Siento como si, al estilo Matrix, me estuvieran descargando en el cerebro todo lo que han vivido.

—Guau. Las caras… —No puedo decir más.

Hope asiente.

—Lo sé.

—Entonces, ¿es artista?

—No. Solo es algo que le gusta hacer. Fue por un proyecto para instalar paneles solares. Ya sabes… en hospitales, escuelas y otros lugares. Trabaja para una fundación y tendrá oportunidad de ayudar a mucha gente y de viajar por todo el mundo. —Extiende sus brazos y hace media pirueta—. Y algún día yo también viajaré por todo el mundo. Mi madre dijo que debo planear un viaje cuando Janie esté fuera de la ciudad… para no echarla tanto de menos, sabes. —Hace un gesto en dirección al mapa—. Así que estoy planeando un viaje a Haití. Vamos a ver la Citadelle y las ruinas del palacio de Sans-Souci. ¡Y las cuevas! No te imaginas las cuevas que hay en Haití. —Sus dedos cruzan el mapa rozándolo como insectos de agua, deteniéndose un instante sobre cada lugar en el que ha dibujado el ícono de una cueva—. Y Janie y yo vamos a recorrerlas todas a pie. ¿O crees que será mucho?

—En absoluto. Me parece una idea genial. —Sonríe abiertamente, y me devano los sesos para que se me ocurra algo lo bastante emocionante como para que le interese a una chica que planea recorrer cuevas en Haití. Sigo pensando mientras ella se desplaza hacia el mapa que planeó cuando Janie estaba en Sudáfrica. Y entonces veo Madagascar, prácticamente haciéndome señas, y de pronto me acuerdo.

—¡Madagascar tiene algunos de los insectos más increíbles del mundo!

Hope hace una pausa en la mitad de la oración, disimulando la sorpresa por mi exabrupto. Pero luego sonríe.

—¿En serio?

Lo entiendo como una señal de que debo avanzar sin detenerme.

—Oh, sí. Quiero decir, sé que no es lo mismo que Sudáfrica, pero tal vez tengáis oportunidad de ir también allí. Y tienen las mariposas más hermosas que te puedas imaginar. Bueno, en realidad, son polillas. Las polillas crepusculares de Madagascar tienen alas de miles de tonos rosas, verdes y naranjas. Y lo más genial es que sus alas ni siquiera tienen pigmentos. Cuentan con unas especies de micro-cintas entretejidas, que refractan la luz. —*¿Realmente, acabo de contarle sobre las micro-cintas? Debo dejar de hablar. Debo hacerlo de verdad.* Pero la información sobre los insectos sigue brotando de mi boca—. Y hay unas arañas, las arañas de corteza de Darwin, que fabrican una de las telarañas más grandes del mundo: alcanzan los veinticinco metros de ancho y son más fuertes que el acero, el titanio o incluso el Kevlar. —De pronto, caigo en la cuenta de que me estoy sobrepasando y termino—: Claro, si te gustan los insectos...

Tarda horas en reaccionar. Mis zapatos comienzan a echar raíces; el polvo se acumula en mis hombros. *Ay, hombre, debe estar pensando que esto es muy aburrido. ¿Acaso crees que les gustan las arañas a las chicas? Por lo menos comencé con las polillas. Pero...*

—Sí. Sí, eso podría ser increíble. —Y me doy cuenta de que lo dice en serio.

Sonrío como un idiota.

—¿De verdad?

—Claro. Me encantaría que a más gente le entusiasmaran estas cosas.

Me devuelve la sonrisa, y no puedo mirarla, así que en cambio miro el mapa sobre su escritorio y advierto una *H* azul.

—Así que supongo que esta eres tú...

—Sí. Se puede decir que la mía siempre está atrapada aquí en Georgia. —Suspira—. Pero hay tantos lugares a los que quiero ir. ¿Ves?

Señala un trozo de papel madera que se despliega desde el techo hasta el suelo. Debe haber por lo menos cien ciudades garabateadas encima.

—Juntas, vamos a ir a todas estas. Ya sabes, algún día. Y estas otras chinchetas… son los lugares a los que ya hemos ido. —Con un amplio ademán señala el mapa, en el que unas cuantas chinchetas violetas y algunas azules salpican los Estados Unidos—. Las de Janie son las violetas. Yo tengo las azules.

Toco una tachuela azul en Nueva Orleans y me imagino a Hope allí.

—Es genial —digo casi para mí mismo.

Me mira como si estuviera midiéndome, y lo que ve pasa la prueba. Rebusca en el cajón del escritorio y coloca una caja de chinchetas en mi mano. Siento como si estuviera dándome las llaves para entrar en otro mundo.

—Tú puedes ser las amarillas.

25 de julio

¡Hola, Janie!

    ¿Cómo van las cosas en Haití? Por aquí estamos bien, pero es muy extraño vivir en una casa nueva sin ti. Todo es diferente.

    He conocido a los vecinos de al lado. Hay un chico que se llama Spencer. Tiene mi edad. Hoy hemos subido a los árboles. Es muy guay, pero creo que tiene una novia llamada Sophie. De cualquier manera, lo he incluido en el proyecto de nuestros viajes. Espero que no te importe. Además, su hermano mayor, Dean, es guapísimo, aunque se porta como un idiota cuando está con los amigos.

    ¡Escribe pronto! ¡Te echo de menos!

    Hope

10 de agosto, 10:59 p. m.

Janie: ¡¡HAS CONOCIDO A UN CHICO!!

Hope: Veo que has recibido mi postal.

Janie: Eh, sí. Lo cual quiere decir que conoces a este chico desde hace días, incluso semanas.

Janie: En realidad, ¡CHICOS!

Janie: ¡Hay dos!

Janie: ¿Cómo puedes guardar un secreto cuando sabes que estoy desesperada por recibir noticias?

Hope: Es solo un chico.

Janie: No te creo.

Hope: :/

Hope: De cualquier manera, tiene novia, así que olvídalo.

Janie: Ja. Sabes que eso no ocurrirá nunca.

Janie: Oye, ¿y el hermano sexy? ¿Tiene novia?

Hope: Es dos años mayor que yo. A los chicos del instituto no les interesan las de séptimo. Creen que soy demasiado pequeña.

Janie: Eres demasiado pequeña. No te metas con chicos del instituto.

Hope: ¡Janie! Me prometiste no comportarte nunca como una madre conmigo.

Janie: Lo siento.

Hope: No hay problema. ¿Te importa que le haya contado a Spencer sobre nuestro club de viajes?

Janie: No, ¡en absoluto! Aunque…

Hope: ¿Qué...?

Janie: Tendrá que pasar irremediablemente por un riguroso proceso de iniciación. Caminar sobre una cerca con los ojos vendados. Prestar un juramento de lealtad. Beber la sangre de un yak.

Hope: Aghh. Estás loca. *vomita sobre todo el portátil*

Janie: Por eso me quieres.

Hope: Creo que es buena idea. Realmente le gusta explorar. Me llevó a los mejores lugares del vecindario.

Hope: Hay un bosque de árboles de pecana que son perfectos para trepar.

Hope: Y una roca gigante, más grande que nuestro camino de entrada.

Hope: Y un lecho de arroyo seco donde vamos a construir un lugar para pasar el rato. ¡Ah! ¡Y una cascada!

Janie: ¡¡!!

Hope: Es pequeña, pero ¡da igual!

Hope: Vamos a construir una presa allí para que se convierta en un estanque de peces en la parte inferior.

Janie: ¡Suena genial! Y él también parece genial. Me alegra tanto que te hayas hecho un buen «amigo».

Hope: Ni siquiera voy a responder a eso.

Jamie: ¡Lo siento! Cuando se trata de chicos, ¡no puedo evitarlo!

Janie: Y hablando de chicos...

Hope: ¡Chicos! ¡¿Qué chicos?!

Janie: Ah, ahora quieres hablar de chicos.

Hope: Claro, por supuesto, si son tus chicos. Especialmente, si son guapos y/o tienen acento.

Janie: Se llama Jonathan, y es increíble.

Hope: ¿Y tiene un acento raro?

Janie: No. Es de Seattle.

Hope: ¿Es guapo?

Janie: Mucho. El tío tiene unos abdominales impresionantes y unos ojos que simplemente te queman por dentro.

Hope: :D

Hope: ¿Cómo os habéis conocido?

Janie: Trabaja también para la fundación, en el sector de acceso a medicamentos pediátricos. Es súper inteligente. Un genio.

Hope: Qué guay.

Janie: ¿Verdad que sí? Casi todas las chicas del trabajo lo querían. Creo que, de hecho, ha salido con varias antes de que lo hiciera conmigo. De cualquier modo, sigue en Sudáfrica, y yo sigo en Haití los próximos dos meses, lo cual quiere decir que hace SIGLOS que no lo veo. ¿¿Y ya te he dicho que es INCREÍBLE??

Hope: Qué bien :)

Janie: Gracias <3 No veo la hora de volver a verlo, pero también estoy realmente ocupada aquí, así que no es que me pase el día sentada, triste, esperándolo. He hecho miles de amigos.

Hope: Ay, sí, me encantaron las fotografías que enviaste de tu equipo y los paneles solares. Y tus dibujos, especialmente, el de los niños cogidos de la mano. Es mi favorito.

Janie: Gracias. Pronto te enviaré más.

10 de agosto, 11:18 p. m.

Janie: ¿Sigues ahí?

Hope: Sí.

Janie: ¿No deberías estar en la cama?

Hope: En un rato. No quiero despedirme todavía.

Janie: Yo tampoco.

Janie: Pero nos estamos quedando sin cosas que decir.

Janie: Humm…

Janie: ¿Qué estás haciendo? Ahora mismo.

Hope: Estoy sentada en el asiento junto a la ventana abierta, apoyada contra el mosquitero. Hay una clase especial de flor subiendo por el enrejado.

Janie: Qué bonito.

Hope: Creo que es jazmín.

Hope: Huele increíble.

Hope: Bueno, si consigo olerla.

Janie: :)

Hope: Me hubiera gustado que conocieras la casa nueva.

Janie: A mí también.

Hope: No me puedo creer que voy a iniciar un nuevo curso sin ti. ¿¿¿Cómo se supone que voy a vestirme por la mañana???

Janie: Enviándome fotografías de todos tus atuendos.

Hope: No sé si me hace mucha ilusión. Me preocupa volver a ser Luna Lovegood. Además, hay una chica en frente, Bella Fontaine, que está en el octavo curso y además es una verdadera Princesa Única Tierna y Amorosa. ← Es un acrónimo.

Janie: *resoplido*

Hope: ¡Oh! Ha comenzado a soplar el viento, y puedo oler las flores de nuevo.

Hope: No hago más que empujar la cara contra el mosquitero para intentar olerlas mejor.

Hope: Sería realmente terrible si empujara demasiado y me cayera fuera. Me pregunto quién me echaría de menos. ¿Piensas alguna vez en cosas así? Quiero decir, ¿alguna vez haré algo que importe o marcaré una gran diferencia en el mundo?

Hope: Lo siento. Eso ha sonado raro.

Janie: ¿Bromeas? Haces cosas buenas por la gente todos los días. Y me encanta que tengas este tipo de pensamientos, pero todavía no es tiempo de obsesionarte demasiado por asuntos como tu lugar en el mundo. Acabas de empezar.

Hope: Ok.

Hope: Gracias :)

Janie: Ah, y ¿Hope?

Hope: ¿Sí?

Janie: Yo te echaría de menos. Cada-segundo-de-cada-día.

Hope: Yo también te echaría de menos cada segundo.

Parte dos

14 años

UNA TAXONOMÍA DE «CASIS»

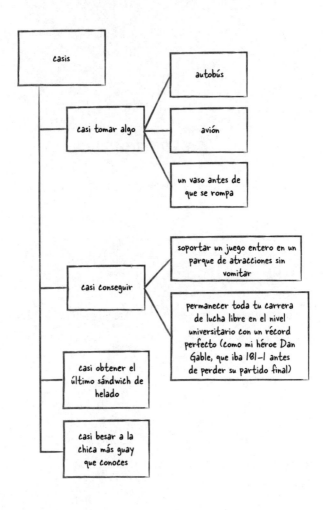

CAPÍTULO 3

Dato: Janie Birdsong llegó hace cinco días, y mi hermano ya está enfermo de amor.

—¿Ya han regresado? Me parece haber oído un coche. —Dean salta de una ventana a la otra como un cachorro. Hope y Janie salieron a hacer las compras hace más de una hora, y creo que ha estado contando los minutos.

Río burlonamente, pero siento algo de lástima por él. Tener un flechazo con una hermana Birdsong no es ninguna broma.

Vuelvo mis cartas de Magic.

—¿Crees que Janie es más parecida a una guerrera élfica o a una reina pixie?

—No lo sé. —Aparta a un lado la cortina—. La verdad es que creía que había oído algo.

—También creo que tiene un aire del Tejón a la carga.

Dean sacude la mano en el aire como ahuyentando un mosquito.

—¿Por qué no maduras de una vez por todas? A nadie le interesan tus estúpidas cartas Magic.

Antes de que pueda responder lo que sea, se oye el inconfundible crujido de los neumáticos sobre la grava. Un Honda Civic plateado se detiene sobre el camino de tierra, junto a la cabaña situada un poco más adelante que la nuestra. Mi familia tiene unas ochenta hectáreas que comienzan en nuestra casa y se extienden por campos y bosques hasta un estanque artificial y dos cabañas de madera que mi abuelo construyó con sus manos. Él y Mimi solían vivir aquí, y es el lugar donde siempre pasamos la semana del 4 de Julio. Pero este año invitamos a los Birdsong. Así que es como si siguiéramos siendo vecinos, solo que ahora estamos de vacaciones.

Dean ya está afuera, rondando el coche.

—¡Oh, es genial! Habéis comprado té de melocotón. ¿Fuisteis a Granger's? El té es increíble, ¿verdad?

Os juro que, si Janie dijera que le parece horrible, él también estaría de acuerdo por completo. Pero ella confirma que el té de melocotón es, en efecto, el néctar de los dioses sureños, así que no hace falta que nadie renuncie a su tradición. Dean las ayuda a llevar las bolsas adentro, y yo también me acerco para ayudar, aunque pienso que sería divertido quedarme observando y burlarme mentalmente de él. Mientras levanto una botella de leche, un tic sacude mi cabeza con un movimiento brusco hacia el costado. Es uno nuevo. Siempre bromeamos en el campamento sobre contagiarnos los tics entre nosotros y traerlos cuando regresamos a casa. No es cierto que funcione así, pero a veces pareciera que sí. A mí siempre me preocupa contagiarme los tics en los que se gritan palabrotas. Ya resulta bastante malo repetir lo que dicen otros porque pueden creer que me estoy burlando de ellos.

—¿Y? —dice Janie metiendo las bolsas de lona vacías bajo el fregadero—. ¿Qué vamos a hacer? ¿Canoas? ¿Lucha libre con un oso? Necesito que me enseñéis todo sobre las costumbres del lugar.

—Humm… —Miro a mi hermano. Tiene que ser perfecto. Mi cabeza se sacude hacia el lado un par de veces—. ¿*Quads*?

Él asiente con decisión.

—*Quads.*

Dean y yo nos lanzamos hacia el garaje como dos niños porque el Raptor es más nuevo y más rápido. Tenemos una pelea de traseros por el asiento (Dean gana... idiota), y luego conducimos los cuatriciclos colina arriba y hacia el camino de tierra entre las cabañas, donde las chicas nos esperan. Dean va por delante y, si me preguntan, hace un esfuerzo demasiado grande por parecer una especie de líder oscuro y misterioso de una banda de motociclistas. Se detiene delante de las chicas pasándose la mano por el pelo rubio.

Janie aplaude.

—¡Oh, me encantan los vehículos todoterreno! Los conducíamos en Sudáfrica.

Mi hermano parece levemente abatido de que esta no sea su primera vez.

Intento pensar en una manera sutil de asegurar que Hope y yo terminemos en el mismo *quad*.

—¿A qué velocidad van? —pregunta Janie.

Dean recupera al momento su temeridad.

—Si no tuviera obstáculos, seguro que podría llegar a ciento diez kilómetros.

(Jamás ha ido a más de cincuenta kilómetros).

—Y no quiero presumir, pero yo tengo el rápido, así que tú deberías venir conmigo.

Janie se encoge de hombros.

—Está bien.

Lo cual significa que Hope irá conmigo. No sonrío como un demente ni levanto el puño en el aire, por lo que considero que me estoy tomando el asunto con bastante tranquilidad.

Hope se acerca al *quad*.

—Entonces, ¿cómo funciona esto?

—Puedes sentarte detrás de mí. —Hago un gesto hacia la parte libre del asiento. Ella pone el pie en el estribo y pasa la otra pierna por encima. La parte interior de sus piernas queda presionada contra la parte exterior de las mías.

—Está bien —dice.

—Está bien. Así que… —Por un instante, olvido todo lo que sé sobre conducir *quads*—. Así que aquí hay unas barras. Estas, eh, barras junto a tus piernas. —Las señalo—. Puedes usarlas para sujetarte. Pero es un poco incómodo, por lo que, si vamos demasiado rápido o giramos bruscamente, puedes, eh, puedes sujetarte de mí.

—¿Debo estar preocupada?

—¿Qué?

Hope da un golpecito sobre una pegatina bajo el manillar.

—Oh. —Mi ritmo cardíaco vuelve a la normalidad. La pegatina tiene un número dieciséis rodeado de un círculo y una línea que lo cruza y dice CONDUCIR ESTE VTT: SI USTED ES MENOR DE DIECISÉIS AÑOS AUMENTA LA PROBABILIDAD DE LESIONES GRAVES O DE MUERTE.

—No, tranquila. He estado conduciendo este aparato durante años. Además, mis tics disminuyen mucho cuando conduzco.

Y luego parece como si mi madrastra pudiera olisquear que nuestras vidas corren peligro, porque asoma la cabeza por la puerta mosquitera.

—Será mejor que llevéis cascos —nos grita.

Ambos soltamos un gemido.

—Oh, vamos. Hace como treinta y cinco grados —dice Dean.

—A mí no me importa, y las lesiones cerebrales traumáticas suceden aún con calor. Poneos los cascos.

Regresa dentro sin molestarse en observarnos porque sabe lo que sucederá a continuación: nos ponemos los cascos (a regañadientes). Les damos uno a Hope y uno a Janie. Y luego arrancamos.

Hope se aferra de las barras, y yo acelero despacio, tomando velocidad poco a poco. Dean acelera a fondo de modo que a Janie no le queda otra opción que rodearle la cintura con los brazos. Entorno los ojos.

Hope se ríe detrás de mí.

—¡ESTO ES INCREÍBLE! ¿A qué velocidad estamos yendo? ¡Parece que estuviéramos volando! Seguro que estamos yendo a…

—Veintidós kilómetros por hora.

—¡¿Qué?! No puede ser. En serio, creo que tu indicador de velocidad está roto y que, en realidad, estamos yendo como a cien.

—Lo sé. Qué locura, ¿verdad? —grito porque es más difícil escuchar a la persona que está delante por encima del sonido del motor (como un cortacésped que toma esteroides)—. El terreno es demasiado accidentado aquí para ir muy rápido, pero espera a que lleguemos a veintiocho kilómetros.

Seguimos un camino que cruza los bosques de pinos y los campos de flores silvestres amarillas y violetas. Hace tiempo que no llueve, y los *quads* levantan una polvareda de tierra roja que nos provoca picazón en los ojos y la garganta. No puedo seguir a Dean demasiado cerca porque si lo hago terminaremos literalmente comiendo polvo. Además, es bastante agradable estar solo con Hope. Le señalo cosas: zarzas de moras silvestres, el arroyo donde Dean y yo solíamos atrapar langostas y cribar oro, y puestos de caza que cuelgan a intervalos de los árboles como adornos navideños delirantes. Parece como si alguien hubiera engrapado una silla o una plataforma diminuta a un árbol y luego hubiera colgado una escalera de la base. Son para sentarse en el interior y cazar ciervos. En general, son bastante sencillos, pero mi padre tiene uno que, básicamente, es una casa para adultos sobre un árbol. Él y Dean lo construyeron para poder cazar mejor, pero cada vez que Pam me envía para llamarlos a almorzar, pareciera que lo único que están haciendo es comiendo carne seca y riendo.

Hope señala algo negro y redondo.

—¿Es un cubo de basura?

—Es un receptor de lluvia. Los ciervos frecuentan más la zona cuando no tienen que ir a buscar agua.

—¿Así que atraen a los ciervos hasta aquí con agua y luego los matan? —Aunque está detrás de mí, me doy cuenta de que está frunciendo la nariz.

—En realidad, es ilegal tenerlos a pocos metros de un puesto de árbol porque eso es como cazar peces en un barril.

—Oh.

—Mi padre le da bastante importancia al reglamento de caza y todo eso.

Permanece en silencio detrás de mí. Hago varias veces el tic de inspirar.

—Y no creas que él y Dean matan solo por deporte. Comemos todo lo que traen a casa.

—No pasa nada, Spence.

—Está bien.

No sé por qué me siento tan a la defensiva. Ni siquiera me gusta cazar. Mi padre es el propietario de la tienda de artículos de caza sobre la 75. Mi abuelo era el propietario, y su abuelo fue el propietario, y algún día Dean será el propietario. Pero solo después de que vaya a la universidad con una beca de béisbol como la que mi padre soñaba obtener antes de desgarrarse el hombro.

Me concentro en conducir el *quad* hacia abajo, en dirección al lecho de un arroyo pequeño, y volver a subir la colina del otro lado. No es lo más fácil, y siento los brazos de Hope apretarme la cintura de inmediato. Posiblemente, hoy sea el mejor día de mi vida.

Nos detenemos varias veces para descender de los *quads* y observar lo que hay: antiguos pozos de aljibe con tierra hasta la mitad, pero que aún llegarían al agua si se los excavara; los restos de una hilera de casuchas de la era de la Depresión.

Hope y Janie se juntan cada vez que se detienen los motores. *¿Has visto esas huellas de cerdo salvaje? ¿No es increíble lo caliente que se vuelve el asiento tras unos minutos? ¿Otra vez mirando el móvil?*

Janie se sonroja y se mete el teléfono en el bolsillo trasero.

—Solo revisaba para ver si Max ha recibido mi último e-mail. No hemos hablado en…

—Un par de días, *lo sé.* —Hope pone los ojos en blanco.

—Pues las cosas estaban un poco tensas cuando me fui porque pasé mi última noche en Sudáfrica con mis amigos, así que quería estar segura de que todo estaba bien.

—Claro. —Hope camina en la dirección opuesta, los labios apretados.

Janie se acerca y se detiene a mi lado mientras observo lo que quedó de los cimientos de un edificio.

—¿Así que aquí veníais todo el tiempo cuando erais niños?

Asiento. Aunque me sonríe mucho, me pone nervioso. Deseo caerle bien a toda costa.

—Oh, sí —interviene Dean—. Spencer y yo solíamos escarbar entre los escombros de estas chozas buscando botellas de cristal y otros objetos. —Habla y habla y habla y habla.

Hope sigue inspeccionando una piedra de los cimientos con un gesto de asombro.

—Oye, hay un bosquecillo de hayas allí arriba de la colina —digo—. ¿Quieres ir a verlo?

—Claro.

Nos alejamos de donde Dean sigue entreteniendo a Janie con historias de nuestra juventud.

Hay un árbol a nuestra derecha. Su pálido tronco está veteado con manchas grises como las de un poni, y las ramas se extienden hacia el cielo con algo de majestuoso esplendor.

—Te das cuenta de que son hayas porque su corteza es suave y gris —explico—. Es la mejor madera para tallar.

Alcanzamos la cima y la conduzco al más grande, el más antiguo. Es la madre de todas las hayas. Está cubierta con escritura.

—¿Ves estas iniciales? —pregunto—. Son las de mi tátara-tátara tío Clint. Nació en 1890.

Hope recorre la CB con los dedos.

Señalo otra serie de letras.

—Y aquí están las de mi padre y mi madre —bajo la voz—. En realidad, no nos referimos a ellas cuando Pam está cerca.

Hope esboza su sonrisa enigmática.

—Y aquí está Dean. Y mi abuelo. Y yo. —Doy un golpecito a las iniciales SB, que se encuentran a nivel de la cintura. Representan Spencer Barton.

Los ojos de Hope recorren el tronco de arriba abajo. Sonríe ampliamente.

—Literalmente, tienes un árbol genealógico.

Yo también le sonrío.

—¿Quieres dejar tus iniciales en él?

Sacude la cabeza.

—De ningún modo. Ni siquiera tu madrastra está aquí. —Echa un vistazo al bosque—. Pero quizá podamos comenzar nuestro propio árbol.

Así que elegimos uno. Un haya delgada con hojas tiernas y verdes y un tronco que solo tiene el diámetro de una lata de sopa. Extraigo una navaja del bolsillo y tallo una SB. Luego Hope talla una HB. No hay signo de más, ni corazón, ni nada, pero me gusta cómo se ven nuestras iniciales juntas.

—Oye, Spence, ¿dónde vive tu madre? —Hope se encuentra mirando el cielo cuando me lo pregunta.

—No lo sé.

En realidad, jamás hablamos de mi madre. Bueno, yo jamás la menciono, y Hope siempre ha eludido cortésmente el tema, aun cuando sospecho que siempre ha querido preguntarme sobre ella.

—Es cantante —digo por fin—. Mis padres se conocieron y se enamoraron en un show que ella daba en Atenas. Tuvo que huir de su casa para ser cantante, así que ni siquiera sé si tengo abuelos, tíos o algún otro pariente.

—¿Cómo era?

Una sonrisa lenta se extiende en mi rostro.

—Increíble. Solía llevarnos al baño cuando íbamos a restaurantes justo antes de que mi padre llegara al punto en el que se ponía de malhumor y comenzara a gritar, y teníamos unas fiestas de baile en el baño en las que descargábamos todas nuestras tonterías para poder comportarnos en la mesa.

Hope sonríe.

—Y nos parecemos. Pelo oscuro y ojos color café. —A veces, creo que ese es el motivo por el cual Dean es el favorito de mi padre. No soporta verme—. Y Mimi dice que también tenemos temperamentos parecidos. Dice que ambos somos soñadores. —El aliento me queda atrapado en la garganta porque me acuerdo de que no son solo rasgos buenos los que compartimos—. Ella tampoco encajaba aquí.

Hope me toca el hombro.

—Spence, tú…

Dean y Janie comienzan a llamarnos a los gritos, así que no me entero de lo que iba a decir. Me pasa el cuchillo y lo guardo rápido en mi bolsillo, porque no quiero ni imaginar cuánto tiempo se burlaría Dean de mí por grabar nuestras iniciales en un árbol (sin duda, una eternidad).

—¡Un segundo! —grita Hope a su vez.

Corre cuesta abajo dando saltos cortos en el aire, sujetándose de un árbol nuevo cada vez para mantener el equilibrio ante el grado de inclinación. Hace una pausa delante de un tronco cubierto casi por completo de frágiles hongos blancos, y freno bruscamente para no caer encima de ella.

Se da la vuelta.

—No tenemos que contárselo a nadie —dice—. Sobre las iniciales. —Es casi una pregunta.

Su sonrisa enigmática vuelve a aparecer, y se me ocurre que hay otras cosas que quiere hacer sin contarles a los demás.

—No, claro que no.

Me pongo el casco en cuanto llegamos a los *quads* porque una sensación de calor me inunda el rostro.

—Oye, ¿quieres intentar conducir? —pregunto.

—Sí.

Le enseño cómo arrancar con el pulgar y lo parecidos que son los frenos a los de una bicicleta. Luego de algunos arranques espasmódicos, pilla el truco. Y después de unos minutos más, pilla el truco *de verdad*.

—¡¡¡SOY LA REINA DEL DESIERTO!!! —grita trepando una colina a toda velocidad. Cuando llegamos a la cima, dice—: Oh, no.

Aquí hay algunas caídas bastante bruscas, y al otro lado del lecho seco del arroyo, muchos lugares donde hay que encarar una subida empinada o zigzaguear alrededor de algunos árboles.

—Oh, he olvidado que este es uno de los lugares más difíciles para conducir —señalo.

El *quad* de Dean se detiene chisporroteando junto a ella.

—Quizá no puedas controlar el vehículo —dice.

Emprende la marcha cuesta abajo con un grito de animal salvaje. Si Janie tenía los brazos alrededor de su cintura antes, ahora, con cada nueva sacudida, su cuerpo choca contra el suyo.

Un dato sobre Janie: su delantera. Es enorme. Y estoy casi seguro de que ahora la espalda de mi hermano conoce íntimamente su topografía.

Hope voltea la cabeza.

—¿Crees que puedo hacerlo?

Bajo la voz.

—Tú puedes. Ve despacio en las bajadas, desplaza el peso del cuerpo hacia el lado opuesto en los giros y obstáculos, e inclínate hacia delante y acelera para tomar impulso en las subidas. Y, eh, quizá esta vez tenga que rodearte con los brazos.

—Está bien —dice.

Se queda tan quieta, quieta como una estatua, mientras espera que lo haga. Es todo muy inquietante. No el terreno: Hope lo maneja a la perfección. La parte en la que tengo que decidir dónde pongo las manos. Sin duda, lejos de su pecho, pero tampoco puedo descender demasiado. ¡No hay demasiado espacio para maniobrar!

Coloco las manos encima de su ombligo, pero de todos modos su cuerpo me parece tan suave como peligroso.

A veces mi cabeza hace un tic sacudiéndose hacia el lado o me encojo de hombros, pero hago un esfuerzo enorme por mantener las manos quietas sobre su estómago. Es un alivio cuando volvemos a detenernos y puedo soltarla. Me bajo de un salto del cuatriciclo y me quito el casco. Hope también lo hace, salvo que con un baile triunfal. Chocamos los cinco con las manos en alto. Janie se despega de mi hermano para hacer lo mismo. De hecho, Dean es el único que no participa de esta pequeña celebración.

—Solo tardaré un minuto —dice—. Tengo que revisar este indicador de presión.

Sí, claro. El indicador de presión dentro de sus pantalones. Se encorva sobre la parte delantera del *quad*, y lo que oculta no puede ser más obvio. Bueno, al menos, para mí. En realidad, las chicas no parecen notarlo, aunque tarda cinco minutos antes de decidir que el «indicador de presión» ha sido verificado correctamente.

Hope, Janie y yo ya nos encontramos caminando por el cementerio de esclavos. El sol se filtra a través de las hojas, pero parece arrojar sombras en lugar de luz. Nos hace hablar en susurros.

Delante de mí hay un hueco en la tierra, cubierto de césped y hojas. A la izquierda y a la derecha, algunos más forman una hilera. Son tumbas. Con el tiempo se han hundido algunos centímetros por debajo del nivel del suelo. Hay otras hileras, a veces con seis sepulcros, a veces con solo tres; dependiendo de cuánto espacio hay entre los árboles. Cada tanto, están marcados con piedras. No se trata de lápidas grandes con inscripciones, solo de piedras grises del tamaño de un melón o un zapato grande.

—No puedo creer que aquí haya esclavos enterrados —susurra Hope—. Y, en realidad, no fue hace tanto tiempo.

—Lo sé.

Ciento cincuenta años. Intento calcular cuántos tátara-tátara abuelos llevaría contar hacia atrás hasta llegar a alguien que estuviera vivo cuando las personas seguían COMPRANDO Y VENDIENDO a otras personas. Me siento mal de solo pensarlo.

—¿Qué hacían aquí? —pregunta Janie—. Quiero decir, ¿sabes lo que hacían mientras vivían aquí?

—Había algunos regadíos a algunos kilómetros de aquí. Creo que eran de algodón. Pero no eran nuestros campos —me apresuro a decir—. Me refiero a que en aquella época mi familia no era dueña de esas tierras.

Supongo que no soporto que esa posibilidad se le cruce por la cabeza.

—Una vez encontré una punta de flecha delante de un árbol —digo—. Es una locura pensar que hay senderos de *quads* que atraviesan caminos de aserraderos antiguos, junto a casuchas de la época de la Depresión, cerca de un cementerio de esclavos en un bosquecillo donde quizá viviera una familia de indios cherokees. Hay tantas capas de historia superpuestas en una sola parcela de tierra…

Hope da un paso hacia mí como si eso la ayudara a ver todas las capas de historia superpuestas.

—Hace pensar en qué dejarás tú cuando ya no estés. Y qué pensarán de ti las personas dentro de cien años.

—Sí —digo.

—Vosotros me dais esperanza en el futuro, ¿sabéis? —expresa Janie.

Dean, que desesperadamente necesita que esto se transforme en una nueva ocasión para presumir delante de ella, comienza a hablar en una voz extraña, grave y seria.

—Oh, sí. Creo que es muy importante coger todo lo que podamos de la historia para no repetir los mismos errores en el futuro. La tierra puede decirnos tantas cosas. —Se arrodilla y toca una lápida dramáticamente—. Estas tumbas pueden decirnos tantas cosas.

Cielos, cualquiera pensaría que ha vuelto atrás en el tiempo para abolir él mismo la esclavitud. ¿Realmente cree que va a convencer a Janie con algo de esto? Me atrevo a mirar a Hope, quien se encuentra mirándolo de reojo con hostilidad.

Me dan ganas de hacer algo audaz. Y estúpido.

—Oye, Dean, ¿te acuerdas esa vez en que tú y Tater —nuestro primo, Tater— intentasteis excavar una de las tumbas?

El rostro de Janie palidece como el tronco del haya.

—¿Desenterrasteis una de las tumbas?

Dean parece decidido a asesinarme cuando lleguemos a casa (si consigue aguantar tanto tiempo), pero Hope suelta una risita contra el puño, así que sigo adelante.

—Comenzaron a hacerlo, pero se asustaron porque estaba oscureciendo, así que interrumpieron la tarea antes de terminar. Y cuando llegaron a casa, estaban cubiertos de picaduras de ácaros. —Hago una pausa para darle dramatismo al relato—. ¿Sabéis lo que es un ácaro?

Dean sacude la cabeza bruscamente. Sus ojos han adoptado el tamaño de los de un Minotauro, pero comienzo a pensar en todas las veces que me ha subido los calzoncillos por encima de los pantalones, y no puedo detenerme.

—Es un insecto rojo muy pequeño que perfora tu piel y emplea las enzimas de la saliva para desintegrar tus células de adentro hacia fuera y succionar el jugo de las células epidérmicas como una sopa.

Janie parece haber tragado una babosa.

—Esa es la segunda cosa más desagradable que he escuchado jamás —dice—. La primera es haber perturbado el lugar de descanso de personas que fueron tratadas como seres inferiores.

—Estaba… —comienza a decir Dean, pero lo interrumpo.

—Así que, como sea, llegaron a casa cubiertos de picaduras, y Pam dijo que era el castigo de Dios, y Mimi dijo que mejor que salieran al jardín y eligieran una vara porque podía ser que Dios hubiera acabado con ellos pero ella no. Entonces salieron y eligieron las más pequeñas y delgadas que encontraron, lo cual es de novatos porque todo el mundo sabe que las pequeñas son las que más te dañan la piel. No pudieron sentarse durante una semana.

Hope abre los ojos como platos.

—¿Tus padres de verdad os pegaban así?

Me encojo de hombros, cohibido.

—Pues, sí. Pero solo si hacíamos algo muy malo. Así que no sucedía todo el tiempo. ¿En Decatur no lo hacen?

—Definitivamente, no.

He estado mirando a Hope durante la mayor parte de la historia, pero ahora que he terminado de contarla miro a mi hermano. Y advierto que, seguramente, me espere la peor y más dolorosa venganza que jamás haya sido concebida. Quizá, no me dé una paliza. Por lo menos, no aquí delante de Janie. Pero en algún momento. Pronto. Mi final es inminente.

Dean finge una sonrisa falsa que da miedo.

—Fue algo estúpido y nos equivocamos, y estoy muy avergonzado de haberlo hecho —dice.

Luego, se da la vuelta, se sube a su *quad* y pone en marcha el motor.

¿Eso es todo? Janie es realmente una hacedora de milagros. Quiero decir, sé que se las verá conmigo después, pero de todos modos.

Hope avanza hacia mi *quad* pasando junto a Dean, pero él la coge del brazo.

—Oye, Hope, regresa conmigo —dice y me mira alzando las cejas.

—Eh… está bien. —Hope se sienta detrás de él sobre el *quad*, y la parte interior de sus muslos entran en contacto con la parte externa de los de Dean.

Janie sube de un salto sobre mi cuatriciclo y se coloca detrás de mí.

—Me alegra tener la oportunidad de estar un rato contigo —dice—. Hope habla todo el tiempo de ti.

—¿En serio?

—Sí. Parece que eres muy buen amigo.

Amigo.

—Gracias.

Un poco más adelante, Dean acelera el motor de forma que Hope tiene que aferrarse con fuerza a él.

Todo es diferente. Puedo sentirlo incluso antes de que Dean se detenga con un chirrido de frenos a mi lado. Antes de que Hope se quite el casco y sacuda su pelo de seda de maíz. Ambos se están riendo de alguna broma que es solo para ellos, y él le extiende la mano para ayudarla a descender. Cuando ella la coge, lo veo. Una mirada aturdida y soñadora se apodera de su rostro, y le retiene la mano un segundo de más. Es cuando se me ocurre que podría ser un buen momento para arrojarme por el retrete. El resto del día, cada vez que él la llama Birdsong, ella tiene un ataque de risa.

No lo entiendo. No entiendo por qué en un momento parecía que empezaba a gustarle, y al siguiente, un viaje en *quad* con mi hermano es suficiente para cambiarlo todo. Quisiera que fuera más fácil entender el mundo.

Me dirijo a mi habitación y saco una libreta de notas. Supongo que si tuviera que imaginar alguna etiqueta para Hope y para mí y poner nuestra relación en una categoría como tantos escorpiones de Carolina, sería de la siguiente manera:

UNA TAXONOMÍA DE HOPE Y SPENCER

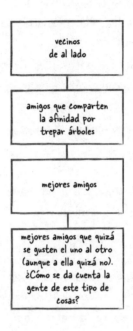

Lo que quiero ser cuando sea mayor

Por: Hope Birdsong

Yo me enamoro de los países como otras personas se enamoran de las personas. Lo mismo, mi hermana. Debe estar en nuestro ADN. Nos enteramos de un lugar al que queremos ir y tenemos que aprenderlo todo sobre ese sitio, quedar embebidas de él, hasta que juro que sé exactamente a qué saben las crêpes suzette, aunque nunca haya viajado a Francia. Hasta que siento los vientos del Mediterráneo llamándome en sueños.

Quiero tener aventuras que jamás olvidaré. Quiero bucear en la gran barrera de coral y quiero ir a todos los continentes, incluso a la Antártida. Quiero observar la gran migración de animales salvajes cruzando el Serengeti; bajar el Amazonas en una barcaza. Quiero recorrer todo el sendero de los Apalaches, los 3522 kilómetros, y quizá algún día incluso nadar, recorrer en bicicleta y correr en el triatlón Ironman de Hawái.

Mi madre dice que he nacido en la época equivocada porque debía haber sido una exploradora como Marco Polo o algún otro de esos tíos. Dicen que ya se ha descubierto todo, pero la gente se equivoca. No hace falta ser el primero en ver algo para que cuente. Si puedes verlo de modo diferente, si puedes hacer que otros lo vean de forma diferente, si puedes dejar una huella y cambiar algo para mejor, todo eso también cuenta.

Porque no es solo las cosas que quiero hacer, son las personas a las que quiero ayudar. A veces me importan tanto que duele. Los chicos que no aprenden a leer porque no tienen un solo libro en casa, y los bebés que mueren de sarampión porque no tienen acceso a las vacunas. Cuando veo fotografías y leo historias, no puedo olvidar sencillamente. Les doy vueltas y vueltas en la cabeza y a veces siento que conocerlas me terminará engullendo entera. Pero jamás sucede. Porque sé que mi hermana mayor está ahí afuera haciendo cosas —cosas grandes— que quizá algún día solucionen los problemas.

Entonces, ¿qué quiero ser cuando sea mayor? Quiero ser mi hermana. Quiero ver todo lo que hay para ver. Quiero cambiar el mundo.

CAPÍTULO
4

—Janie, eres MUY pesada.

Hope entra en la sala de la cabaña donde están alojándose los Birdsong dando fuertes pisotones. Lleva en sus manos una jarra vacía.

Janie levanta la mirada del libro, la nariz fruncida por la irritación.

—*¿Qué?*

Hope sacude la jarra.

—¿Hay más té de melocotón?

Janie bebe un tímido sorbo del té de melocotón que sostiene en la mano.

—Oh, ¡lo siento! —dice.

—No pasa nada —mascula Hope.

Se dirige al refrigerador para buscar otra cosa. La sigo por detrás.

—Siempre se queda con la última porción de todo —dice, bajando la voz—. Es un talento oscuro.

—¡Algo así como el talento oscuro que tienes tú para mancharme las camisas cuando las pides prestadas! —grita Janie desde la otra habitación.

Hope le enseña la lengua cuando regresamos con nuestra cerveza de raíz (es tan mala que bien podría estar envenenada).

Ella me advirtió que sucedería esto. Los primeros seis días estarían desviviéndose en atenciones por la excitación, pero a partir del séptimo desaparecería la sensación de echarse de menos por estar lejos, y comenzarían a fastidiarse como hermanas normales.

De todas formas, su idea de lo que significa ser hermanos normales es mucho más pacífica que la mía.

Acabo de terminar mi cerveza de raíz cuando recibo un mensaje de Pam:

Hola, Spencer:
¡Ven a casa y haz la maleta para el campamento!

Con cariño, Pam

Siempre los escribe así, como si fueran un mini e-mail, o algo así.

Miro a Hope. Se encuentra haciendo sonidos molestos contra su botella vacía de cerveza de raíz, y a Janie, que hojea las páginas de su libro con vehemencia sensible, y decido que escribir mi nombre sobre toda mi ropa interior con marcador indeleble es una tarea fundamental que debo realizar en este mismo instante.

—Bueno, chicas, nos vemos —digo con embarazo y salgo con prisa por la puerta.

En cuanto entro en la cabaña Barton, Dean me recibe con una llave Nelson.

Hablando de hermanos irritantes.

—Oye, Spencer, quiero probar algunos movimientos de lucha nuevos. —Aprieta aún más la parte posterior de mi cabeza con su axila. Huele fatal.

—Sí, pues yo no.

Intento extraer la cabeza. Estoy cansado de ser su muñeco de práctica. Además no puedo dejar de pensar en los ojos soñadores de Hope puestos en él después de la vuelta en *quad*.

—Bueno, yo no quería que tú le contaras a Janie una pila de mierda vergonzosa sobre mí, pero a veces no tenemos lo que queremos. —Sigue apretando.

—Lo digo en serio —digo.

—Bajad la voz —dice bruscamente papá—. Estoy viendo un partido.

Vuelve a los Braves contra los Mets.

Consigo liberar la cabeza, pero Dean se aferra a mi pierna, confiado de que no puedo gritar ante la amenaza de provocar la ira de nuestro padre (que va de nueve a once cada vez que los Braves juegan contra los Mets).

Me derriba al suelo empleando una de las jugadas estratégicas que le ha enseñado su entrenador. Su objetivo es hacerme un pin. Podría rendirme. Si dejo que me haga un pin, podría ir arriba como planeaba.

Pero estoy muy cansado de esta mierda.

Me defiendo. Con fuerza. Soy feroz. Soy una mantis religiosa. Soy un escorpión venenoso negro de cola gorda. Un enjambre mortal de abejas asesinas. No me hará un pin. Nunca más. Consigo escaparme de sus manos como si tuviera el cuerpo embadurnado de aceite de bebé. Tan veloz como una libélula. Enrosco mi antebrazo bajo su cuello y lo trabo con el otro brazo, aprovechando el impulso para sacármelo de encima. Una chispa de temor se enciende en su mirada. Es solo un instante, pero lo suficiente para que me dé cuenta. Tiene miedo de que gane.

Su temor es mi adrenalina. Saberlo es decisivo. Lo cambia todo. Ya no estamos interpretando nuestros roles de combate determinados. Dean, a la ofensiva; Spencer, a la defensiva. Lo estoy moliendo a palos, y es posible incluso que gane.

Me abalanzo sobre su pierna, y lo tengo, puedo sentirlo. Si solo pudiera torcerle un poco más el brazo, cambiar mi peso un par de grados más. Mierda. Consigue zafarse de un tirón. Y antes de que pueda volver a sujetarlo, nos estrellamos contra una mesa. La que mi padre usa para apoyar la cerveza durante los partidos. Aguardo a que la cerveza y el mal humor de mi padre caigan con estrépito sobre mi cabeza.

Pero no lo hacen. De hecho, tengo la grata sensación de que no hay cerveza en mi pelo. Y papá me está sonriendo.

—¿Dónde has aprendido a hacer eso? —La sonrisa se funde en su voz.

Inclino la cabeza.

—No lo sé. Supongo que debo haber aprendido un par de cosas de Dean.

Sacude la cabeza como si aún le costara creer lo que acaba de ver.

—Es más que eso. Tienes cierta hambre. Además, eres pequeño. Es difícil encontrar tipos como tú. ¿Vas a probar lucha libre este año? Tienes un talento innato.

—Creo que sí —concuerda Dean. Ni siquiera parece enfadado porque haya estado a punto de hacerle un pin—. Podría practicar contigo diferentes tipos de lucha.

—El año que viene —digo—. No hay lucha libre en octavo. Pero podría hacerlo el año que viene.

¿Acabo de decir eso? Jamás siquiera pensé en la lucha libre, pero por la manera en que me mira mi padre, con los brazos cruzados sobre el pecho henchido de orgullo... esto jamás ha sucedido, y no quiero que acabe.

CAPÍTULO

5

Celebramos nuestro banquete del 4 de Julio afuera, sobre dos mesas de madera que hemos unido. Salchichas y hamburguesas, mazorcas de maíz, patatas con salsa y dos tipos de guacamole porque Pam y Mimi casi llegan a las manos a causa del cilantro. (Personalmente, a mí me parece que tiene sabor a jabón, pero de ninguna manera iba a dar opinión sobre eso).

Me sirvo un poco de guacamole en el plato con una cuchara, a escondidas para no hacer estallar el apocalipsis. El padre de Hope entra para buscar más salsa de pimiento y queso.

—Esta salsa está deliciosa. ¿Dónde la habéis comprado?

Pam sonríe.

—La he hecho yo misma.

—Vaya, tienes que contarme tu secreto.

Se embarcan en una conversación sobre la cocina que no se sabe cuándo terminará. En el otro extremo de la mesa, Mimi se abanica con la servilleta.

—Aquí hace más calor que en el mismo infierno, ¿no creéis? Por Dios, y dicen que el calentamiento global es solo un mito. —Bebe otro sorbo de té dulce—. Uf. Así que, Janie, Spencer me contó que has estado en Sudáfrica durante el último año. Quiero que me lo cuentes todo.

(Todo lo que hay que saber de Mimi: fue la primera reportera del *Telegraph,* de Macon, en una época en la que trabajar era algo que las mujeres de aquí simplemente no hacían. También asegura que es la primera demócrata de todo Peach Valley, aunque aún no he comprobado la veracidad de los datos).

Mimi fija sus ojos de reportera en Janie y le hace todas las preguntas habidas y por haber sobre Sudáfrica, la fundación y su trabajo. Janie habla entusiasmada sobre la alegría que siente al ir a trabajar todos los días, sobre la revolución que causará su proyecto nuevo para poder acceder a la atención médica. Mi cabeza se sacude varias veces hacia el costado mientras habla, pero todo el mundo deja que fluya la conversación alrededor de mis tics como si fuera agua, incluso Janie, que parece totalmente acostumbrada a ellos aunque no haya estado tanto tiempo conmigo.

—Vaya, qué maravilla —dice Mimi.

La señora Birdsong aprieta el hombro de Janie.

—Estamos muy orgullosos de ella. —Le sonríe a Janie un instante antes de rodear a Hope con el otro brazo—. Y, por supuesto, también estamos orgullosos de nuestra Hope. Ella es la que sigue.

Hope finge timidez, pero su sonrisa podría iluminar el mundo entero.

—No veo la hora de que vengas a visitarme —dice Janie, tocándole la mano a Hope—. Todas las personas que trabajan conmigo estarán encantadas contigo, especialmente, Max.

—¿Y quién es Max? —pregunta Mimi.

—Es mi nuevo novio —dice Janie.

Dean arruga la nariz y comienza a juguetear con el chile sobre su cuarta salchicha. Janie tiene veintitrés años, amigo. Aunque lo quisieras, jamás iba a ocurrir. Pero la lógica de Dean respecto de las chicas es muy sencilla: me gusta, ergo, la conquisto.

—Creía que Jonathan era tu nuevo novio —dice la señora Birdsong.

—Ese fue su último nuevo novio —dice el señor Birdsong desde el otro lado de la mesa—. Max es su nuevo *nuevo* novio.

Janie entorna los ojos.

—¿Sabes? No todo el mundo conoce a su alma gemela a los quince años. Ni siquiera sé si me hubiera gustado que sucediera. Aún queda mucho por aprender.

Janie sigue hablando sobre la vida y lo que hay por descubrir. Dean simula desinterés.

—Oye, ey, Birdsong, piensa rápido. —Arroja un nacho a Hope, y ella suelta una risita.

El plan era comer mientras los tonos del cielo se fueran apagando, esfumándose en naranjas, rosados, violetas y, al fin, en negro. En cuanto eso sucediera, encenderíamos los fuegos artificiales. Mi hermano y yo no podemos esperar tanto tiempo. Estábamos inquietos cuando el cielo estaba en la etapa rosada, pero ahora que ha pasado a la violeta hemos perdido completamente la capacidad de permanecer quietos. Si viérais el set de pirotecnia que compró mi padre en Big Zack's, lo comprenderíais. Se trata de lo máximo en fuegos artificiales y, de verdad, no es culpa nuestra que no haya pensado en ocultarlos en un lugar mejor que no fuera el garaje.

—Vamos, papá. —Dean da saltitos sobre la banca—. Vamos. Vamos. Vamos. Vamos.

—Por favoooor —me sumo.

Es como si tuviéramos siete años, solo que mil veces mejor porque ahora tenemos edad suficiente para tocar toda la parafernalia realmente peligrosa.

—Estarán encima de ti como moscas en la miel hasta que digas que sí —dice Mimi.

Una mujer sabia, Mimi.

—Está bien —dice por fin. Chocamos los cinco y salimos corriendo antes de que cambie de parecer.

Regresamos con setenta y dos megatoneladas de celestial pirotecnia y sonrisas de felicidad absoluta. Estamos listos para prender fuego al mundo entero. Primero, unos cohetes de botella. Los clavamos en el suelo blando, encendemos la mecha y nos alejamos a toda velocidad antes de que salgan disparados sobre el lago y estallen en brillantes rojos y azules. Algo del silbido que emiten al atravesar el aire me hace sentir como si fuera yo el que echa a volar.

El pastor alemán de Hope se desespera e intenta arrastrarse bajo nuestra banca. Hope pide un cese de fuego de las festividades para poder conducir a Eponine dentro, cogiéndola del collar y metiéndola en el bunker anti-pirotecnia, también conocido como el baño.

A continuación siguen las candelas romanas.

—No me gusta que las llevéis en las manos —grita Pam—. Hay gente que ha perdido los dedos con la explosión.

Por suerte, mi padre es un hombre de palabra.

—Aseguraos de apuntarlas hacia el lago y de contar los disparos —grita.

Los Birdsong dejan que Hope y Janie también enciendan algunas. En el remoto caso de que algo salga mal, tenemos a una integrante del departamento de bomberos de Peach Valley sentada aquí mismo, en nuestra mesa de picnic.

Hope enciende bengalas y escribe su nombre en el aire.

Un dato sobre las chicas: se vuelven un doscientos por ciento más hermosas cuando juegan con bengalas.

El cielo está completamente oscuro ahora, y es posible ver cada estrella, incluso las más lejanas. Hope deja que su bengala la conduzca como una linterna hacia un árbol a orillas del agua.

—Oye, Spencer, ven, mira la luna. Dijeron que esta noche debía ser una superluna.

Corro hacia donde ha encontrado un hueco entre los árboles, y la luna brilla como una farola.

—Es un siete por ciento más luminosa y un catorce por ciento más grande —digo.

—Mmm, genial.

No le creo, seguro que solo quería hablar sobre lo bella que es. Nos quedamos allí mirándola, mientras nuestras bengalas dejan rastros de susurros humeantes por detrás. Cuando se terminan de consumir, una densa oscuridad nos envuelve al punto de no poder ver el césped a nuestros pies. Nos hemos alejado demasiado de las luces de la casa. Me encojo de hombros una y otra vez como un idiota, pero no creo que ella lo note.

—Está muy oscuro aquí fuera —dice Hope.

Cambia el peso al otro pie, y el movimiento roza su hombro con el mío. No lo aparta. Ni yo.

—Lo sé —digo—. Da la sensación de que podría haber cualquier cosa allá fuera, y ni siquiera lo sabríamos.

Es el tipo de oscuridad que oculta reuniones clandestinas y portales hacia otro mundo. El tipo de oscuridad en el que puede suceder cualquier cosa.

Como el primer beso envuelto en sombras.

O tu madrastra, gritando que necesita que corras dentro de la casa y busques unos platos desechables para cortar el postre. Aunque me encanta el bizcocho que prepara todos los años, adornado con crema batida y la bandera de los Estados Unidos dibujada con moras y fresas, el momento elegido no puede ser peor.

—¡Spencer!

—¡Voy!

Corro escaleras arriba de la cabaña, dejando atrás a Hope y la sensación de que me he perdido otra oportunidad más. O tal vez solo me esté imaginando cosas. Vi el modo en que miró a Dean tras el paseo en *quad*. Y esta mañana cuando estábamos en el muelle. Y en la cena. Decido descargar mi frustración en los objetos que golpeo al azar mientras busco los platos.

Hope aparece en la puerta.

—Mimi me ha enviado a buscar los tenedores.

—Ah, oye, me está costando encontrar los platos desechables.

Apoyo un recipiente de mantequilla de manzana (con suavidad) y me alejo de la estantería para observarla una vez más. Hope se detiene delante y me ayuda a buscar. Justo delante de mí. Esta despensa es apenas lo suficientemente grande para dos personas. Si me muevo hacia delante, aunque sea un centímetro, mi pecho estará tocando su espalda.

Ella da un paso hacia atrás. Más de un centímetro. ¿Cómo puede la gente hacer cosas como buscar platos mientras toca a otra gente? Porque me está costando mucho. Respiro hondo, y mi pecho se desliza subiendo y bajando por su espalda. Ella respira hondo, y sucede lo mismo al revés. Me refiero a que podría quedarme así, en esta despensa, toda la noche.

Se vuelve de modo que quedamos cara a cara.

—Así que te vas mañana, ¿verdad?

—Sí. —Maldición, no creo que nuestros labios hayan estado tan cerca jamás. No puedo creer que esto esté pasando. Está eligiéndome a mí en lugar de a Dean. Eso es lo que significa esto, ¿verdad?

—Me voy a aburrir mucho aquí sin ti.

—¿En serio?

—Sí. —Cruza los brazos sobre el pecho como si fingiera estar furiosa—. Me muero de celos de quedarme aquí sola con Bella, mientras que tú te diviertes en grande con malvaviscos y canoas y todo el resto.

Quiero hacerla reír con una broma oportuna sobre la hiedra venenosa.

—Me gustaría que vinieras conmigo —digo en cambio. Me inclino más cerca.

—Yo también. —Ella también se acerca.

Pero luego duda.

—¿Y Sophie? También estará allí, ¿no es cierto?

Siento como si faltara el aire aquí dentro porque me está costando pensar.

—Eh, pues, sí. Va todos los años. Nuestras cabañas siempre tienen una guerra épica de bromas pesadas.

—Claro —dice, asintiendo con la cabeza como si quisiera entender lo que sucede—. Y estaréis juntos. En el campamento.

—Pues sí. —Quiero decir, no. No sé lo que estoy diciendo, pero si le impide hacer lo que está a punto de hacer, debe ser algo inadecuado.

Y luego se encuentra muy, muy cerca. Extiende la mano. ¿Para cogerme la nuca? ¿Para besarme? Me quedo paralizado mientras su mano roza la parte de arriba de mi hombro y coge algo del estante que está detrás.

—Los platos. Están aquí, detrás de tu cabeza.

LISTA DE PROS Y CONTRAS DE SPENCER Y DEAN

Bueno, no estoy diciendo que me guste uno de los dos o ambos, pero si me gustaran...

SPENCER

PROS
— Le encanta correr, hacer senderismo y camping
— Amable
— Puede ser serio

CONTRAS
— Aún no entiendo si esa chica Sophie es su novia y no quiero preguntar
— A veces es un poco friki

DEAN

PROS
— Bíceps tremendos
— Inteligente
— Me hace reír
— Cuando me habla siento mariposas en el estómago

CONTRAS
— No me gusta cuando se burla de los demás
— Removió la tumba de un esclavo, ¿y cuánto puede haber cambiado de verdad?

— Siempre está rodeado de chicas y todas son mucho más guay, más grandes, más lindas, etc.
— Cuando me habla siento mariposas en el estómago

Parte tres

15 años

UNA TAXONOMÍA DE TRAIDORES

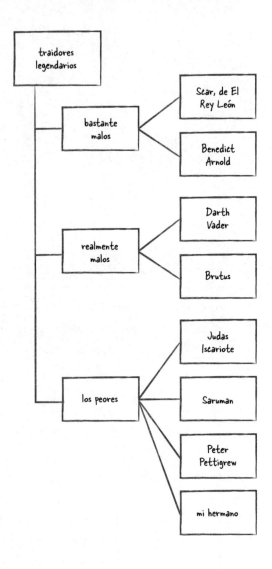

traidores legendarios

bastante malos
- Scar, de El Rey León
- Benedict Arnold

realmente malos
- Darth Vader
- Brutus

los peores
- Judas Iscariote
- Saruman
- Peter Pettigrew
- mi hermano

CAPÍTULO

6

Dato: los tics de cuerpo entero apestan.

La primera vez no dolió. Ahora sí. Lo aguardo como si estuviera esperando mi propia ejecución, el momento en que la piel que cubre mis costillas y el hueso de mi cadera las siento tan calientes que ya no puedo combatirlo. Mi cuerpo se sacude bruscamente de lado, como si se quebrara en dos. Mi cadera intenta chocar con violencia contra mi caja torácica, y quedo cabeceando de un lado a otro por el golpe. Y el dolor es tremendo. El cuello, la espalda, el estómago, todo el cuerpo. Me duele por todos lados.

Me encuentro apoyando las manos sobre la mesa para recobrar la calma cuando mi cuerpo se sacude en sentido contrario, no una sino dos veces. Y la segunda es la peor. Me froto la nuca e intento volver a sentarme en la silla. Tanto Pam como Mimi me observan con su mejor cara de madres preocupadas.

—Pues supongo que ya tenemos el motivo suficiente por el cual debo medicarme, ¿verdad? —Intento sonreír, pero ninguna de las dos se ríe de mi patética broma.

La pastilla se encuentra sobre el mantel individual que tengo delante. Tiene el color del liquen, del helado de menta con chispas de chocolate, de los pistachos y de las alas de la polilla luna, con el nombre del medicamento grabado en un lado, y «25 mg», en el otro.

—Deja que te busque un vaso de agua —dice Pam. Las madres suelen sentirse mejor cuando hacen algo.

Llena un vaso y lo apoya junto a la pastilla.

—Ahí tienes.

—Gracias.

Vuelven a fijar sobre mí su mirada escrutadora. Ahora sé lo que siente la luciérnaga dentro de un recipiente.

—Sabes que hacemos esto porque nos parece que no hay otra opción —dice Pam.

—Lo sé.

Comprendo lo alarmante que es para ellas. Los tics que involucran todo el cuerpo empezaron hace algunas semanas y son tan intensos que parecen convulsiones. Ya hemos hablado hasta el cansancio del tema de los medicamentos. Mi cerebro aún está en pleno desarrollo, dice Mimi. Mi cuerpo es un templo, dice Pam. Pero los tics fueron tan severos que no podía dormir de noche, ni siquiera con mi manta de peso, y me atacaban como ráfagas violentas, tras lo cual terminaba tan roto como si hubiera sufrido un accidente de coche sin cinturón de seguridad. Y luego un día Pam me encontró llorando, hecho un ovillo de dolor sobre el suelo de mi habitación. Después de eso todo el mundo adhirió sin dudarlo al tratamiento con medicamentos.

Bebo un gran trago de agua y lo retengo en la boca. Luego empujo la pastilla entre los labios y hago un buche enviándola hacia atrás de modo que queda flotando justo encima de mi garganta. Y trago. De verdad, espero que esto funcione: no hay medicamentos específicos para el síndrome de Tourette, así que es algo incierto, y el médico dijo que podía llevar un tiempo encontrar algo que funcione para mí.

Mimi me da una palmadita en la mano. Pam asiente con la cabeza.

—Eso es —dice.

Y luego, otro tic. Una convulsión en toda la regla.

—Oh —dice Pam.

—Bueno, tampoco iba a funcionar enseguida —señalo.

—Por supuesto que no —dice Mimi, y no me pierdo la mirada que le dispara a Pam desde el otro lado de la mesa—. Entonces, nos contarás si te sientes mal o tienes cualquier otro síntoma, ¿verdad, cariño? Cualquier efecto secundario.

Pam asiente con vehemencia.

—Estuve leyendo todos los foros de madres de Tourette y, a veces, cuando los chicos toman los medicamentos equivocados, hacen cosas terribles, como intentar saltar desde el tejado de la casa.

Apoya la mano sobre mi frente, como si fuera una manera científicamente probada de medir la propensión a saltar del tejado de una casa.

—No voy a saltar del tejado —digo.

Vuelven a mirarme como si fuera una especie de experimento en una placa de Petri. De nuevo.

—Bueno, iré a ver si Hope quiere ir en bicicleta, a jugar al baloncesto o algo.

Lo que sea. Haré lo que sea por salir de aquí antes de quedar aplastado bajo su amable escrutinio. Saludo con la mano mientras salgo por la puerta antes de que cualquiera de las dos pueda pensar en un motivo para retenerme.

Sé que tengo suerte de tener a Pam, pero cuando pretende ser una súper madre, comienzo a preguntarme por mi madre verdadera. Antes intentaba googlearla, pero jamás la encontré. No lo sé. Quizá emplee un nombre artístico.

Quisiera poder recordar más sobre cómo era. Dean me contó que era una mujer frívola y superficial. Supongo que eso significa que alteró por completo la vida de mi padre, haciéndolo robar algodón de azúcar o bailar bajo la lluvia o algo parecido. Al menos, eso es lo que sucede en las películas. Pero las películas nunca te llevan más allá del vivieron felices y comieron perdices. No te muestran lo que pasa después.

Aparentemente, las chicas frívolas y superficiales no están hechas para tener la cena lista a las cinco de la tarde, para los viajes en coche o los chismes de pueblo. Ni para tener hijos. Así que supongo que tienen que elegir: extinguir su propia luz y serlo todo para el resto del mundo con sonrisas que jamás alcanzan sus ojos o desgarrarse por dentro para poder volar y conservar su alma.

Quiero creer que dejarnos destruyó a mi madre, incluso si apenas recuerdo algo de todo ello. Sé que debió ser duro. Pero me alegra que haya elegido conservar su alma. En serio. Me gusta imaginarla feliz en algún lugar. Así que no me molesta. En serio. No me molesta para nada. Al contrario: me parece genial.

Cuando encuentro a Hope, está en el garaje, sentada junto a su bicicleta atándose las zapatillas.

—Es como si pudieras leerle la mente a los demás —digo.

Esboza una ancha sonrisa y lleva dos dedos a las sienes.

—Presiento que quieres dar un paseo hasta el Citgo y tomar un *slushie*.

—Presientes bien.

Se pone de pie, y me vuelve a llamar la atención el hecho de que ahora mi nariz solo le llegue al mentón. ¿Cuándo ha crecido tanto? Se tira hacia abajo el top, allí donde de pronto le ciñe el pecho. Seguramente, en el momento en que este creció.

Sacudo la cabeza como quien intenta quitar el agua del interior de las orejas y regreso corriendo a casa para buscar mi propia bicicleta. Cuando ando en bici, los tics me molestan mucho menos, así que el proyecto de ir a beber *slushies* será un alivio en varios sentidos. (Y, encima, ¡*slushies*!).

—¿Te encuentras bien, Spence? —pregunta Hope mientras me acerco con mi bici.

Estoy a punto de hablarle sobre la medicación, pero por ahora solo quiero pasarlo bien con mi amiga y olvidarme de todo lo que tenga que ver conmigo y mis tics.

—Sí, genial.

Arrancamos pedaleando juntos por la calle, y cada tanto tengo un tic que me hace dar un brusco viraje con la bicicleta, pero en su mayor parte no resultan más molestos que insectos fastidiosos. Hope está a mi lado, como todos los demás días de este verano. Hacemos senderismo, nadamos o vamos al cine, pero siempre estamos juntos. Así que ¿por qué no estamos *juntos*? Quizá, porque ninguno de los dos tiene el valor para proponerlo. Quizá, porque espera que lo haga yo. ¿Será tan fácil de verdad? Si eso es todo lo que hace falta, quizá deba intentarlo. Ahora mismo.

En cuanto nos detenemos por completo, decido hacerlo.

—Oye, ¿Hope? —pregunto tan guay como puedo empujando con el pie el soporte de la bicicleta para que quede en su lugar.

Se quita el casco y lo apoya en su asiento.

—¿Sí?

—Estaba pensando, quiero decir, estamos juntos casi todo el tiempo. Y somos buenos amigos de verdad y ambos nos gustamos mucho. —Sus ojos se agrandan, pero sigo hablando—. Digo, ¿no crees que deberíamos…?

—¡¿Ver ahora mismo quién llega primero a la máquina de *slushie*?! DIABLOS, SÍ.

Se precipita dentro de la tienda. Sin saber qué otra cosa hacer, yo también me lanzo tras ella.

14 de agosto, 1:47 p. m.

Hope: ¡¡¡Adivina!!!

14 de agosto, 1:49 p. m.

Hope: ¡JANIE! ¿Dónde eeessstááásss?

14 de agosto, 1:54 p. m.

Hope: ¡Me da igual que estés o no allí! ¡Estoy demasiado emocionada!

Hope: Hay una fiesta que organiza un chico que se llama Mickey. Está en el instituto. ¡Y además habrá toda clase de chicos sexys del instituto!

Hope: (¡Los mismos que irán conmigo al instituto dentro de dos semanas!).

Hope: Y (¡¿puedes creer que siguen las noticias?!) es una fiesta en la piscina, así que llevaré mi nuevo bikini. ¿El bikini rojo que no quería comprar, pero que tú me obligaste a hacerlo? Sí, ese.

Hope: Y sí, tendré cuidado, y no, en realidad, no conozco a este chico, pero Dean sí, y Pam lo está obligando a llevar a Spencer, y por supuesto Spencer me ha invitado.

Hope: En realidad, Dean está enfadado con todo el asunto.

Hope: Pero lo que sea, ¡¡¡una fiesta del instituto, en la piscina!!!

14 de agosto, 3:58 p. m.

Janie: ¡¡¡HOPE!!! Necesito detalles, ¡¡¡y los necesito AHORA!!!

¡Date prisa y llega a casa!

14 de agosto, 4:00 p. m.

Janie: ¡En serio, tengo un dolor de cabeza mortal, y la única cura son historias exclusivas de fiestas del instituto en la piscina! (Seguramente, no tiene mucho fundamento científico, pero te juro que me haría sentir un setenta y ocho por ciento mejor).

14 de agosto, 4:33 p. m.

Janie: ¡Esto es tan injusto! Tengo la tentación de llamarte, pero no puedo evitar pensar que sale UNA FORTUNA.

14 de agosto, 5:41 p. m.

Janie: ¿Te han matado?

14 de agosto, 5:43 p. m.

Janie: No, pero en serio, ese bikini es letal. Si algún pobre chico te miró sin gafas, es posible que tu aspecto le haya derretido los ojos, y ahora mismo estés en el hospital, sentada junto a su cabecera, sosteniéndole la mano mientras los doctores te explican que simplemente no hay nada que puedan hacer cuando una persona es TAN SEXY.

Janie: Vamos, tienes que volver a casa pronto porque he perdido la poca cordura que tenía y he tenido que recurrir a contarme historias descabelladas en tu ausencia.

14 de agosto, 10:06 p. m.

Hope: ¡¡¡QUÉ BIKINI!!!!

Janie: ¡¡¡OH, MENOS MAL!!!

Hope: Oh, cielos, Janie, era igual que en Grease cuando Sandra Dee se convierte en Sandy, y todo el mundo se queda en estado de shock pensando: «Fíjate cómo está con esos pantalones de cuero».

Hope: Había un montón de chicos flirteando conmigo, y me sentí como una persona diferente.

Hope: Y Dean decía a cada rato: «Oye, Hope, qué bonito bikini».

Hope: Oye, Hope, qué bonito bikini.

Hope: ¿Puedes creerlo?

Hope: Nunca me llama Hope. Siempre me dice Birdsong. Estoy casi segura de que quiere decir algo.

Janie: ¿Te gusta Dean?

Hope: Pues, es Dean. A todas las chicas les gusta Dean. Es solo que nunca pensé que yo le gustaría a él.

Janie: No has respondido a mi pregunta.

Hope: Pues, sí, sí, supongo que me gusta, ¿pasa algo?

Hope: Una vez, en una fiesta, cuando Spencer parecía más interesado en los insectos que había atrapado con una trampa de hoja que en estar en una fiesta de verdad, y unos chicos se estaban burlando de él, Dean los obligó a dejarlo en paz. Puede ser bastante atento.

Hope: Lo que sea. Ni siquiera importa.

Janie: No te pongas así. Siento haber sido tan juzgona.

Hope: No es eso. Es solo que, si bien es cierto que Dean flirteó conmigo, también flirteó con otras dieciocho chicas de la fiesta.

Janie: ¡¿Dieciocho?!

Hope: Está bien, en realidad fueron cuatro, pero parecían dieciocho.

Janie: Vaya pero, de todos modos, qué idiota.

Hope: Sí, y a veces veo de noche a chicas escondidas en los arbustos fuera de su casa, y golpean la ventana y Dean las deja entrar. Es el chico más mujeriego del colegio.

Janie: Hope…

Hope: Pero ¡no es mal chico! Quiero decir, jamás les miente a ninguna de esas chicas ni nada. Siempre dice que no quiere una novia, pero el caso es que yo sí quiero un novio, así que todo este asunto probablemente sea estúpido, y deba mantenerme alejada de él, lo sé, pero ¿qué pasa si no puedo? ¿Qué pasa si le gusto de verdad? ¿Qué debo hacer?

Janie: Tan solo sé tú misma.

Hope: ¿Que sea yo misma? ¿Ese es tu mejor consejo? Me lo podría haber dado papá, y por lo menos habría venido con una galleta.

Janie: Caray, cómo extraño las galletas con chispas de chocolate de papá.

Janie: Pero ese no es el tema. ¡Concéntrate! Lo que he querido decir es que hay cosas que quieres y cosas que eres. Y puede ser que Dean esté a la altura de esas expectativas o puede que no, pero no las cambies por él. Solo sé tú misma. Y si no funciona, entonces no estaba destinado a suceder.

Hope: Ajá. ¿Sabes? A veces eres bastante increíble.

Janie: Lo sé, ¿verdad? Me siento muy iluminada.

Hope: Sí, bueno, tampoco comiences a darte aires de gurú.

Janie: ¿Qué? ¿Solo porque soy la Dalai Lama de las relaciones interpersonales?

Hope: Ay, cielos. Lo sabía.

Janie: ¿Y tengo las respuestas a todas los misterios de la vida?

Hope: -_-

Janie: Realmente, debería tener mi propia columna de consejos.

Janie: O quizá un podcast.

Hope: Me voy.

Janie: ¡Espera!

Janie: ¡Escríbeme una carta y cuéntame cualquier otra cosa que suceda!

Hope: Lo haré

Janie: Puedes dirigirla a Janie Birdsong, gurú experta de relaciones interpersonales.

Hope: ADIÓS, Janie.

Janie: ¡Y envía también algunas galletas de papá!

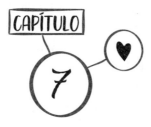

CAPÍTULO

7

Supongo que las pastillas están funcionando. Por lo menos, he dejado de tener los tics que involucran a todo el cuerpo. Pero no me impidieron gritar «hamburguesa» como un patético fracasado durante la última clase.

Tengo que ir a la oficina de la enfermera para tomarme los medicamentos del mediodía, así que debo correr hasta allá y luego al curso de Historia Mundial, pero consigo deslizarme en el pupitre que está al lado de Hope justo cuando comienza la clase. Ni siquiera intento prestar atención a la lección del señor Siegel sobre Nicolás y Alejandra. En cambio, dibujo una taxonomía a la derecha de mis notas de Historia.

chicos para quienes la escuela apesta → chicos que tienen Tourette → yo

Hope se muestra súper curiosa e intenta mirar por encima de mi hombro. A veces dibujo taxonomías graciosas y se las paso en clase. Trato de cubrir esta con mi mano, pero me obliga a pasarle mi cuaderno. El señor Siegel está ajeno a todo. Cuenta algo sobre Rasputín que lo eleva a un estado de éxtasis.

Hope escribe algo y me lo pasa. Al pasarme la nota, su mano roza la mía, y recuerdo aquel bikini increíblemente sexy que llevaba en la fiesta en la que nos colamos el fin de semana pasado. Enseguida me concentro en estadísticas de lucha libre para dejar de pensar en cómo lucía con aquel bikini rojo.

Sé que no soy el único que lo notó, y me asusta. Quizá sea mejor así. Porque, en realidad, si solo me eligiera a mí porque lo de Dean no resulta, tal vez no sea lo mejor. No es que me vaya a elegir, de cualquier manera. No es que alguien me vaya a elegir alguna vez.

Bajo la vista a lo que me ha escrito.

No sé qué responder a eso. En serio, podría tardar una eternidad pensándolo, pero cuanto más te demoras peor es, así que escribo rápido *gracias*, con una carita feliz. (Dean dice que a las chicas les gustan).

Hope da la vuelta a la hoja y parece estar escribiendo una nota de verdad. Echa un vistazo al frente de la clase para asegurarse de que el señor Siegel esté escribiendo en la pizarra y luego me devuelve el cuaderno.

¡Hola, Spence!

¡Estoy planeando un viaje a Belice! ¿Te he contado que Janie está ahora en Belice?

¡Ja! Es gracioso porque ya te lo he contado como 8 mil millones de veces.

¿Quieres ayudar?

Sonrío. Ni siquiera me importa que, probablemente, solo intente distraerme.

SÍ.

Le paso de nuevo el cuaderno.

¡Genial! Esto es lo que tengo hasta ahora.
Visitar una reserva de jaguares.
Ver ruinas mayas.
Hacer kayak en un río subterráneo. (Respecto al río subterráneo: pasa por muchas cuevas, y los mayas de la antigüedad solían vivir allí, y sigue habiendo escalinatas, terrazas, altares y vajilla de cerámica. ¡Súper guay!).
Oh, y definitivamente vamos a hacer buceo en el Gran Agujero Azul.

Ehm, creo que tienes que tener un permiso para eso.

Es apenas un detalle. Para cuando hagamos el viaje, ya tendremos una certificación de buceo. Ejem. Como decía antes de que me arrancaran la hoja de una manera tan descortés, podemos acceder a todo un universo submarino a través del sumidero de ciento veinte metros. ¡¿Acaso no es lo más genial del mundo?!

Lo sería, si no supiera que en Australia existe el insecto palo espinoso gigante, que llega a medir hasta veinte centímetros de largo y secreta una sustancia química que ahuyenta a los demás insectos, pero para las personas huele a manteca de cacahuete.

Oye, oye, oye. ¿Intentas demostrar que eres más raro que yo?

No lo intento. Es lo que quedará a la vista si sigues jugando.

Reto aceptado.
¿Sabías que hay un lago en Australia que tiene un color rosado intenso como el Pepto-Bismol a causa de las algas que crecen allí?

¿Sabías que las avispas vudú embrujan a las orugas para depositar sus huevos dentro de ellas?

¿Qué? No me lo creo.

Cien por cien real.

¿Estás seguro? Porque parece el tipo de información que alguien inventaría si desea ganar desesperadamente el concurso mundial de conocimientos.

¿Estás cuestionando mi honor? Vaya, cómo duele eso. Además, creo que estás tardando a propósito.

¿Ah, sí? Entonces, ¿qué te parece esto? En el paraje de Baños, Ecuador, hay una casa en un árbol que parece a punto de caerse por el borde de un precipicio y desaparecer. Y sujeto a una de las ramas está el columpio del fin del mundo. Y, si eres lo suficientemente valiente para arriesgar tu vida y colgar de dos trozos de cuerda y una tabla, puedes volar por encima del cañón y un volcán activo (si antes no te matas haciéndolo).
P. D.: Te tengo.

Eso es realmente genial. Pero quizá no tan genial como la cigarra que duerme 17 años bajo tierra y luego aparea durante dos semanas.

¡Ay! Qué poco romántico.

¿Por qué?

Dormir 17 años solo para disfrutar dos semanas de amor verdadero.

Qué observación tan de chica.

Pues... ¿qué esperabas?

De cualquier manera, he estado siguiendo un sitio web que las monitorea, y la próxima vez que un millón de esas cabroncillas brote del interior de la tierra, yo estaré allí. (Y tú deberías venir conmigo. Ya sabes, por la cuestión romántica).

¡Por supuesto! Pero antes, debo ganar un concurso. ¿Sabías que Hawái tiene todos los colores de arena en sus playas (amarillo, blanco, negro, rojo y VERDE) y flujos de lava activos, y al menos ocho zonas de climas diferentes de modo que, en teoría, puedes esquiar y bucear el mismo día?

Yo necesito flujos de lava activos en mi vida. También, arena verde. ¿Y sabías que la hormiga guerrera tiene mandíbulas tan fuertes que quedan cerradas incluso si mueren o las parten por la mitad, y en algunos países las utilizan para suturas quirúrgicas de emergencia?

Debo admitir que eso sí que es genial (y también completamente REPUGNANTE). Pero lo siguiente es aún más genial. Existe un lugar en Turquía que parece un castillo de hielo formado por terrazas, todas superpuestas unas encima de otras, aunque en realidad no es hielo, sino minerales, y cada terraza forma su propia piscina de agua termal. ¿Y? ¿Ya se te acabaron las ideas?

¡No! ¿Sabías que hay avispas que pueden detectar bombas? ¿O que hay una termita norteamericana que tiene cara de pistola?

¡Eso han sido dos cosas, grandísimo tramposo! Pero esto es genial, ¿sabes qué? Yo conozco un lugar en Nueva Zelanda llamado la cueva de los gusanos luminosos, a la que solo puedes acceder en bote surcando un laberinto de cavernas, pero, sin duda, vale la pena, porque dentro hay miles de Arachnocampa luminosa que brillan por encima como estrellas del tamaño de un mosquito. BOOM. *suelta el micrófono*

¿Lo dices en serio?

Sip.

¿Cómo es posible que sepas algo sobre insectos que yo no?

Evidentemente, me has subestimado.

Puedes ganar este y todos los demás desafíos siempre y cuando prometas contarme la ubicación exacta de esa cueva de gusanos luminosos.

No hay problema. Te tengo, Spence :)

Suena la campana. Doblo la nota y la meto en mi bolsillo. Hoy sigue siendo un mal día, pero supongo que ahora lo es mucho menos.

¡Hola, Janie!

¿Cómo andan las cosas en Belice? Espero que las galletas no estén muy asquerosas para cuando las recibas. Papá hizo una tanda especial solo para ti, y luego Spencer me ayudó a sellarlas herméticamente. También me ayudó a planear el viaje más increíble a Belice (fíjate en la parte posterior de esta hoja).

De cualquier manera, ¿recuerdas que te dije que te contaría si pasaba algo con Dean? Pues... es posible que algo haya sucedido: estaba sentada en el porche trasero pintándome las uñas (¡sabes que a mamá le vuelve loca el olor!) cuando Dean bajó corriendo las escaleras y, justo antes de abrir la puerta de su coche, me vio. Y fue como si olvidara el motivo por el que había estado tan apresurado, y tuviera todo el tiempo del mundo para acercarse, subirse a la barandilla del porche, y preguntar: «Vaya, hola, Hope, ¿qué haces?».

Así que le conté que estaba pintándome las uñas, e intenté volver a la tarea, solo que entonces la mano me temblaba tanto que hice un desastre y me pinté el dedo pequeño del pie con esmalte verde. Y antes de que pudiera darme cuenta de lo que estaba sucediendo, bajó de un salto para sentarse junto a mí y me levantó el pie (¡MI PIE, JANIE!), y lo movió a un lado y otro, señalando lo bonito que era el color y que le hacía acordar al helado de pistacho. Y luego con el pulgar me limpió el esmalte que tenía en la piel, diciendo: «Oh, yo ayudo todo el tiempo a las chicas que se hacen la pedicura. Ya sabes, cuando no estoy haciendo lo que hago para que mis abdominales sean tan increíbles».

Y dijo: «Oye, estoy planeando ir a Riverside. ¿Quieres venir?».

Y yo: «Guau, ¡¿está abierto hoy?!».

(Nota aparte: Riverside Catfish es INCREÍBLE. Se trata del mejor pescado del universo. No, en serio. Te enviaría un poco con las galletas, pero estoy ochenta por ciento segura de que los pescados no son una buena idea para envíos internacionales. De cualquier manera, Riverside tiene un horario muy aleatorio, y nunca sabes cuándo abren de verdad, así que lo que generalmente sucede es que, cuando anuncian que están abiertos, todo Peach Valley corre hasta allá lo más rápido posible).

Y sé que fue mala idea, pero su pelo seguía húmedo de la ducha, y lo sacudió como un cachorro. No sé por qué me afectó tanto, pero me afectó, y lo único que atiné a hacer fue asentir con la cabeza y meterme en su coche. (En serio, Janie, perdí la cabeza. Creo que me hubiera tirado por un precipicio tras él).

Así que fuimos al restaurante, donde nos encontramos con otros estudiantes de tercer curso, y estaban interesados en lo que yo tenía que decir, y se reían cuando era graciosa, y Dean no dejaba de apretar mi rodilla bajo la mesa. Me siento como una imbécil incluso escribiéndolo, pero me hicieron sentir un poco como una estrella de cine. Bueno, ya lo he dicho. Tienes mi permiso para enviarme un e-mail y decirme lo patética que soy. También, tienes mi permiso para recordarme que la próxima vez que vengas de visita, debemos ir a ese lugar absolutamente todos los días, porque el pescado es para morirse.

Y por si acaso estés preocupada porque algo me haya achicharrado el cerebro, NO DEJÉ que me besara al despedirnos. En cambio, esto fue lo que sucedió:

Dean (apaga el motor y espera como si no fuera nada del otro mundo, aunque los segundos se convierten en una eternidad): «Me alegra que hayas venido conmigo esta noche».

Y luego le da un tirón a la presilla de mis shorts como si estuviera haciendo una broma, pero ¡era un acto completamente seductor! ¡Y casi caigo en la trampa! Un hallazgo importante: ¡los asientos contiguos son muy peligrosos! Estuve muy cerca de dejar que me tumbara sobre el asiento para besarme.

Yo (recordándome que mi boca sabe a pescado y a aros de cebolla rebozados, encuentro el coraje para apartarlo de un empujón): «No voy a ser como las chicas que veo en tu ventana».

Dean: «¿Qué chicas?».

Yo (levanto las cejas como diciendo: «Hola, soy tu vecina de al lado. ¿Crees de verdad que soy ciega?»).

Dean (con una sonrisa de «oh, mierda»): «Por supuesto que no. Tú eres diferente».

Yo (tardo un tiempo largo a propósito para hacerlo sufrir): «Pruébalo».

Dean: «Haré lo que quieras».

Yo: «Si quieres verme, ven a la puerta de mi casa, porque yo no iré a verte por tu ventana».

Y te sentirás orgullosa de saber que salté de su camioneta y subí corriendo las escaleras de nuestra casa. Por desgracia, justo cuando estaba abriendo la puerta de entrada, tuvo que decir: «Adiós, Hope». Y las tripas se me derritieron como un helado de melocotón en verano.

Fin del acto.

Así que, como ves, estoy metida en toda clase de problemas. Sobre todo, porque esta mañana ha golpeado a mi puerta y me ha pedido ir al cine con él, y yo no tenía un buen motivo para decirle que no. Porque de verdad quiero ir, Janie. Cuando estamos solos en la camioneta, no sé, es diferente de lo que creía que era. Es realmente gracioso y agradable.

Llámame/mándame un e-mail/envíame un mensaje, y hazme entrar en razón, ¿sí?

¡Te echo de menos con locura!

Besos,
Hope

P. D.: ¡Hace años que no vemos juntas una película en Skype! Tengo ganas de ver Chicago, pero también podrías convencerme de ver West Side Story, ¡así que avísame! Además, ¡quiero conocer a tu nuevo novio!

P. P. D.: Recibí tu paquete la semana pasada. ¡Gracias por el diario de mariposas!

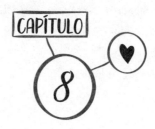

CAPÍTULO

8

Estoy en la línea de cajas, tecleando el código para pagar mi almuerzo de tiras de pollo y tres leches desnatadas cuando advierto que Hope no está en nuestra mesa. Está sentada junto a Dean en una mesa llena de estudiantes de tercer curso. Sabía que había salido con él a comer pescado o algo así, pero no sabía que eso quería decir que estaba *saliendo con él*. Bueno, hasta ahora.

Supongo que finalmente se ha acabado. Puedo quitar a Hope de la columna de Quizá/Con suerte/Algún día estará con Spencer y colocarla en la de Chicas arruinadas/contaminadas por Dean. Y es peor de lo que jamás pensé porque me olvidé de considerar que es mi única amiga verdadera. Me quedo allí, de pie con mi bandeja, sintiéndome con cada segundo que pasa como algo enorme y horrible, con un letrero parpadeante encima de mi cabeza que dice: *Este chico es un perdedor que no tiene dónde sentarse.*

Podría sentarme en nuestra mesa habitual. Hope y yo no nos sentábamos allí solos. Pero, en realidad, no conozco bien a ninguno de los que almuerzan allí, ¿y qué pasa si me estaban tolerando solo por Hope?

No se me ocurre nada mejor, así que me dirijo allá y me siento. Nadie intenta detenerme, lo cual interpreto como una señal positiva. Aunque tampoco me dirigen la palabra. Lo cual está bien. Solo necesito mantener la cabeza baja y llegar al final de este día. Intento abrir mi cartón de leche, pero supongo que me tiemblan los dedos porque casi la derramo. Apoyo la leche e inhalo lentamente. No en el colegio. *No aquí.* Algunos segundos pasan, y un chico se sienta junto a mí. Está en el asiento de Hope, pero imagino que ella no volverá muy pronto. Lo he visto antes. Creo que se llama…

—Hola, soy Paul.

Sí, eso.

—Yo soy Spencer.

Bueno, esto no ha sido tan terrible.

—¿Estás en la clase del señor Byers, durante la primera hora? —pregunta. Para ser tan delgado, tiene una voz profunda y grave.

—Sí. ¿Tú también?

Asiente, y las cosas se vuelven incómodas unos instantes, así que me concentro en mis tiras de pollo, que de pronto vuelven a ser comestibles.

—¿Así que juegas Magic? —Se trata de una afirmación más que de una pregunta.

Mis manos quedan paralizadas en el aire. ¿Cómo lo sabe?

—Ayer vi un mazo sobresaliendo de tu mochila.

Me tranquilizo, pero solo un poco. ¿Me delatará delante de toda la mesa? ¿Me echará? Me pregunto si me creería si le dijera que no son mías.

—Yo también juego —dice.

—Oh. Oh, guay.

—No en el colegio, pero si alguna vez quieres pasar el rato y traer tus mazos…

—Sí, sería genial. —Este chico está subiendo rápidamente a lo más alto de mi lista de Nuevos amigos potenciales para Spencer.

—Genial. —Sonríe, y le doy mi teléfono para que pueda enviarme un mensaje. Durante el resto del almuerzo hablamos de películas de Marvel.

Primer día sin Hope, y tengo la situación dominada. Me enderezo un poco más en mi silla de plástico. Cuando suena la campana, Paul y yo caminamos juntos para guardar nuestras bandejas. Esto podría ser realmente genial, lo de tener un amigo que sea un chico. Hope odia jugar a Magic. La última vez tuve que negociar ver *High School Musical* además de *High School Musical 2* para que jugara conmigo. Solo puedo soportar una cierta dosis de Zac Efron.

Deslizo mi bandeja sobre la cinta transportadora y retrocedo. Bueno, en realidad intento retroceder: hay un grupo grande detrás.

—Cuidado. —Es Ethan Wells. El mismo que le rompe la cara a la gente y hace que los niños se orinen encima.

—Sí, cuidado, Espasmo. —Su amigo me da un empujón, pero no me muevo.

No quiero parecer un perdedor delante de Paul, y antes de que pueda evitarlo me encuentro hablando de más. No es un tic, tan solo un enojo súbito.

—Oye, tranquilo, fue un accidente. —Y luego murmuro en voz baja—: Y deja de una vez los anabólicos.

El amigo tiene mejor oído de lo que sospeché.

—¿Vas a dejarlo pasar? —le pregunta a Ethan. Y luego cuando este se queda quieto—: En serio, Ethan, ¿vas a dejarlo pasar?

Ethan nos mira a ambos y suspira. Coge la bandeja de su amigo y lentamente despega el trozo de pan que se encuentra encima de los restos de un sándwich de mantequilla de cacahuete y mermelada a medio comer. Y luego me da una palmada en la espalda. No con fuerza ni nada, pero el sándwich queda pegado.

—Deberías haber mantenido la boca cerrada —dice en voz baja.

Paul observa con los ojos bien abiertos, pero está en la periferia del grupo: no saben que está conmigo. Y luego se acerca la vicedirectora Parks.

—Chicos, ¿todo bien?

Me giro rápidamente para que no pueda verme la espalda. Ethan y su amigo le dirigen una sonrisa forzada.

—Oh, claro, todo bien.

La gente se dispersa. Las autoridades del colegio tienen ese efecto. Luego suena la campana, y la gente se dispersa aún más. Me escabullo dentro del baño para quitarme la camisa. Para cuando salgo, Paul ha desaparecido. Sé que tenía que llegar a clase. La campana ya ha sonado. Es posible que no tenga nada que ver con no querer ser amigo de un chico que tiene un blanco en la espalda (literalmente). Casi puedo anticipar un mensaje en el que me invite a jugar Magic, pues… a ver… nunca.

Paso el resto del día con la camiseta puesta; mi camisa con la insignia de mantequilla de cacahuete, a salvo en mi mochila. No hablo con nadie, y nadie habla conmigo.

Después del colegio, subo a hurtadillas al desván y me pongo a mirar fotografías de mi madre. Deseo desaparecer. O quizá saltar por la ventana. Estoy en un sitio bastante alto. Las hormigas pueden caer prácticamente de cualquier altura y no morir porque tienen una velocidad terminal baja o algo así. Pero si yo saltara, no creo que saliera ileso.

Desecho la idea y me aparto de la ventana. Vuelvo a las fotografías de mi madre, desearía desaparecer dentro de ellas. Hay una de ella en un picnic de la iglesia… muchas de familias, todas iguales, y ella. Sobresale en todas las fotografías: más animada, *más viva* que todas las personas ordinarias. *Por supuesto que tienes esa impresión de ella. Es tu madre*, pienso a veces. Pero otras, sé que no soy solo yo. *Es ella*. Su sonrisa es demasiado exaltada, los mechones violetas de su pelo castaño oscuro anuncian: «No pertenezco a este lugar».

Paso a otra fotografía. Esta es de mi madre con una guitarra, lo cual tiene sentido. A veces me la imagino arrullándonos, y me pregunto si realmente recuerdo su voz tal como era. En las películas, aparece una madre o un padre abandonando a un chico, y el que queda quiere protegerlo así que oculta todas las cartas y tarjetas de cumpleaños que le envía el otro progenitor, hasta que en una gran escena dramática el chico descubre que el padre o la madre ausente realmente lo ha querido todo ese tiempo, y allí están las cartas de todos esos años para probarlo. El chico está feliz de no haber sido abandonado, pero también muy lastimado porque el otro padre le ha mentido. ¿Sabéis lo que duele aún más que las mentiras sobre las cartas? Que las cartas ni siquiera existan. Solía dar vueltas a la casa buscándolas. Y, al principio, cuando no podía hallarlas, pensaba que estaba bien. Que mi padre era inteligente: estaba quemándolas o destruyéndolas antes de que siquiera llegaran a mis manos. Así que me aseguré de ser el que revisaba el correo. Todos los días durante un año, abría el buzón y metía la mano buscando una carta que nunca llegaba.

¿Cómo se supone que encontraré las respuestas que busco cuando falta un trozo tan grande de mí mismo? Apenas la conocía, pero eso no le impidió arruinarme la vida por completo. Le doy una patada a una viga de soporte como si tuviera la culpa de todo lo que anda mal en mi vida. Algo cae del techo y me golpea la cabeza. Después de maldecir un poco, noto que es algo grande (el chichón de mi cabeza lo confirma). También, que es una funda de guitarra o algo parecido. Y a diferencia de todo lo demás en este desván, está completamente desprovisto de polvo. Me quedo perplejo, y luego lo entiendo, todo a la vez. Es de mi madre, y mi padre la guarda aquí. No solo eso, la cuida. Debe venir aquí arriba y mirarla. Además, la guitarra que está dentro es preciosa. Antigua. Maltrecha.

Antes de darme cuenta, mis mejillas están húmedas.

Oigo pisadas en la escalera del desván y me apresuro a enjugarme las lágrimas. Es cierto que no estaba llorando desconsoladamente, así que espero que, el que sea que sube, no se dé cuenta. Hope aparece en la entrada al desván y se abre paso hacia mí haciendo crujir a su paso los deformados tablones de madera.

Lo primero que pienso: menos mal que no es Pam porque no he ocultado la guitarra.

Lo segundo: sabe que he estado llorando. Me doy cuenta porque su entrecejo se frunce un poco.

—¿Estás bien? —Extiende su mano hacia mi hombro, pero la aparto con un movimiento.

—Dean no está aquí.

Retrocede un paso.

—No buscaba a Dean. Te buscaba a ti.

No digo nada. Tan solo comienzo a guardar las fotografías en las cajas.

—Supongo que ya sabes que vamos al cine esta noche. —Es posible que Dean lo haya mencionado de camino a casa desde el colegio. Ahora, de hecho, se retuerce las manos. No sabía que era algo que las personas hacían en la vida real—. Ni siquiera estoy segura de cómo ha sucedido. Dean... tiene una manera de atraer a la gente. Es como el sol.

—O como un agujero negro.

Su boca se curva en una media sonrisa, y la atmósfera del desván se vuelve un ochenta por ciento menos tóxica.

Luego no puede evitar un gesto de compasión.

—Lo siento, Spence.

—¿Por qué? —¿Por qué ha tenido que hacer eso? ¿Por qué no podíamos solo fingir que jamás me había gustado? De hecho, jamás se lo dije. Ahora quedaré para siempre rotulado como el perdedor, condenado a ver a su hermano salir con la chica que le gusta.

—Porque... —Hace un gesto señalándonos a ambos como si aquello lo explicara todo. Y vuelve a retorcerse las manos.

Mis ojos se estrechan.

—¿Sabes qué? Creo que debes irte.

Hope hace una mueca como si acabara de darle una bofetada, pero no me detengo.

—En este momento estoy muy ocupado y no quiero hablar del tema. De verdad, debes marcharte e ir a ver a Dean. —Inyecto todo el desprecio posible en el nombre.

Cualquiera haya sido el hechizo que la mantenía paralizada, se rompe.

—Como quieras. —Levanta las manos y retrocede—. Solo intentaba… olvídalo. Quizá sí vaya a ver a Dean.

Desciende las escaleras, golpeando con fuerza cada peldaño.

Una parte de mí desearía tener una segunda oportunidad, pero la otra sabe que, por más oportunidades que tenga, siempre lo echaré a perder.

28 de septiembre, 7:22 p. m.

Hope: ¿Estás ahí?

Janie: ¡Sí! ¿Cómo va todo?

Hope: Spencer y yo nos acabamos de pelear.

Janie: Oh, cariño. ¿Qué ha pasado?

Hope: He empezado a salir con Dean.

Janie: Espera. ¡¿QUÉ?!

Hope: Ah, claro, aún no recibiste las galletas. Los detalles están en la carta que envié, pero sí, Dean y yo iremos al cine, de ahí la pelea.

Hope: Salvo que suena como si todo fuera culpa mía, lo cual es completamente falso.

Hope: Es todo culpa de Spencer.

Hope: TODO.

28 de septiembre, 7:26 p. m.

Hope: ¿Janie?

Janie: Lo siento. Me he distraído. Aquí es realmente tarde.

Hope: Oh, pues, hum, no hay problema.

Hope: Solo quería hablar de Spencer. Últimamente, ha estado comportándose de una forma muy rara. Estoy muy preocupada.

Janie: Diferente, ¿en qué sentido?

Hope: Como si estuviera realmente enfadado.

Hope: Y no solo por lo de Dean y yo, sino por todo.

Hope: Y dice cosas que no suenan propias de él.

Janie: Uf. ¿Está saliendo con otros amigos?

Hope: No, no está frecuentando malas compañías.

Janie: No he dicho «malas compañías».

Hope: Pero lo pensaste.

Hope: *suspiro*.

Hope: Quiero preguntarle qué le pasa, pero me preocupa que solo empeore las cosas.

Hope: Además, ahora ya no hablo con él.

Janie: Ay, no. No lo envidio ser víctima de tus clásicos vacíos.

Hope: No sé de qué hablas.

Janie: Ay, por favor. Tus vacíos son legendarios.

Hope: Pues, ¡realmente, se merece este!

Hope: Intentaba hablarle sobre algo y me respondió: «¿Por qué no vas a ver a Dean?».

Hope: Y entiendo si no quería hablar del asunto… pero fue MUY desagradable.

Hope: No debió ser tan desagradable.

28 de septiembre, 7:37 p. m.

Hope: ¿No crees?

28 de septiembre, 7:39 p. m.

Hope: Janie, ¿Estás ahí?

Janie: He debido distraerme otra vez. Lo siento. Me sucede todo el tiempo. Nolan ha estado burlándose de mí.

Hope: Esto es realmente importante.

Janie: Lo sé. Realmente, lo siento. Es que tengo un dolor de cabeza terrible. ¿Y si te llamo mañana?

Hope: Está bien.

Janie: Te quiero, Hope.

Hope: Te quiero.

CAPÍTULO
9

Necesito tanto hablar con Hope que es como tener una astilla clavada en el cerebro. No sé si puedo disculparme ante Dean, el rompecorazones, pero cuando veo a los padres de Hope subir al Jeep de la madre y salir del camino de entrada, mis pies me llevan solos a su casa. La imagino acurrucada bajo una manta con el último libro de Laini Taylor, dándole trozos de queso a Eponine en la cocina o haciendo estiramientos para salir a correr.

No la imagino besando a mi hermano.

Subo a saltos las escaleras y estoy a punto de tocar el picaporte de la puerta cuando los veo detrás de la puerta mosquitera, en el medio de la sala, completamente ajenos al hecho de que me he quedado paralizado, sin poder apartar la mirada.

Es el tipo de beso que no esperas que nadie vea. Uno de esos besos voraces que vienen con la desesperación de aprovechar el instante en que tus padres desaparecen de la casa. En realidad, jamás he besado a nadie, pero no tengo dudas en este tipo de cosas.

Las manos de Dean recorren todo su cuerpo, como si fuera un territorio y cada lugar que toca es una bandera clavada que dice «Reclamado por Dean Barton». Hombros. Piernas. La parte baja de la espalda. Sus clavículas perfectas, las puntas de sus dedos recorriendo las líneas de bronceado, como siempre lo soñé. Las recorre de nuevo, esta vez del lado derecho, solo que sus dedos no se detienen cuando llegan a su escote. Los desliza bajo el borde de su top, donde se hunde sobre su pecho. Se mueve poco a poco, quizá porque tenga miedo de que lo detenga si va demasiado rápido. Quizá porque la blusa de ella le ciñe el cuerpo y le está costando meter la mano por debajo.

Y luego la mano consigue entrar, ahuecándola, tocándola. Ella gime contra su boca, y al oír ese sonido… mi cuerpo prácticamente estalla. Ay, lo que sería oírla gemir así por una caricia mía.

Ahora él le besa la mandíbula y el cuello. Sus ojos están cerrados. Su boca, a medio abrir. Sus besos comienzan a descender. La clavícula, la punta de un pecho. Y, ay, maldita sea, consigo recomponerme y vuelvo la cabeza justo cuando él le saca un pecho de la blusa. Eso me sacude de golpe. No está bien que vea esa parte de su cuerpo salvo que ella misma elija mostrármela. Yo ni siquiera querría hacerlo.

Desciendo furtivamente los escalones del porche. También tengo que entrar a hurtadillas en mi propia casa porque Pam está trabajando en un proyecto artesanal con recipientes de conservas, y prefiero no explicarle a mi madrastra por qué tengo una ridícula erección justo en este momento. Uf. Siento como si no tuviera ningún tipo de control, ni siquiera sobre mi propio cuerpo.

Cuando al fin llego a mi habitación y cierro la puerta, el cuerpo entero me tiembla. La imagen de la mano de Dean metida bajo la blusa de ella acude a mi mente, y siento como si tuviera orificios en todos los órganos importantes.

Ni siquiera sabría qué hacer.

Si ella estuviera en mi habitación en este momento con esos shorts de jean, besándome… un beso absolutamente salvaje.

Sería una suerte si pudiera recordar cómo respirar, por no hablar de decidir dónde poner las manos. Dean consigue a todas aquellas chicas sin siquiera hacer nada. Una tras otra, tras otra, como si empujaran una puerta giratoria a través de la ventana de su habitación. Jamás se ha preguntado dónde poner las manos.

Intento imaginarla ahora, pero lo único que puedo ver es a él. ¡Maldición! ¿Cómo consigue fastidiarlo todo?

No sé cómo ha sucedido, pero de pronto me doy cuenta de que hay un agujero con forma de cráter en el muro que tengo delante y la mano me duele como los mil demonios. Será divertido intentar explicar lo que acaba de suceder.

DE: janie.m.birdsong@gmail.com
A: hopetacular2000@gmail.com
FECHA: 11 de octubre, 5:25 p. m.
ASUNTO: Buenos días, Baltimore

¡Oye, Hope!

¿Estás lista para la cita en Skype este viernes para ver una película? Tengo ganas de ver *Hairspray*, circa 1988, o *Hairspray*, circa 2007. ¡Tú eliges!

P. D.: ¡Estoy muy contenta de que tú y Spencer os hayáis reconciliado!

DE: hopetacular2000@gmail.com
PARA: janie.m.birdsong@gmail.com
FECHA: 11 de octubre, 6:58 p. m.
ASUNTO: Re: Buenos días, Baltimore

¡Hola! Estoy tan lista que no es ni gracioso, y OBVIAMEN-TE elijo a John Travolta travestido. (Nota aparte: ¿puedes creer que una chica del colegio, Tabitha, cree que *Grease 2* es mejor que la original? ¿Qué demonios?).

Y gracias, estaba muy nerviosa, pero todo salió bien. Realmente, siento que escuchó lo que tenía que decirle.

Además, tengo que contarte algo que sucedió en el colegio porque me es imposible esperar hasta el viernes. Creo que a Spencer no le importaría. Me refiero a que a mí no me importa, y no creo que a él le importe (está tan enfadado últimamente que es difícil decirlo). Pero quizá a su papá le importe. No sé. Es complicado.

En cualquier caso, ¿recuerdas que Spencer se traba con ciertas palabras? Pues estábamos en Historia Mundial, y el señor Siegel nos estaba hablando sobre una reina europea, y supongo que su título oficial era Regina, solo que no pronunciaba «Re-gi-na». Lo pronunciaba como «vagina», pero con una R. «Ra-gi-na». ¡¿Te imaginas?! Así que todo el mundo intentaba no reír, y luego, por suerte, pasó a una guerra porque el ochenta por ciento de lo que se habla en la clase de Historia son guerras. Y nos sentíamos MUY aliviados, y luego, de la nada, Spencer dijo: «Regina». Solo que lo dijo realmente fuerte. Y la gente se rio un poco. Y luego lo dijo de nuevo. Y de nuevo. Y supe que era solo un tic, pero toda la clase estaba riéndose. El señor Siegel le pidió que dejara de hacerlo, y consiguió detenerse un minuto, pero luego era como si le saliera vapor de las orejas, y continuó repitiéndolo. Y el señor Siegel dijo: «Si dices eso una vez más, irás a la oficina». Y Spencer respondió: «Señor Siegel, sabe que no puedo... REGINA». Y cuando guardó sus cosas todos los chicos que se burlan de Spencer se reían como locos. Creí que iba a empeorar, y que iban a burlarse de él y todo. Pero a la hora del almuerzo, se acercaron a nuestra mesa y no dejaban de darle palmadas en la espalda, diciéndole lo «épico» que había sido. Oh, y lo llamaban «S-man». Te digo, ¡es un milagro que yo no haya vomitado sobre mis macarrones con queso!

Y LUEGO Spencer me dijo que iba a hacer las pruebas para entrar en el equipo de lucha libre. Como de la nada. Ya no sé en qué está convirtiéndose este mundo. Oh, pero ¡adivina! ¡Esta primavera haré la prueba para entrar en el equipo de atletismo! ¡Bueno, me tengo que ir porque papá me está llamando para cenar!

XOXO
Hope

CAPÍTULO

10

Hope y Dean están arruinando todo lo bueno que hay en este mundo: estoy ocupado en mis asuntos, bajando las escaleras para jugar videojuegos como cualquier otro sábado y, antes de alcanzar el último escalón, los veo, apartándose deprisa en el sofá. Dean se limpia el rostro con culpa, y Hope no deja de insistir: «Puedes quedarte». Y yo: «De ninguna puta forma», solo que sin la grosería porque el asunto me tiene totalmente sin cuidado. Tan sin cuidado que me falta el aire.

Salgo al jardín porque por lo menos sé que no estarán allí, pero la sala de estar quedará, sin dudarlo, incluida en el mapa de «Lugares que podrían estar contaminados de fluidos sexuales».

—Oye, Barton, ven aquí. Necesitamos un cuarto jugador —grita Ethan.

Él y su hermano menor, Jace, y un chico que se llama Mikey se encuentran jugando *cornhole* en el jardín delantero de Bella. Me acerco, aunque sé que es muy probable que sea una mala idea. Se me ocurre preguntarles por qué Bella o su amiga no pueden ser el cuarto jugador, pero decido no hacerlo.

—Sabes cómo jugar, ¿verdad? —pregunta Ethan.

—Sí.

Mikey echa un vistazo a mi casa antes de preguntar:

—¿Puedes jugar sin volverte loco, sufrir un ataque, perder el control o flipar por completo?

Paso por alto el comentario y recojo una bolsa. Estoy en el equipo de Ethan, y en realidad es bastante fácil. Tienes que lanzar la bolsa rellena de granos y conseguir que pase por un agujero en un tablero de madera. Si la bolsa toca el tablero es un punto; si atraviesa el agujero son tres.

Ethan y yo destrozamos a Mikey y Jace.

—¡El Espasmo es un genio! —cacarea Ethan, chocando los cinco con una palmada.

Es difícil saber si he recibido un cumplido o un insulto. Me sale el tic de inspirar, y Mikey les susurra algo a las chicas, que a su vez sueltan risitas contra sus puños.

Intento olvidarlo y concentrarme en el juego. Ya sabía la actitud que tenía Mikey respecto al Tourette: esto no me sorprende. Mi siguiente bolsa levanta vuelo atravesando el agujero sin siquiera tocar los lados. Y aparentemente es lo que lleva a Mikey al límite.

—A mí me parece que el Tourette debe darte habilidades secretas para jugar al *cornhole* —dice. En el siguiente tiro, grita una palabrota a pleno pulmón. Su bolsa atraviesa el hoyo—. ¡Éxito! —grita, y alza las manos en el aire como un arquero.

Y como funciona, lo hace en cada tiro. Y luego Jace comienza a hacerlo. Y también Ethan. Las chicas están riendo tan fuerte que apenas pueden mantenerse de pie. Me siento molesto, pero intento no manifestarlo, porque solo lo hará peor. Odio que las malas palabras sean aquello en lo que piensa la gente cuando escucha «Síndrome de Tourette». Ya sé, ya sé, es lo que siempre aparece en las películas porque tiene tanta maldita gracia. Pero en este momento no parece gracioso en absoluto. Mikey exagera todo lo que puede, utilizando una voz desquiciada y retorciendo las facciones cuando grita las groserías y, básicamente, todo tipo de insulto e improperio.

Y luego llevo el brazo hacia atrás para lanzar una bolsa y, justo cuando estoy soltándola, grita una palabra que haría que Pam lo llevara a rastras al baño y le metiera una pastilla de jabón en la boca.

No es una casualidad; sucede todas las veces. Ethan sacude la cabeza, pero no hace nada. Mikey tiene una mirada malvada, y las chicas dejan de reír. Comienzo a errar tiros, pero no quiero darles la satisfacción de que me vean estallar de ira, así que me obligo a conservar la calma hasta que termina el partido. Luego ofrezco una débil excusa sobre tener que entrar a hacer algo.

Pero no me encuentro bien, así como un barril de pólvora o un escape de gas no se encuentran bien.

Mis pies me conducen a la oficina que hace las veces de sala de trofeos y de armas y habitación de manualidades de Pam, quien justamente está allí, reciclando una ventana antigua.

Levanta la mirada de su tarea.

—Hola, Spencer, ¿cómo va todo?

Me encojo de hombros.

—Bien.

—¿Están funcionando los medicamentos? —pregunta, y con esta suma hoy un total de tres veces—. Porque siempre podemos probar otra cosa si…

—Estoy *bien*. Los tics que afectan el cuerpo entero se han detenido. No quiero hablar de ello, ¿vale? Creo que iré a tomar algo.

—Siempre es una buena idea cuando no sabes qué otra cosa hacer.

Me mira un instante más.

—Bueno, acabo de preparar un caramelo de coco. Está sobre la encimera.

Se aparta el pelo del rostro y vuelve a su labor. Camino a la cocina. Quizá, si como mi peso en caramelo de coco, no sentiré que hay una conspiración universal para arruinarme la vida. Además, la idea de que Dean encuentre el plato vacío es bastante atractiva. El sonido de risitas me llega antes de doblar la esquina.

—¡Basta! ¡No me gusta el coco! —La voz de Hope suena diferente. Más suave, más aguda o algo.

—Esto te hará cambiar de opinión. Lo prometo.

Dean acorrala a Hope con un trozo de caramelo cerca de su boca. Ella acepta al fin, dando un mordisco delicado de modo que sus labios tocan los dedos de él. Dean se mete el resto en la boca y le guiña un ojo.

Este es el espanto que acecha el espacio entre una bandeja entera de caramelo de coco y yo. Esto es lo que me depara cada día del resto de mi vida.

—Con permiso. —Paso rozándolos y tomo un trozo de caramelo, chocando un poco a Dean al hacerlo porque no me han dejado espacio.

—¿Cuál es tu problema, hombre?

—*Ninguno*. Pero ¿hace falta que estéis *en todos lados*?

Salgo dando pisotones de la cocina. Hace un segundo, tenía todo bajo control y ahora siento que el mundo está a punto de explotar. Pero solo en el interior de mi cerebro, y cuando suceda se llevará consigo cada fragmento de mi ser. Mastico mi trozo de caramelo, pero ahora ni siquiera sabe bien. ¿Qué mierda pasa con mi vida que ni siquiera puedo disfrutar el caramelo de coco?

—Spencer —dice Hope con voz de madre.

Me doy la vuelta, y tiene los brazos cruzados sobre el pecho, como diciendo: «Pero ¿no acabamos de hablar de esto?». Dean y su estúpida cara están justo atrás.

Levanto las manos.

—En este momento, no puedo hacer esto.

Todo está derrumbándose. Ya no quiero ser más quien soy. Daría lo que fuera por salir de mi cerebro solo por un instante.

—¿Spence? —Ahora está asustada. Vacilante.

Su voz me llega a través de una neblina, y la veo como si estuviera detrás de una cortina de ducha. No puedo hacer esto. No puedo. Preferiría que todo haya acabado.

Pam se une a Hope tras la cortina de ducha, limpiándose las manos sobre el pantalón.

—Spencer, ¿te encuentras bien?

Odio toda la lástima que oigo en sus voces. La odio.

—¡Dejadme todos en paz! ¡Solo quiero morirme!

Parece una buena idea cuando lo digo. La única idea. Camino directo al gabinete de armas de papá. Pateo a un lado el kit de soldadura para grabar madera. Tecleo la combinación. Puedo verla desplegarse dentro de mi cabeza. Giro la manivela.

Brazos fuertes me rodean como barras de hierro, tirándome, sujetándome. Lucho contra mi hermano, pero el chico pesa por lo menos veinte kilos más que yo, y no cede. Permanece donde está un minuto y luego otro. Y tras unos instantes, sus brazos ya no parecen un agarre de lucha libre; en cambio, comienzan a parecerse mucho a un abrazo. Lo abrazo a mi vez. Creo que estoy llorando.

—Lo siento. Lo siento mucho.

—No te preocupes, hombre. Vamos a resolver esto.

Y luego Pam está allí, cerrando el gabinete, uniéndose al abrazo. Hope también me abraza, así que a estas alturas todo el mundo está abrazándose y llorando. Todo se vuelve medio borroso, y antes de darme cuenta, estoy en el coche, y Pam me lleva a un turno con el médico que ha solicitado en forma urgente para hoy, que es sábado.

—No hace falta que hagas esto —digo—. Me siento bien. Mis tics están mucho mejor.

—No estás bien. Hace semanas que no estás bien. No quiero escuchar una palabra más. —Aprieta el volante aún más fuerte, y sé que no tiene sentido discutir.

Cuando llegamos a la oficina, tenemos que esperar hasta que el doctor Davenport venga a abrirla para nosotros. Pam explica lo que ha sucedido, mientras que yo, incómodo, me quedo ahí sentado.

El doctor Davenport no está de acuerdo con la evaluación que hace Pam de los hechos.

—Sabe, muchos chicos de su edad tienen este tipo de cambios bruscos de humor.

Pero Pam ya ha sacado a relucir todo su instinto maternal.

—Pues, mi hijo no. Este no es él. Busque otra cosa para darle para que pueda seguir siendo él mismo.

El doctor accede. (Una sabia decisión si valora su vida).

Tardo ocho días en ponerme de acuerdo con Pam sobre la medicación. Ocho días en los que mis tics se vuelven más severos y más frecuentes y comienzan otra vez los tics que afectan todo el cuerpo. Pero también ocho días que me hacen sentir como si alguien estuviera sorbiendo lentamente el veneno de mi alma. Era imposible darme cuenta de lo mal que se habían puesto las cosas hasta que comenzaron a mejorar, y pude decir: «Oh, guau, en realidad, la vida es esto».

Van a probar con otra medicación, pero no hasta que estemos seguros de que haya eliminado por completo esta otra del sistema. Pam ya tiene grandes planes para vigilarme de cerca. Como si no lo hiciera ya.

Entro en la sala de trofeos-armas-manualidades, e intento no pensar en lo que sucedió ocho días atrás. Hay un nuevo cerrojo en el gabinete de armas, y solo se abre con la huella digital de papá.

—Creo que iré a dar una vuelta en bici, ¿vale?

La mirada penetrante de Pam se activa.

—¿Estás seguro?

En realidad, desde el incidente no he salido de la casa, salvo para ir al colegio.

—Estoy bien. Le pediré a Hope que me acompañe.

Es mentira. Sigo evitándola porque no sé qué decir, pero no hace falta que se lo cuente a Pam.

Su mirada pasa de ser la de un halcón a la de un gavilán.

—Está bien. Pero vuelve enseguida. Y llámame si tienes algún problema.

Retengo un suspiro.

—Lo haré.

—¿Tienes el teléfono cargado?

—Está cargado. —Me marcho antes de que se le ocurra alguna otra pregunta, como por ejemplo si conozco el 911.

Cojo mi bici del garaje y la hago rodar sobre el camino de entrada. Estoy a punto de subirme cuando oigo una voz por detrás.

—¡Oye! —Hope baja corriendo la escalera principal de su casa con un libro en la mano. Probablemente, estaba leyendo sobre el columpio del porche.

—Hola. —La punta de mi zapato roza contra el asfalto.

—¿Quieres que te acompañe? —pregunta.

Sonrío.

—¿*Slushies*?

—*Slushies*. Solo espera que busque mis zapatos.

Comienza a regresar a su casa, pero antes de llegar al camino de entrada, la llamo.

—¿Hope?

Se da la vuelta.

—¿Sí?

—Gracias por seguir siendo mi amiga. Después de… ya sabes… todo lo que pasó.

Sus ojos empiezan a parpadear y a enrojecerse. Se acerca y me abraza.

—Siempre seremos amigos —susurra.

4 de marzo, 7:57 p. m.

Hope: ¡¡¡AHHH!!! ¡¡¡Solo quedan tres días para que llegues a casa!!! ¡No puedo creer que esta vez traigas a un chico! No veo la hora de conocer a Nolan, y no te preocupes, seré tu firme aliada ante papá y mamá.

5 de marzo, 11:18 p. m.

Hope: ¡¡¡Dos días!!! Comeremos pescado e iremos a recoger melocotones y veremos todos los musicales que existen, y ¡tengo tantas ganas de que conozcas a Dean! Quiero decir, sé que ya lo has conocido, pero eso era cuando era sexy, misterioso y, tengo que admitir, un poco idiota. Era el Dean de la casa de al lado. Pero ahora es Dean, el novio, y te va a encantar, J, lo digo en serio.

7 de marzo, 9:06 a. m.

Hope: Sé que ahora estás volando, y no puedes ver esto, pero estoy siguiendo tu viaje a casa porque, maldita sea, me muero de ganas de que llegues. ¡Quiero saberlo todo sobre Samoa!

7 de marzo, 11:44 a. m.

Hope: ¡Estamos en el coche! ¡Camino a Atlanta! ¡A recogerte al aeropuerto! ¡No alcanzan los signos de exclamación para expresar lo excitada que estoy! Pero lo intentaré: !!!!!!!!!!!!!!!!!!!!!!!!!!!! !!!!!!!!!!!!!!!!!

7 de marzo, 1:02 p. m.

Hope: Puede que estemos o no esperando justo detrás del puesto de control de seguridad. Con un letrero enorme y embarazoso. Y globos. Y las galletas de papá.

7 de marzo, 1:26 p. m.

Hope: ¡¡¡Hurra!!! ¡Tu avión acaba de aterrizar! Estoy contando los minutos.

7 de marzo, 2:11 p. m.

Hope: Vaya... aún no estás aquí. ¿Te has perdido la parte de las galletas? Porque realmente creí que con eso sería suficiente.

7 de marzo, 2:23 p. m.

Hope: Vamos, Janie. Si hace falta, ábrete paso a los codazos. ¡Quiero verte!

7 de marzo, 2:39 p. m.

Hope: Oh, cielos, están diciendo que una mujer se ha desplomado en tu avión. Eso debió ser espantoso.

Hope: Seguro que estás allí. Ayudándola.

7 de marzo, 3:14 p. m.

Hope: Janie. Date prisa y ven, ¿sí? Comienzo a tener un mal presentimiento.

13 de marzo

Algunas cosas que apestan de los funerales:

1) Tienes que ser el centro de atención durante uno de los peores días de toda tu vida. Tienes que hablar con miles de personas (la mayoría de las cuales apenas conoces) cuando en realidad lo único que quieres es estar sola. Pero no puedes porque hay un evento posterior en tu casa y, antes de eso, el entierro y el funeral y la fila de recepción y el velatorio.

2) Y ya que estamos hablando del tema, ¿a quién diablos se le ocurrió que sería buena idea llamarlo «velatorio»? Porque no es que ella se vaya a despertar. Pero cada vez que alguien dice la palabra «velatorio», todo lo que pienso es: «¿No sería lo mejor del mundo si en este momento despertara?».

3) No poder llorar.
Sé que eso suena raro. El propósito de los funerales es justamente llorar. Escuché un podcast una vez sobre lo diferente que es el duelo en otros países. En Haití creen que los muertos siempre están contigo, que las personas son una parte de tu historia incluso después de que mueren. Lloran a sus muertos a fondo, con intensidad, y luego los celebran. La parte que no me olvido es un clip que pasaron de unas mujeres en un funeral. Aquellas mujeres soltaban gemidos. No eran llantos ni sollozos: se trataba de algo diferente. Eran sonidos desgarradores, viscerales. Alaridos con el poder de rasgar lo que fuera: el aire, los corazones, las ilusiones que creamos para darnos ánimo. Esas

mujeres ofrecían un sacrificio sincero y, a cambio, recibían mucho consuelo.

Me llamó la atención que nadie en Estados Unidos llorara así. Ni siquiera en los funerales. Y me volvió a llamar la atención en el funeral de Janie. Quizá deberíamos hacerlo. Quizá lo terrible sea que nos obliguen a ponernos de pie con el pecho en alto, el pelo lustroso y las mejillas sonrojadas para pronunciar palabras profundas y hermosas sobre alguien sin el cual no podemos hallar la voluntad para funcionar y debamos ser tan malditamente poéticos delante de todo el mundo... Quizá si no hiciéramos un esfuerzo tan grande por permanecer fuertes, por lucir serenos, por llorar con discreción, estaríamos mejor.

Ahora que no estás, creo que prefiero secar mis lágrimas delicadas, demoler mis palabras y gritarle al cielo hasta que me sangre la garganta. Las damas espantadas de la iglesia serían arrojadas contra los blancos, clavadas allí por los dardos que salieran de mi boca. Entenderían al fin lo que siento.

4) Las personas creen que el agujero del tamaño de Janie que tengo en el corazón puede ser llenado con comida. Lo cual me lleva al motivo por el que comencé a escribir esto para empezar: no puedo hacerlo. No puedo sentarme abajo con personas bienintencionadas, que creen que la comida y los abrazos pueden servir de algún tipo de consuelo por lo que siento. Que quieren contarme historias como si supieran algo sobre Janie, y que no dejan de decir lo genial que estuvo mi discurso en su funeral. No tengo energía para sus palmaditas en el brazo y sus abrazos, para hacer que se sientan mejor permitiéndoles sentir que me están haciendo sentir mejor a mí.

Así que hui. Cogí la lasaña con la mayor cantidad de queso y llevé la maldita porción arriba, y sí, la vi, señora Fontaine, de la acera de enfrente, y puede quitarse esa mirada reprobatoria de la cara. Cerré mi puerta con llave y me dejé caer sobre el suelo de mi armario (suavemente, por la lasaña), y luego rompí en llanto porque me di cuenta de que había cogido dos cucharas.

Si Janie no estuviera muerta, pensaría que esta es la mejor idea del mundo, y estaría en este armario conmigo, ambas atiborrándonos de lasaña y riendo como locas por el hecho de que esto es mucho mejor que estar abajo. Fue en aquel momento que decidí sacar el cuaderno de notas que me regaló para mi cumpleaños número quince. Todavía no he caído en la cuenta de que no estará aquí para el número dieciséis.

¿Cómo puede ser real que nunca más haremos algo juntas? No dejo de imaginar un montaje de película cursi, como las de Lifetime. Hope y Janie, las estrellas: cantando con los cepillos como micrófonos mientras hacíamos videos musicales terribles, pasando cada segundo del verano en la piscina comunitaria, viendo musicales hasta las cuatro de la mañana, escrutando mapas con la seriedad de delegadas de las Naciones Unidas.

Pensar esto último es lo que realmente me destruye. Dispara una visión global en mi cerebro, y cada persona que Janie tocó es una luz diminuta, y luego la luz de Janie sencillamente —puf— desaparece. Y sucede lo mismo con las demás, como dominós. Y ahora no solo extraño a Janie por mí. La extraño por todo el resto de las personas. Mis padres, su novio, los amigos que jamás hará y los niños que jamás tendrá. Y personas anónimas de todo el mundo. Rostros que me miran desde las paredes de mi habitación, dibujados con los dedos minuciosos de mi hermana.

A veces un punto brillante en un océano de mierda puede ser lo que te saque adelante. Mi hermana era ese punto brillante para tantas personas. Y ahora que no está, ¿qué hará toda esa gente? ¿Qué haré yo?

No comprendo cómo podía ser tan vibrante, tan ella, mientras tenía este mal creciendo adentro. ¿Cómo no lo vi? Si estaba consumiéndola, ¿no debió haber algún tipo de signo, como el cambio de color de sus ojos, de azules a grises? ¿Cómo puede un tumor matar a una persona como Janie? Me recuerda al Harry Potter que leíamos antes de ir a la cama, un capítulo cada noche. La parte en la que Hagrid está indignado, protestando porque un accidente de coche no podía matar a los padres de Harry.

Pues un tumor no podía matar a mi hermana.

No es lo bastante dramático. Mi hermana debió haber sido atacada por un tigre en Sudán o asesinada por una bala perdida en un enfrentamiento entre la mafia rusa. No es que hubiese querido que algo de eso sucediera. Pero ella tenía esa magia. Y mi vida parecía haber sido rozada por la magia cuando la tuve en ella. No dejo de pensar que en cualquier momento alguien dirá: «Janie está viva. Tuvo que fingir su muerte como parte de una conspiración multinacional». O incluso: «Eres una bruja, Hope».

Pero nada de eso sucede. Y después de ver el cuerpo, dejé de esperarlo.

No se suponía que tuviera que estar tan quieta. Janie es puro movimiento. No existe la energía potencial. Cada uno de sus átomos es cinético. Emplea todo lo que tiene en cada momento. Jamás ahorra nada para después. Lo cual es bueno, supongo, porque no tuvo un después.

La lasaña que estoy comiendo tiene un gustillo saludable sospechoso, como si le hubieran metido berenjenas o la pasta estuviera hecha de quinoa. Alguien golpea a la puerta, pero no voy a abrir, así que pueden seguir llamando.

«Te dejo algo», es la voz de Spencer.

Y ahora se aleja arrastrando los pies. Espera, voy a echar un vistazo. Hay algo envuelto en unas servilletas estúpidamente alegres (nota aparte: ¿a quién se le ha ocurrido que las servilletas con tulipanes y margaritas eran una buena idea?), que metió por la hendidura bajo la puerta. Supongo que debo ir a ver qué es.

Está bien, estoy de regreso.

Me acerqué a hurtadillas, cuidando de no volcar la lasaña sobre mi estantería de zapatos, y rescaté el misterioso regalo de Spencer. Escritas sobre la servilleta con su letra descuidada de chico estaban las palabras: «Por si quieres postre».

Me dejó galletas, las flores de mantequilla de cacahuete de Pam, que sabe que son mis favoritas.

Creo que he cambiado de opinión.

¿La comida? A veces puede ayudar.

DE: hopetacular2000@gmail.com
PARA: janie.m.birdsong@gmail.com
FECHA: 27 de abril, 11:18 p. m.
ASUNTO: tristeza

Estás en un túnel oscuro. A lo lejos, hay un círculo débil de luz, así que sabes que es posible volver a sentirse bien algún día, pero al mismo tiempo parece que jamás llegarás allá. Cada paso resulta tan penosamente lento que quizá ni siquiera desees intentarlo. Quizá quieras hacerte un ovillo en el medio del túnel y quedarte allí. Quizá, para siempre.

12 de mayo

Hola, Janie:

Han pasado meses ya desde que... ya sabes. Ni siquiera sé
por qué sigo escribiéndote porque sé que no puedes leerlo, pero
en este momento me vendría muy bien que me dieras un consejo
de hermana, ¿vale? Si estuvieras aquí, sabrías exactamente qué
hacer. Pero no lo estás. Me siento como aquel verano cuando me
enseñaste a nadar sin flotador y, cada vez que comenzaba a
hundirme, estabas ahí, empujándome hacia arriba, y sabía que no
había nada que temer. Ahora, estoy en la parte honda, sola por
primera vez, y me estoy hundiendo. Quiero decir, de verdad no
tengo idea de lo que estoy haciendo, y tengo mucho, mucho
miedo.

Hay millones de cosas que nunca llegarás a hacer. Ese es el
pensamiento que me consume. Que pudieras tener miles de
sueños y planes y luego, puf, todo se acabó. Si pienso demasiado
en ello, los pulmones me impiden respirar a fondo y comienzo a
sentir el latido del corazón en los oídos. Es mejor no pensar
tanto.

Así que voy tras aquellas cosas que vacían mi mente. No
hacer planes más allá de la próxima hora. No imaginar mundos
fantásticos donde pasan cosas buenas a personas buenas, y las
hermanas están vivas. La vida real no es sitio para un soñador.

A veces vuelvo todos los marcos de fotografías en las que tú
apareces. Oculto todo lo que me recuerda a ti en las baldas de
la cómoda y en los rincones más oscuros de mi armario para no
tener que verlo. Y a veces saco todas las fotografías y lloro sobre

ellas durante horas porque duele más no mirar. Anoche fue una de aquellas noches en que lloré y miré. Alguien de la fundación nos envió una pila de cosas tuyas y mucha información sobre el trabajo que estabas haciendo y lo fantástica que eras. Lo cual fue bonito, de veras, pero hizo que mamá se sumiera en un estado de ánimo sombrío y no dejara de llorar y de abrazarme, mucho más de lo que podría considerarse normal. Así que me aparté y dije: «Yo también la echo de menos». Y ella sonrió y me acarició la mejilla y dijo: «Estaré bien. Dios se aseguró de que tú estuvieras aquí para terminar lo que ella comenzó».

Y sé que no tenía más que buenas intenciones al decirlo, pero tuve una sensación horrible. Corrí arriba y saqué todas las fotografías que tenía de aquel viaje que hicimos a Nueva Orleans. Necesitaba tanto sentir que me rodeabas con tus brazos, oírte reír. Y tu ausencia me está matando poco a poco. Necesitaba más que fotografías. Te necesitaba a ti. Y el vacío era más de lo que podía soportar.

Así que subí a la ventana de Dean.

Lo sé. Lo sé. Dije que jamás lo haría. Pero lo hice, y es demasiado tarde ahora para tus sermones de ultratumba.

Salí en puntillas de la casa, descalza y con una camiseta. La tierra estaba fría y casi me hizo volver atrás. Si hubiera hecho solo un poco más de frío, quizá no habría avanzado. Si Dean no me hubiera oído golpeando su ventana. Porque golpeé como una cobarde o como alguien que esperaba que fuera el destino quien decidiera por ella. Y al destino le pareció buena idea que Dean apareciera en la ventana con el torso desnudo y el pelo todo revuelto como el de los anuncios de televisión. Es evidente que el destino está a favor de que las personas tengan sexo.

Dean abrió la ventana y se restregó los ojos exhaustos como si tal vez el cansancio le estuviera impidiendo ver con claridad.

—¿Hope?

—Hola —susurré. Y luego pasé por la ventana.

Él extendió una mano para ayudarme.

—Jamás hubiera creído que te vería hacer esto.

—No quiero estar sola. —Y me metí en su cama.

Y fue tan estúpido, Janie. Me acurruqué contra él bajo las mantas como si no supiera lo que iba a suceder. Pero sí lo sabía.

Supe desde el primer instante en que comenzó a besarme. Pude haber dicho que no tantas veces, pero no lo hice porque sabía que se habría detenido, y no quería que lo hiciera. Quería sentir algo.

¿Fue así también para las otras chicas? ¿Se escurrían a través de su ventana porque sus mundos se desmoronaban? O quizá realmente lo quisieran. Quizá para ellas fue divertido e intenso, una aventura y un despertar. Creo que eso sería agradable. Quizá algunas solo quisieran estar acompañadas.

Eso ha sido lo más difícil, Janie. Extraño tu cercanía. Incluso cuando estabas a miles de kilómetros y sin Internet, te sentía junto a mí. Como una manta recién salida de la secadora que retiene su tibieza durante horas si la ciñes con fuerza alrededor de ti. Odiaba que no estuvieras, pero cada vez que regresabas era como si nuestras vidas fueran una larga conversación y solo hubiéramos hecho una pausa para recuperar el aliento. Y ahora te has ido, te has ido de verdad, y se ha acabado.

Jamás me he sentido tan sola. No sé cómo hacerlo. Cada vez que escribo una carta a nadie, me desgarra por dentro. Sabía que Dean no podía llenar el vacío que tú dejaste, pero estaba desesperada. Así que dejé que me quitara la ropa, como las capas de una cebolla.

Y antes de que preguntes, sí, usamos protección. Quizá sea estúpida, pero no tanto.

Y estuvo bien. En algunos momentos fue un poco incómodo, pero él fue dulce y solo dolió un poco, y no fue terrible ni nada. Pero ¿qué haces después con los sentimientos, cuando son demasiado fuertes y no estás preparada para ellos? Creo que se los cuentas a tu hermana mayor, solo que ahora eso no ya es una opción para mí.

Cuando todo terminó, me retuvo con fuerza y me dijo que me quería.

Froté mi cabeza bajo su barbilla y susurré:

—Deja que me duerma primero.

—¿Qué?

—No quiero que seas tú quien cierra primero los ojos. Deja que me duerma primero.

—Está bien.

Me di cuenta de que le pareció raro, pero ¿qué chico que acaba de conseguir sexo se pondrá a discutir sobre algo tan poco importante?

Así que me volví a pasar la camiseta por encima de la cabeza y me acurruqué a su lado. Su mano grande, extendiéndose sobre mis omóplatos, me daba seguridad. Cerré los ojos mientras él seguía con la vista fija en ellos, y, tal como prometió, dejó que me durmiera primero. Cuando estaba en ese momento entre estar despierta y soñando, tuve la sensación de que todo iría bien. Pero cuando desperté, me sentí más sola que nunca.

¿Te importaría regresar, por favor? Te necesito, ¿vale?

Hope

DE: hopetacular2000@gmail.com
PARA: janie.m.birdsong@gmail.com
FECHA: 17 de mayo, 3:47 a. m.
ASUNTO: Preguntas que me gustaría que dejaran de hacerme

¿Irás a Emory como Janie?

¿Harás un grado en Ingeniería biomédica como Janie?

¿Quieres trabajar algún día en una fundación como Janie?

¿Te gusta la mermelada untada sobre los bizcochos de pollo como Janie?

Como Janie. Como Janie. Como Janie.

7 de junio

Querida Janie:

Se acabó. Primer novio, primera vez, primera ruptura, primer todo... puedes llevártelas todas y ponerlas en una caja de primeras veces y ni siquiera me importa si utilizas o no esas estúpidas bolitas de poliestireno para guardar porque este no es el tipo de recuerdo que quiero guardar para la posteridad. Si pudiera eliminar a Dean de la Historia de Hope con un giro rápido de la muñeca, lo haría.

No tuvimos la mejor ruptura. ¿Se nota?

Así que ya sabes que me acosté con él. (Sé que lo sabes porque puedo sentirte mirándome con esa expresión silenciosa de reproche desde el mismísimo cielo). Y ya sabes que fue un tremendo error. (Pero, en serio, ¿no podrías haber hecho que cayera un árbol delante de su ventana o algo?).

De cualquier manera. Lo hicimos, y no quería hacerlo de nuevo, salvo que a veces estaba tan triste y con tantas ganas de sentirme cerca de alguien que lo volvía a hacer. Resulta que extrañar a tu hermana muerta no es un buen motivo para tener sexo con alguien. Y parece que Dean no está hecho para lidiar con relaciones en las que, sobre todo, hay llanto y solo a veces sexo porque hace un par de semanas estábamos sentados en su camioneta en el aparcamiento del KFC, y de la nada dijo:

—Tengo necesidades.

—¿A qué te refieres? —le pregunté, al principio, porque no tenía idea. Tiene necesidades. ¿De qué? ¿De pollo frito? Porque podríamos haber solucionado eso ahí mismo.

(Nota aparte: el aparcamiento del KFC es un lugar terrible para romper con alguien. Una vez que sucede, ninguno de los dos puede marcharse a ningún lado, así que ambos tienen que soportar un regreso tremendamente incómodo a casa).

Y luego empezó:

—Yo sé que estás pasando por momentos muy difíciles e intento acompañarte, pero ahora casi nunca salimos y jamás nos liamos, y... tengo necesidades —lo dijo lentamente como si estuviera hablando con un niño. Quizá fue aquello lo que me hizo explotar.

Al instante comencé a llorar, las lágrimas resbalaban espesas y veloces. Dean estaba apoyado contra la puerta, lo más alejado de mí que podía.

—Pero ¿es que no ves que me estoy hundiendo en la soledad? —conseguí articular.

—Esto no está funcionando para mí.

Espera. Esta no era cualquier conversación. Esta era LA CONVERSACIÓN. Aquella de la que no se vuelve.

—¿Qué estás diciendo? ¿Que ya no me quieres?

—Hope. —Parecía querer salir arrastrándose por la ventanilla, pero no dejaría que se librara tan pronto.

—¿Qué?

Se retorció en su asiento de cuero.

—No estás dándome nada para querer.

No sabía que algo podía doler tanto. Si decirle a alguien que lo quieres es un don, entonces quitarle ese amor es como cortar la cuerda floja sobre la que está sostenido. Ahí es cuando comienza la verdadera caída.

—Se suponía que esto sería para siempre. —¿Acaso no lo sería? ¿Por qué tiene que acabar todo tan rápido? ¿Por qué no dura nada?

Me miró como si estuviera loca.

—Estamos en el instituto.

—¿Cómo puedes hacerme esto?

Su tono de voz era exasperado con un matiz de culpa.

—No lo hago para lastimarte. Si me quedo, solo lo empeoraré. Sería como mentir.

Hubo algo en la forma en que lo dijo.

—¿Me estás engañando?

Un destello me vino a la mente: él, después del entrenamiento. Hablando con una chica de pelo largo color café, que gesticulaba con las manos en el aire.

—No. —¿Lo ha dicho demasiado rápido o solo lo suficiente?

No importaba. De todos modos, habíamos acabado. Ni siquiera importó que unos días después distinguiera a la chica de pelo largo color café golpeando su ventana. No esperé para ver si hablaba con las manos.

Porque con cada día que pasa, comienzo a darme cuenta de que pudo haber sido cualquiera. Para ser un primer novio, fue bastante caballeroso, pero sea lo que fuera, esta era una relación que yo estaba destinada a destruir. Porque en este momento necesito más de lo que cualquiera pueda darme. En este momento, quiero que cualquier relación sea para siempre porque la persona que creí que tendría para siempre se ha ido.

Así que eso ha sido todo. Terminamos. En palabras de Nellie, de South Pacific: «Voy a limpiarme a ese hombre de la cabeza». Solo desearía que estuvieras aquí para decirme cuántos lavados crees que llevará.

Te quiero.

Hope

16 de junio

Horario de entrenamiento para el triatlón de Hope (pre-Janie)

Domingo — Correr 6,5 km, nadar 20 minutos
Lunes — Descanso
Martes — Ir en bicicleta 16 km
Miércoles — Correr 9,6 km
Jueves — Nadar 30 minutos
Viernes — Descanso
Sábado — Ir en bicicleta 32 km

Horario de entrenamiento para el triatlón de Hope (post-Janie)

Correr y llorar
Nadar y llorar
Ir en bicicleta y llorar

19 de junio

Hola, Janie:

Las cosas van mal, no han estado bien desde aquel día que se suponía que llegarías a casa y, en cambio, te desplomaste en un avión. Pero ahora están aún peor. Estoy sentada en medio de un vendaval de papeles, y me preocupa que me odies, pero tenía que tomar el control. No puedo seguir viviendo así.

Verás, tras aproximadamente un mes de escucharme a mí misma llorisquear por Dean, Spencer decidió que sería buena idea secuestrarme. No fue el tipo de secuestro que te da miedo: de hecho, traer a tu abuela contigo es un buen indicador de que no está a punto de suceder nada terrible. Pero de todos modos le doy el nombre de lo que fue: un secuestro. Aquella tarde estaba tumbada en el suelo de mi habitación, oyendo todas las melodías tristes del mundo y haciendo trizas las fotografías de Dean mientras ahogaba mis penas en litros de leche con cacao cuando Spencer decidió irrumpir y exigir que me metiera en el coche con él, aunque, por si no lo supiera, estuviera muy ocupada.

Supuse que iríamos a tomar un helado de melocotón o algo, y ni siquiera se me ocurrió preguntar a dónde íbamos hasta que me di cuenta de que estábamos sobre la 75 y alejándonos de Peach Valley a cada minuto.

—Humm, ¿a dónde vamos? —pregunté.

Spencer parecía endiabladamente satisfecho consigo mismo.

—Ya verás.

—Mimi, ¿a dónde vamos?

—Al norte de Georgia.

—¡Mimi! Lo habías prometido —dijo Spencer al tiempo que yo lo interrumpí:

—¡¿Qué?! ¡Tardaremos horas!

—Estoy seguro de que cuando regresemos la cabeza de Dean seguirá allí para que se la puedas cortar.

Lo miré furiosa y me volví hacia la ventana. Puede que me hubiera arrastrado a aquella aventura a ningún lado, pero no podía obligarme a hablar con él.

¿Sabes lo eterna que es una hora sentada en un coche con alguien sin hablar, Janie? Mucho, mucho tiempo. Y también resulta que es mi límite.

—Entonces, ¿a dónde vamos? —dirigí mi pregunta a Mimi, con la cabeza apuntando directo hacia el asiento del conductor como si Spencer ni siquiera estuviera en el coche (ambas sabemos que soy experta en hacerle el vacío a los demás).

—Ya te lo ha dicho. Al norte de Georgia.

—Sí, pero ¿por qué? ¿Tenéis pensado llevarme a una cabaña apartada y cortarme en trozos?

—Cielos, Hope. —Mimi apoyó una mano sobre el corazón, pero sabes que lee demasiados crímenes reales para estar verdaderamente escandalizada.

—Vamos al Parque Nacional de las Grandes Montañas Humeantes —dijo Spencer. Bueno, en realidad, lo dijo con un suspiro. Creo que le irritaba tener que develar su gran secreto.

—Repito mi primera pregunta: ¿por qué?

—Photinus carolinus.

—¿Insectos? ¿Me estás secuestrando para llevarme a horas de distancia, a las montañas, para ver insectos?

—No son solo insectos. —Spencer puso cara de mortalmente ofendido—. Son... bueno, no quiero arruinar la sorpresa, pero ya verás.

No dejé de quejarme, sin interrupciones, todo el tiempo que avanzábamos por los caminos cada vez más sinuosos. Mis oídos comenzaban a taparse justo en el momento en que entramos en un aparcamiento donde había miles de otros coches. Imagina aquella vez que mamá y papá pensaron que sería buena idea conducir hasta Kentucky, solo que peor. Nos abrimos camino hasta la parte delantera de una fila que parecía estar formándose para tomar un tranvía. Había un gran letrero amarillo en el frente. Si no hubiera habido tantos chicos sudorosos tapándolo, podría haber visto lo que me aguardaba. Un tío que llevaba uno de esos sombreros de pesca, con todos los señuelos enganchados, condujo a dos chicos al servicio de traslado, y por fin pude ver el letrero.

—¡Luciérnagas! —Le di un puñetazo a Spencer en el brazo.

Parecía sorprendido.

—¿Qué?

Señalé el letrero y las palabras «Información para observar las luciérnagas», que ahora se encontraban a la vista.

—¿Tan difícil era contármelo?

—Pero te lo he dicho. Photinus carolinus.

—Bah.

Un antiguo tranvía se acercó. Estaba pintado de un brillante color rojo y verde, y las ventanas con los bordes decorados en beige. Por algún motivo, sentí que estaba a punto de dar un paseo sobre una oruga muy hambrienta. Me hizo sonreír por primera vez desde que Spencer me arrastró a aquel viaje imprevisto para observar insectos. Pagó los billetes: un dólar por persona, solo efectivo, el cambio exacto. Para cuando rodeamos la cima de la montaña, era prácticamente la hora del crepúsculo. Recuerdo que de camino él hizo un montón de tics.

—Casi hemos llegado al inicio del sendero Elkmont. —Spencer nos entregó una linterna con el extremo envuelto en celofán rojo a cada una—. Estad preparadas. Tenemos que conseguir un buen sitio.

—¿Por qué son rojas?

—Porque no queremos perturbar a las luciérnagas ni perjudicar nuestra visión nocturna. —¡Cómo si no se tratara de observar a las luciérnagas!—. Mantenedlas dirigidas hacia el suelo y usadlas solo para encontrarme. Luego apagadlas.

—¿Dónde estarás tú?

—¡Buscando un lugar para que nos sentemos! —Y tras decir esas palabras, salió a toda prisa a través de la muchedumbre de turistas con riñoneras.

Corrió dando vueltas, moviéndose veloz entre los árboles y el césped crecido, hasta que encontró el lugar perfecto para instalar una silla plegable para Mimi y una manta para nosotros. No sé bien por qué aquel lugar era mejor que los lugares en los que se congregaban los miles de personas, pero si hay alguien que sabe sobre encontrar el mejor lugar, ese es Spencer.

En la caminata desde el tranvía hacia el mejor lugar del mundo para observar a las luciérnagas, recibí no menos de once picaduras de mosquitos. No importaba que pudieran estar picando a cualquier otra cantidad de personas. ¿Recuerdas que mamá siempre decía que, por cómo nos comían vivas los mosquitos, debíamos estar hechas de azúcar? De todos modos, Mimi nos pasó un poco de loción, y le dirigí una sonrisa agradecida. Mi gratitud no se extendió a Spencer, que estaba a instantes de aplaudir de alegría.

—Será mejor que estas luciérnagas valgan la pena —le dije.

—Lo valdrán —replicó, con toda la confianza y honestidad.

Me senté junto a él en la manta, y observamos los últimos rastros de sol escurriéndose del cielo. Aún no sucedía nada, así que miré la luna delgada que pareció salir de la nada. Y esperé. Estaba pensando en volver a quejarme cuando sucedió. Las luciérnagas. Y no solo unas pocas, sino miles. Todas al unísono, formando un movimiento ondulante de luz que se desparramó entre los árboles. Como si un pequeñín hubiera decidido brillar, y luego todo el resto intentara alcanzarlo para no quedar rezagado.

Y luego, la oscuridad.

Retuve el aliento preguntándome si eso era todo, y luego sucedió de nuevo. El bosque ardía: hasta el último insecto se encendió al mismo tiempo. Salvo que, en realidad, no lo hacían todas a la vez; era más como un patrón. Una danza. Dominós cayendo, y una constelación que se mecía, y cincuenta mil luciérnagas jugando el juego del teléfono.

Era tan hermoso que me puse de pie sin pensar en ello. Spencer se levantó al mismo tiempo como si fuéramos piezas conectadas del mismo ente. Quizá los insectos nos estuvieran contagiando.

—Es como observar música —susurré.

No dijo nada. Solo asintió y me cogió la mano. Nos quedamos mirando y mirando, y cada seis segundos había un periodo de oscuridad, y luego de otros seis segundos el universo se desplegaba delante de nosotros. A medida que las luces resplandecientes me atravesaban, las tensiones oscuras y difíciles en el interior de mi pecho se aflojaron. Se formaron lágrimas sobre mis pestañas, pero no me las sequé.

Cogida de la mano de Spencer, me sentía bien anclada a alguien. Es posible que, si no me hubiera sujetado con fuerza, el poder de lo que estaba viendo me habría destrozado rápidamente.

Salí del bosque con la embriagante sensación de que me habían transformado para siempre. Y luego reparé en una pequeña con el pelo del mismo tono rubio que tú, una mezcla entre el trigo y la miel. Había visto algo que me había quitado el aliento, que me había derretido el corazón, algo majestuoso. Y tú eras la única persona a la que quería contárselo.

Spencer caminaba dando saltos a mi lado.

—¿Y? ¿Genial, verdad?

—Sí, realmente genial.

—¡Lo sabía! ¡Sabía que te encantaría!

Todas las cosas buenas que estaba sintiendo comenzaron lentamente a malograrse desde la periferia, y a explotar unas sobre otras. Porque lo que había visto era una de aquellas experiencias que te cambian la vida, pero con cada paso que daba hacia el tranvía y la vida real, me sentía abatida sabiendo que nada había cambiado de verdad, y que nada cambiaría. Ya no vas a volver.

De regreso fingí dormir para evitar hablar con Spencer. Es ingrato, lo sé, pero sabía lo que intentaba hacer con la experiencia de las luciérnagas y, sencillamente, no podía seguirlo.

Pero él estaba decidido. Me acompañó a casa y no solo hasta la puerta, sino hasta mi habitación. Y aunque yo no dejaba de bostezar y de desperezarme y de lanzar indirectas, él no dejaba de disparar preguntas hasta que, al fin, estallé.

—Mierda, Spencer, ¿qué quieres de mí? ¿Quieres que te diga que está bien que mi hermana esté muerta y que está bien que tu hermano haya tenido sexo conmigo y luego me haya abandonado solo porque unas luciérnagas estúpidas se encienden todas a la vez? Porque no es así. No hay nada que esté bien. No hay nada que vuelva a estar bien nunca más.

Se quedó allí de pie, helado. Por fin había logrado detener su catarata de preguntas.

Y como para probar mi teoría, advertí tu J violeta como si parpadeara desde el mapa del otro lado de la habitación. Tu tachuela seguía clavada en Samoa, pero bien podría haber estado horadándome el cerebro. Crucé la habitación en dos furiosos pasos y la arranqué de la pared. La furia me mordía el corazón, y qué bien me sentía. Poderosa. Mucho mejor que sentirse débil. Decidí que también debía quitar el resto de las chinchetas violetas y las arranqué, una tras otra. (Por favor, no te enfades).

Spencer estaba horrorizado.

—¿Qué haces?

—Ya no las necesita —dije entre dientes. Y luego sí me sentí dominada por una furia combativa—. Y tampoco yo.

También arranqué las azules y amarillas. Spencer intentó cerrarme el paso, pero yo estaba poseída. Ya nada de eso importaba. ¿Los lugares a los que había ido? Todos teñidos con tus recuerdos. Dolorosos. Mejor eliminarlos. ¿La lista de lugares a los que nunca conseguirás ir? Debían ser descartados de inmediato.

Había objetos que volaban por todos lados. Arranqué un mapa de Nueva Zelanda, y la fotografía que había detrás me clavó una puñalada. Era un dibujo de dos pequeños niños en Haití sujetos de la mano tras una tormenta. El primer dibujo que me enviaste. Y me rompí.

Por lo menos Spencer estaba allí para atraparme. Me desplomé en sus brazos y lloré hundida en su camiseta, y nos quedamos así durante mucho tiempo. Él me daba palmaditas en la espalda y susurraba palabras que no terminaban de volverse coherentes en mi cabeza pero que, de todos modos, me traían consuelo. Se me comenzó a dormir el pie, pero no quería soltarlo, así que cambié el peso al otro pie. Y luego sucedió algo. Sentí a Spencer contra mi cuerpo. Me refiero a que estábamos abrazándonos, así que por supuesto que sentía su cuerpo, pero sentí otra cosa contra mí. Por lo menos, estoy bastante segura de ello. Y luego él retrocedió asustado, lo cual no hizo más que confirmarlo.

—Lo siento —apenas consiguió balbucear las palabras, y luego salió corriendo (literalmente, corriendo) de mi habitación y escapó escaleras abajo.

Ni siquiera sé qué hacer con él. Ya sea en este preciso momento como en un sentido más amplio. Sé que quiere ciertas cosas y, si tengo que ser honesta conmigo misma, a veces yo también creo que las deseo. Pero se trata más de la sombra de un futuro que anhelo. En este momento no puedo ser nada para nadie, y necesito que lo entienda. Pero no creo que lo entienda, y ya estoy lamentando todo lo que sé que lo haré sufrir. También lamento haber destruido todo lo que construimos juntas, tú y yo. Ahora estoy mirando fuera de mi ventana, pero Spencer ya está a salvo dentro de su casa.

La luz de Dean está encendida, y si hay algo que desearía es que no lo estuviera porque tengo que salir y arrojar todas estas cajas y papeles al cubo de la basura. Solo hace falta caminar algunos pasos veloces hacia su ventana, y no sé lo fuerte que puedo ser. ¿Y si no puedo contenerme?

Retirar tus cosas de las paredes me hace sentir que puedo respirar por primera vez en meses. Como si tu fantasma no estuviera sofocándome. No puedo borrar los recuerdos, pero esta es la mejor alternativa. Me siento completa y vacía a la vez. He restregado mi corazón con fuego, y ahora me toca adivinar si valió la pena. Esta soy yo ocupándome de mí misma. Esta soy yo diciendo adiós. Te quiero, Janie, y jamás te olvidaré, pero la vigilia tiene que acabar.

Te echo de menos. Cada segundo del día.

Hope

¿Qué clase de imbécil tiene una erección mientras su mejor amiga llora por su hermana muerta? Allí estaba yo, dándole palmaditas en la espalda mientras lloraba sobre mi camiseta, deseando más que nada extraer todas las cosas terribles que estaba sintiendo e inyectarlas, en cambio, en mi corazón. Y luego su cadera se deslizó justo contra el interior de mi pierna, y mi pequeño miembro pensó: «Hola, Hope, ¿qué te parecen las erecciones solidarias?».

Retrocedí tan rápido como pude, pero me di cuenta de que lo había sentido. Lo vi en sus ojos horrorizados. Y aunque ciertas respuestas fisiológicas son automáticas, aunque no estaba pensando en nada indecoroso mientras la abrazaba, advirtió en mi mirada todas las veces que pensaba en ella estando a solas en mi habitación. Sencillamente, lo supe.

Y quería decirle: «No eres cualquier chica en la que pienso con las luces apagadas. Eres mi mejor amiga, la chica más guay que hay y la persona más importante de todo el mundo».

Pero, en cambio, le dije con palabras entrecortadas: «Lo siento» y salí corriendo de su habitación como el tipo más baboso y repugnante del mundo.

Las siguientes dos semanas transcurrieron de la siguiente manera:

Encuentro N.º 1 con Hope: Tras varios días de ocultarme con cautela y utilizar subterfugios al estilo de James Bond, Hope y yo prácticamente nos chocamos en el sendero que cruza el bosque detrás de nuestras casas. Estuvimos a punto de que nuestros brazos y piernas queden enredados como el mismísimo kraken, pero el factor vergüenza sigue predominando porque ninguno de los dos parece capaz de interactuar con normalidad. Después de permanecer unos instantes en silencio, boqueando como un par de carpas doradas, durante segundos que parecen días, ambos nos sonrojamos y caminamos en la dirección contraria.

Encuentro N.º 2 con Hope: Ambos, en el supermercado, yo, con Pam; ella, con su madre. Ellas detienen el carrito de compras como si fuera la mejor idea del mundo quedarse todo el día conversando junto al sector de quesos artesanales e ignorar por completo el hecho de que están causándoles a sus hijos un DAÑO PSICOLÓGICO IRREPARABLE. Así que, sin poder contenerme, comienzo a hacer tics y a inspirar a lo loco, y Hope y yo movemos los pies, inquietos, y miramos hacia cualquier lado menos el uno al otro, pero al fin llego a un punto que ya no puedo seguir leyendo la misma etiqueta de queso de cabra o, literalmente, moriré.

Levanto la mirada.

Y ella me está mirando.

Siento que mi rostro vuelve a sonrojarse, y ella se vuelve, pero esta vez con una mínima sonrisa, de aquellas que se te escapan a pesar de que intentas guardártela.

Comienzo a preguntarme si, quizá, estos son nervios buenos, de los que pueden llevar a algún lado. Al separarnos, la saludo con la mano, y sus mejillas se sonrojan y vuelve a aparecer la pequeñísima sonrisa. Sé lo que debo hacer: le pediré, entre balbuceos, las disculpas más embarazosas de todos los tiempos (en mi cabeza, esto sale sin que yo diga jamás ninguna de las palabras que signifique «erección», aunque ella sepa perfectamente a qué me refiero), y finalmente volvemos a ser amigos. Y quizá, si tengo suerte, más que amigos. Salvo que…

Encuentro N.º 3 con Hope: Me encuentro empujando mi bici para sacarla del garaje cuando oigo voces que vienen del porche de Hope. Estoy a punto de ir a saludarla, con el discurso de disculpas listo para ser formulado, cuando veo quién está sentada junto a ella sobre el columpio del porche: Bella Fontaine.

Y, sí, ese discurso tendrá que esperar. Quizá pueda pasar con la bicicleta sin que se den cuenta de que estoy. Quizá sea la mejor opción.

Pero es como si pudiera sentir los ojos de Bella clavándose en mí, chamuscándome todo el cuerpo con su mirada láser depredadora. Sé que no debería hacerlo, pero me vuelvo y miro por encima del hombro hacia ellas. Bella susurra algo en el oído de Hope. Ninguna de las dos sonríe.

Encuentro N.º 4 con Hope: Hoy es el día. Subo los escalones del porche de Hope, mi mente, una larga sucesión de posibilidades llenas de éxito. Tú puedes, hombre. Puedes hacerlo.

Pero en el instante en que abre la puerta principal, siento que mis planes se derrumban y quedan hechos añicos a mis pies. Esta vez no se sonroja. Su rostro está recompuesto, y tiene una expresión severa y dura.

—Hola —la palabra cae de su boca y se levanta como una barrera entre los dos.

Un chillido se me escapa a modo de saludo. Y luego espero el mal momento que está por suceder, porque aunque no sé de qué se trata, estoy seguro de que es algo malo.

—Bella me contó lo que hiciste —dijo.

—Humm…

—Te vio hurgando entre mi basura.

Siento que me ahogo. Como si estuvieran ciñéndome la garganta con correas de metal, y no consigo articular palabra, ni siquiera tragar. Miro a Hope, suplicando en silencio que me comprenda.

—Oh, maldición, Spencer, realmente lo hiciste.

Spencer. No Spence. Está a punto de llorar.

Traga con fuerza, recomponiéndose.

—Dijo que solías hacer lo mismo con ella. Que eres una especie de *stalker* y que te desesperas cuando las chicas te ignoran. No quería creerle, pero luego Tabitha Silverman dijo que también lo hiciste con ella.

Sé que debo reaccionar y tiene que ser ya. Encuentro una reserva oculta de fuerza hulkiana, y hago estallar todas las cuerdas, y las palabras salen de mi boca como un torrente.

—No es lo que crees. Es decir, con Tabitha, sí. Solía seguirla a casa desde la parada de autobús y dejar notas estúpidas en su buzón cuando tenía once años, y todo el mundo se burlaba de mí a causa de ello. Pero contigo solo intentaba ayudar. Sé lo difícil que ha sido todo para ti desde que Janie… —Hago una pausa, pero ahora que he comenzado es más fácil seguir—. Dean no lo entendió. Y lamento tanto que fuera así. Porque tú mereces a alguien que comprenda cómo son las cosas.

Se supone que tengo que explicar el asunto de la basura, pero, en cambio, todo lo que he sentido durante los últimos tres años me sale a borbotones por la boca. Una crecida repentina de sentimientos.

—Yo podría ser esa persona, lo prometo. Sería el mejor novio que podrías tener. Si solo me dieras una oportunidad.

El peso de lo que he confesado se posa sobre mis hombros, y observo su reacción con algo muy parecido al terror.

—En realidad, en este momento lo que necesito es un amigo —dice a través del nudo en su garganta.

Estaremos bien. Exhalo.

—Por supuesto. Estoy aquí para ayudarte.

—Gracias —susurra.

Atraviesa la distancia que nos separa y se desploma sobre mí estrechándome en un abrazo que me deja completamente perplejo y no sé qué hacer con mis manos. Las extiendo detrás de su espalda, bien alejadas de su cuerpo, mientras ella suelta la respiración en pequeñas exhalaciones bruscas que golpean su pecho contra el mío. Hago el tic de encoger los hombros un par de veces, pero no se da cuenta o lo ignora. No sé cómo clasificar este cambio de conducta. Las chicas no hacen esto salvo que les gustes, ¿no es cierto? Acurruca la cabeza en el hueco del cuello: se supone que es un tipo de señal, ¿verdad? Aprieta su cuerpo más cerca mientras llora, sujetando en el puño un trozo de mi camiseta de un modo que me hace olvidar cómo respirar. Le doy algunas palmaditas a su pelo, después, cuando junto el coraje suficiente, paso a las caricias, y también parece aceptarlo.

Pero cuando aparta la cabeza, las lágrimas descienden serpenteando por sus mejillas, formando un recorrido en zigzag, y luce más rota de lo que jamás la he visto.

—Ay, lo siento tanto. —Nuestros cuerpos siguen tocándose; nuestros rostros, alejados apenas unos centímetros. Le seco las mejillas lo más suavemente que puedo.

Si alguna vez estuvimos tan cerca, nunca he sentido esto. Cierra los ojos, aún temblando por el llanto, y sé exactamente lo que tengo que hacer. Dejo que mis manos se deslicen sobre sus brazos, deteniéndome justo debajo de los hombros. Y luego apoyo mis labios contra los suyos, y el mundo entero parece desvanecerse.

No espero que se eche hacia atrás ni que se suelte de mis brazos como a la defensiva. O que diga mirándome como si la hubiera herido:

—¿Qué haces?

En aquel momento el mundo rápidamente deja de desvanecerse. Y la realidad que se cristaliza parece mucho más áspera y confusa que aquella en la que estábamos hace apenas unos segundos.

—Y-yo creí… —Le cojo la mano, intentando impedir que se escape.

—Solo… —Arranca la mano de un tirón como si yo fuera un horno caliente—. Solo mantente alejado de mí, Spencer. Lo digo en serio.

Es posible que me haya quedado boquiabierto. En realidad, no lo sé. De lo único que estoy seguro es del dolor que siento. Un océano de dolor. Ya no soy humano. Soy un muestrario de cuchilladas, arañazos, cortes precisos que han penetrado limpiamente hasta el hueso. No sé cuánto tiempo pasa hasta que vuelve a hablar.

—No sé qué te sucede en este momento, pero yo necesito algo de espacio. —Espera que yo diga algo, pero no puedo formular las palabras, ni siquiera puedo formar un pensamiento coherente. No hasta que comienza a cerrar la puerta.

—Espera. —Pero ya tengo tantas heridas expuestas que no tengo el valor para hablarle sobre los mapas. ¿Y si cree que es estúpido? ¿O extraño? O, peor, ¿si no le importa en absoluto?—. No es lo que crees —mascullo al fin.

Ella sacude la cabeza con lentitud, los brazos cruzados sobre el pecho, manteniéndose a salvo, impidiéndome entrar.

—Sigo pensando que, por ahora, esto es lo que más me conviene. Por lo menos, hasta que resuelva algunas cosas.

Cierra la puerta antes de que pueda responderle algo.

Parte cuatro

16 años

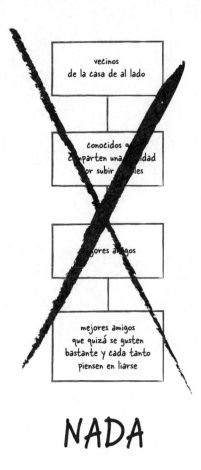

NADA

CAPÍTULO 12

Todas las mañanas, sin falta, hago dos cosas: echo una mirada a Lord Voldemort. Y me peso.

Lo primero implica echar un vistazo dentro del terrario que está sobre mi estantería mientras me restriego los ojos somnolientos. Lord Voldemort (también conocido como la tarántula más genial del hemisferio occidental) se adentra aún más en el túnel de seda que ha estado construyendo junto a su maceta de flores. Apoyo la mano sobre el tanque.

—Hola, Voldy. ¿Qué tal va todo? Tengo que ir al instituto, pero te veré más tarde, ¿vale? —En realidad, no responde, pero creo que, por lo menos, me guiña uno de sus ocho ojos. Ayer le di de comer un escarabajo al Señor de las Tinieblas, así que debería estar bien.

Ahora es el momento de la verdad. Camino por el corredor hacia el baño que comparto con Dean, me subo a la balanza y espero a que el destino me parpadee desde el pequeño visor rectangular.

Sesenta y seis.

El agua salpica contra la cortina de ducha junto a mí, mezclada con los rezongos de Dean. Siempre parece un zombi cuando intenta despertarse por la mañana. Me bajo de la balanza y luego vuelvo a subirme solo para estar seguro, pero el visor exhibe el mismo número: sesenta y seis. Por lo tanto, si se cuentan los tres o cuatro kilos de peso de agua, no debería ser un problema cortar a sesenta y dos. La categoría de los sesenta y cinco kilos es la más cercana a mi peso actual: *esos* tipos que estén en los setenta y dos... serán unos gigantes. Y no hay manera de poder bajar hasta cincuenta y nueve, salvo que quiera remover un par de órganos internos, así que tendré que conformarme con sesenta y dos.

Lo cual estaría bien, más que bien. Podría tener un rendimiento excelente en sesenta y dos. Pero ¿sabéis quién más lucha en esta categoría? Ethan Wells. Él me sigue odiando, y ahora le estoy dando la oportunidad de romperme el trasero como parte de una actividad legítima y avalada por el colegio. Nos pondrán en parejas todos los días después de clase, apuntando al mismo puesto y a las debilidades del otro. A partir de hoy.

Desciendo de la balanza y considero pesarme una vez más, quizá tras intentar hacer pis de nuevo, cuando Dean abre la cortina de ducha.

—¿Me pasas una toalla? —Sacude el agua del pelo como un perro.

—Claro. —Le paso una sin moverme de mi lugar ante la balanza.

—No va a cambiar —dice.

—Lo sé.

—A no ser que vomites en una taza o corras algunos kilómetros llevando bolsas de basura.

—Lo sé. —Nos dirigimos a nuestras habitaciones separadas para vestirnos, lo cual significa para mí ir al final del pasillo, y para él bajar al sótano. Pero cuando reaparecemos al mismo tiempo en la cocina, retomamos como si nuestras conversaciones tuvieran un botón de pausa—. Ni siquiera importa. No es que haya un pesaje oficial ni nada.

Dean esboza una sonrisita de suficiencia.

—Entonces, ¿por qué estás tan asustado? —pregunta justo cuando Pam dice:

—Pues entonces no hay nada que impida que tomes un buen desayuno. —Apoya un cuenco de avena y una tortilla de claras sobre mi mantel, que tiene una servilleta de tela real porque somos auténticos sureños, y me conduce hacia la mesa—. Come.

—Hoy es el primer entrenamiento de lucha —digo entre bocados a los cereales—. Y como he crecido diez centímetros y he engordado alrededor de once kilos desde el final de la última temporada, ya no lucharé en la categoría de los cincuenta y un kilos. Estaré en la temible categoría de los sesenta y dos kilos con tu amigo Ethan.

—Hago el tic de encoger los hombros—. Matadme. No, esperad. No hace falta porque ya lo hará Ethan.

—¿Sabes siquiera si Ethan sigue en la de los sesenta y dos kilos? —Dean engulle los huevos y panecillos como si fueran a evaporarse si espera demasiado. Pam lo mira chasqueando la lengua mientras desliza mis medicamentos para el Tourette sobre mi servilleta.

—No, pero estoy bastante seguro. Es la categoría en la que ha luchado los dos últimos años.

Dean también practicaba lucha libre, pero la dejó el año pasado para concentrarse en el fútbol y el béisbol. Odiaba la dieta del luchador: tener que sacrificarse para perder peso, la abstención total y absoluta de alcohol durante la temporada… A decir verdad, odiaba prácticamente todo lo referido a la lucha. Salvo la parte en la que podía propinarles golpes a las personas, eso le gustaba. Pero aún puede hacerlo jugando al fútbol.

Mi padre entra con un modesto maletín negro en la mano.

—Hola, Dean, mira esto. Nos han traído unos cuchillos nuevos de hoja fija.

—¿En serio? —Pocas cosas consiguen arrancar a Dean de los panecillos de arándanos de Pam, pero la excepción son las armas nuevas y brillantes.

Mi padre abre el estuche de cuchillos relucientes. Si no lo conocierais, cualquiera creería que es un asesino serial. Estos son los cuchillos de todas las películas de terror que hayáis visto jamás: lomos con bordes dentados, hojas letales, puntas que se enganchan hacia atrás como las aletas de los tiburones. Mi padre y Dean lanzan frases como «filo plano» y «acero templado». Se me ocurre que los quince centímetros que me separan del borde del estuche de cuchillos de mi padre bien podrían ser un cañón.

Me inclino sobre la mesa para ver mejor los cuchillos.

—Ese Camillus es bastante guay.

Dean suelta un bufido.

—Ese es un Gerber.

—Oh. —Me encojo de hombros como si no fuera gran cosa aunque de pronto estoy desesperado por decir algo genial sobre ese cuchillo.

—Bueno, tiene un gancho desollador impresionante —digo haciendo el intento.

Mi padre observa el cuchillo y sonríe.

—Sí, me recuerda un poco a mi vieja cuchilla de hoja flexible Bubba.

—Oye, papá. —Los ojos de Dean se encienden al escuchar a mi padre mencionar su viejo cuchillo. Creo que sé a dónde se dirige esta conversación—. ¿Recuerdas aquella vez que Spencer intentó desbastar su primer ciervo y vomitó encima de tu Bubba Blade?

Revoleo los ojos. No es culpa mía que las entrañas de un ciervo tengan un olor tan desagradable.

—Oye, papá. ¿Recuerdas la vez que Dean contó la misma historia insoportable todos los días durante los últimos siete años?

Mi padre suelta una carcajada, pero no me doy cuenta de cuál de los dos le ha hecho gracia. Probablemente, Dean. Aún tiene el estuche apuntando en su dirección.

—No te olvides de la medicina —dice Pam desde la cocina.

Trago la pastilla con un gran sorbo de agua. Aunque me adormecen bastante durante un par de horas después de tomarlas, mis nuevos medicamentos valen la pena. Ya no tengo tics de cuerpo entero. Ni espasmos que me mantengan despierto toda la noche (bueno, la mayoría de las noches). Y, lo mejor, no tengo cambios bruscos de humor.

Me doy prisa por terminar el desayuno y estar listo a tiempo para reunirme con Dean en la camioneta. Regla número uno para compartir un vehículo con mi hermano: Dean siempre conduce. Sin excepción. Aunque me muera de ganas de usar el carnet que me dieron el mes pasado y, técnicamente, sea *nuestra* camioneta, lo cual creerías que te permite conducir la mitad de las veces. Y mis padres no me dejan conducir solo porque tienen miedo de que la somnolencia causada por los medicamentos y mis tics me hagan chocar. La idea de reprimir los tics hasta llegar a un letrero de stop o a una luz roja los vuelve locos. Lo cual, está bien, son padres y su función es preocuparse, pero hay muchas personas con ST que conducen, y ninguno de mis tics me impide ver bien ni me haría darle un brusco tirón al volante ni nada parecido.

Suena el claxon afuera mientras estoy en mi habitación guardando cosas en mi mochila. Regla número dos para compartir un vehículo con mi hermano: la hora correcta para salir al colegio (o a cualquier lugar) es en cuanto Dean está listo. Vuelve a tocar el claxon, esta vez unos buenos dos segundos. Me impulso de la parte más alta de la escalera y aterrizo con un ruido sordo.

Cuando me deslizo en el asiento del acompañante, Dean tiene un libro entreabierto sobre el volante.

—¿Qué es eso? —pregunto.

—Tengo que entregar el informe de un libro durante la tercera hora —dice, volteando las páginas.

—¿Y es ahora cuando terminas el libro?

—Claro, hombre… Lo escribiré durante la primera y la segunda hora. —Lanza el libro hacia el lado con una sonrisa de anuncio de pasta de dientes—. Y Monroe me calificará con una A, porque de todos modos será mejor que cualquier otro trabajo que entreguen. —Finge suspirar—. No todos pueden ser como yo.

—Me gustaría abofetearte ahora mismo. ¿Sabes que me quedé despierto hasta las dos de la mañana intentando encontrarle sentido a *La letra escarlata*? (Nota aparte: estoy seguro de que te quedarías dormido leyendo ese libro incluso si no tomaras mis medicamentos).

—Pero ¿no te dieron ya una prórroga para eso?

Me encojo de hombros como intentando proteger mis orejas.

—Algunas personas necesitan más tiempo para completar un trabajo. —Además, el curso de Literatura de décimo año me está rompiendo el trasero.

Dean sacude la cabeza.

—Debe ser agradable. Recibir un trato especial.

—Oye… —Quiero decir muchas cosas, pero sacude la mano desestimándolo.

—Lo siento. Lo siento. Eso no ha estado bien. Es solo que estoy… Suspendí el examen de Química la semana pasada. El semestre que viene abandonaré mis cursos de nivel avanzado. Se suponía que el último año sería más sencillo.

Dean, ¿suspendiendo un examen? Estas cosas no suceden. La idea de que él no logre hacerlo me provoca una sensación espantosa de alegría, pero le sigue de cerca la sensación de ser un horrible cretino.

—¿Estás seguro de que no quieres que yo conduzca para que puedas ocuparte de eso?

—Ja. Buen intento. —Arranca el motor y acelera para llegar pronto al colegio y poder elegir un sitio decente para aparcar.

Dean aparca la camioneta junto a la de Ethan. Mi teléfono dice que aún tengo cinco minutos antes de entrar. En casa soy un pez azul solitario que comparte un pequeño estanque de jardín junto a tres peces naranjas. En el colegio hay un océano de peces naranjas, y todos nadan en dirección contraria a la mía.

Jayla se acerca a los saltos y golpea mi ventana con una enorme sonrisa. Tener una novia es estupendo. A veces me hace preguntas realmente complicadas como: «¿Crees que soy más guapa que Hope Birdsong?» y, si no respondo lo bastante rápido, se pone furiosa. Pero otras veces deja que le quite el sujetador cuando estamos en su sala de estar viendo películas. Así que, como decía, es *estupendo*. Apenas consigo abrir la puerta cuando enlaza los dedos con los míos. Me aprieta la mano, y mis escamas cambian de color emitiendo destellos naranjas hasta que me suelta. Apoyo mis labios contra los suyos, intentando absorber toda su normalidad. Ella me rodea con los brazos y mete su lengua en mi boca. Hago un tic, un pequeño encogimiento de hombros, y ella lo ignora como siempre.

Cuando se aparta, veo un destello de pelo blanco encima de su hombro. Mis ojos pasan de estar medio cerrados por la conmoción del beso a estar abiertos de par en par. No tengo intención de hacerlo, pero observo a Hope cruzando el aparcamiento.

—Oye, ¡adivina! —una parte de mí escucha lo que dice Jayla—. ¡Hoy son las audiciones para *Oklahoma!*

Las partes buenas de mi cerebro intentan concentrarse en mi novia. Sus ojos encendidos de entusiasmo, las pestañas kilométricas curvándose en los extremos. Pero las partes malas se están multiplicando como un virus, y antes de darme cuenta, me encuentro mirando fijamente de nuevo.

Ahora Hope es una de las chicas guay. No de las que brillan en los corredores llevando a sus novios deportistas sujetos con una correa, sino otro tipo de chicas guay. Las que llevan medias rasgadas y creen que es opcional venir a clase.

La mayoría de las personas cree que es mala compañía. Una persona agresiva. Yo puedo ver la verdad: está tan triste que le duele respirar.

Se apoya contra el muro del colegio, una pierna doblada, la bota con tacón golpeteando contra el ladrillo. Su pulgar empuja el dedo índice hacia abajo, y luego, cada uno de los demás a su vez. Cuatro pequeñas explosiones que, según su madre, la llevarán a tener nudillos de hombre.

—… estoy pensando en cantar *Many a new day*, pero en realidad siento que *Oh, what a beautiful morning* resalta mejor mi voz. —Jayla inclina la cabeza de lado como si estuviera barajando sus opciones otra vez.

Ahora que se ha movido, Hope está directamente en mi línea de visión. El viento le sopla el pelo agitándolo delante de sus ojos y, cuando aparta los mechones, nos quedamos mirándonos, unidos por un rayo de luz, y no podría dejar de mirarla aunque quisiera. Suelto un jadeo, pero suena más como si me estuvieran succionando el aire de los pulmones. Y parte de mi cabeza oye a Jayla diciendo: «¿Te encuentras bien?», pero su voz parece tan lejana.

Me toca el hombro, y la luz entre Hope y yo se hace añicos. Guau. ¿De verdad estaba haciendo esto? En primer lugar, Jayla podría advertirlo en cualquier momento. En segundo lugar, juro que no soy tan idiota. Esto es algo que el viejo Spencer —el que estaba estúpidamente enamorado de Hope— habría hecho. Miro a mi novia, mi hermosa novia delante de mí, y ahueco su mentón con mi mano.

—Hola —susurra.

—Hola. —La beso, solo un segundo—. Vas a hacerlo genial en esta audición. Eres la mejor cantante de todo el colegio.

Sonríe, pero no dura.

—La mejor cantante mujer —dice—. Justin Irby es el mejor cantante hombre. Tal vez incluso el mejor de todos.

—Pues, entonces, serás Laurey, y él será el cantante principal que hace el papel de cowboy.

—Curly.

—Sí, él.

—No lo sé. —Anuda los dedos de ambas manos, y me dirige una sonrisa que ni siquiera es una media sonrisa. Se trata más de un cuarto o un octavo de sonrisa—. Supongo que me preocupo porque Justin tiene pelo rubio y ojos azules, y ¡¿qué pasa si la señorita Picket no quiere…?! —Se detiene y sacude la cabeza—. No. ¿Sabes qué? Ahora soy una estudiante de primer año. Quizá las cosas sean diferentes que en el colegio.

—¿A qué te…?

—Olvídalo. —Sonríe y me besa.

Le devuelvo el beso hasta que Dean me da un golpe en la parte trasera de la cabeza.

—Consíguete una habitación. —Suelta una risita burlona como un estudiante de tercer año—. Oye, Spencer, te estás sonrojando. ¿Qué? ¿Tienes vergüenza?

Me vuelve a dar un golpecito. Entonces, le tiro la correa subiendo la mochila, que lleva bien abajo para que luzca guay, hasta la altura de las axilas. Y antes de que nos demos cuenta, nos estamos persiguiendo el uno al otro alrededor del coche.

Jayla monta una escena poniendo los ojos en blanco antes de posar un último beso en mis labios.

—Nos vemos en el almuerzo, ¿vale?

Se aleja hacia los remolques que están detrás del edificio A, su pelo negro y lacio rebota contra sus hombros, pero yo tengo que ir al C, lo cual significa que Dean y yo pasaremos delante de Hope. Está apenas a diez metros de nosotros. Y luego, a tres. Nuestros ojos se vuelven a cruzar, pero esta vez es un débil haz de luz. Como un hilo de espagueti crudo. Sería muy fácil romperlo. Si quisiera hacerlo. En cambio, la saludo agitando la mano. Mi mano tan solo se eleva y lo hace por costumbre, antes de que siquiera pueda pensar si está bien o no.

Ha pasado tanto tiempo desde que nos saludábamos o le decía alguna cosa que, al principio, creo que fingirá no haberme visto, pero luego sus dedos se levantan apenas unos centímetros despegándose de su pierna. Solo un segundo. Tal vez el mini-saludo es uno de esos gestos involuntarios. Tal vez, no quiere que sus amigas lo vean. Dean lo ve.

—¿Por qué te saluda esa perra psicópata? —pregunta en un tono bien fuerte. Su voz llega al otro lado de la acera y se estrella contra las botas de Hope.

Ella estrecha los ojos, y los dedos se cierran formando un puño. Gira la muñeca hacia arriba mientras pasamos delante de ella. Le enseña el dedo medio.

Quizá esté más enfadada de lo que creí.

CAPÍTULO

13

Todo lo que me esforcé en los entrenamientos me ha preparado para este momento. Ethan huele a sudor y a mi muerte inminente. Estamos a solo treinta centímetros el uno del otro sobre la colchoneta. Pero solo hasta el momento en que el entrenador sople el silbato. Me detengo frente a él con las manos en alto. Un músculo de su mandíbula se tensiona y, por un segundo, vuelvo a tener doce años, e Ethan es una mantícora que se alza encima de mí con llamaradas en lugar de ojos y tres hileras de dientes afilados.

Pero luego suena el silbato, y mi cuerpo entra en una especie de modo de lucha, en piloto automático. La tensión se disuelve. Mis tics prácticamente desaparecen. Soy memoria muscular y adrenalina con un alto índice de octanos. Soy la sumatoria de todos los entrenamientos de lucha libre a los que fui alguna vez.

Nos examinamos mutuamente. *¿Y si lo sujeto de la pierna? ¿Y si intento un barrido? ¿Y si le empujo el cuello hacia abajo?* Todo son ataques y contraataques, y luego, ay, mierda, gira mi cuello y realiza un gancho inferior. Tiene mi pierna atrapada. Antes de que pueda parpadear, me encuentro sobre el trasero, y él, trepando el tronco, acercándose poco a poco hacia mis caderas con un cuerpo de cemento. Enredo los brazos alrededor de él e intento resistir, pero solo puedo aguantar un cierto tiempo, y es un derribo.

Los chicos se vuelven locos. Hasta ahora el nuestro era, de lejos, el enfrentamiento más igual. Cojo mi botella de agua y espero que comience el siguiente periodo, y como estamos jugando al King of the Mat, Ethan vuelve a luchar. Le gana al chico que es apenas más pesado que él, y luego al que es apenas más pesado que el otro, lo cual me hace sentir menos fracasado. Ty Mathers, el principiante de la categoría sesenta y ocho del año pasado, le gana finalmente, pero como era el cuarto enfrentamiento de Ethan, y Ty pesa por lo menos cuatro kilos y medio más que él, era obvio que le daría una paliza. No hay manera de ganar King of the Mat salvo que estés en una de las categorías de peso más elevadas, pero ese no es el tema.

Estoy observando a Ty que lucha con un chico de mi clase de Literatura cuando Ethan se acerca y se detiene justo a mi lado. Me he pasado todo el entrenamiento intentando evitarlo: me he quedado en el otro extremo del salón durante el discurso de bienvenida excesivamente largo del entrenador, durante el precalentamiento y los estiramientos. Pero en el momento del pesaje, el entrenador hizo un comentario sobre lo alto que estaba, y lo difícil que iba a ser encontrar a otro chico en la categoría de cincuenta y un kilos que fuera tan bueno como yo. Y luego, unos chicos después, cuando le tocó a Ethan, otro comentario: «¡Mira eso! Ahora solo hay dos kilos de diferencia entre tú y Spencer».

Ethan levantó la cabeza bruscamente, no muy diferente a una araña cuya tela acaba de sufrir el impacto de una mosca. Y desde aquel momento, no he dejado de sentir un hormigueo, como si alguien estuviera trepando sobre mi espalda y dentro de mi oreja. Podía estar practicando movimientos con mi compañero de lucha, y al voltearme lo veía mirándome. Como si estuviera en su radar, y cada vez que hacía algo demasiado bueno… *¡ping!* Se activaba el deseo de matar.

De pie junto a mí, Ethan permanece en silencio. Solo cruza los brazos sobre el pecho y mira fijamente hacia delante, su expresión amenazante, mientras invade mi espacio personal.

Carraspea, y casi me provoca un susto de muerte.

—Eres mejor de lo que creí. —Su voz es hosca, y no aparta la mirada del King of the Mat. Mi cerebro se esfuerza por procesar si ha sido un elogio o una amenaza.

—Eh… gracias…

Asiente.

—Realizas un buen Fireman's carry, pero tienes que trabajar en tu Radman Ride.

—¿Por qué me lo dices? —Se me escapa sin quererlo.

—El tío de sesenta y siete kilos de NC State se gradúa este año, y los entrenadores han puesto el ojo en mí para reemplazarlo. Supongo que me siento responsable por la categoría de los sesenta y dos.

Pienso en la categoría de los cincuenta y un kilos. Y en el hecho de que este año no tenemos a ningún candidato bueno para ocupar mi lugar.

—Entiendo.

Echa un vistazo alrededor, casi como si estuviera asegurándose de que nadie lo escuchará.

—Ven a verme durante el próximo entrenamiento, y te ayudaré, ¿vale?

Ethan Wells quiere ayudarme. Decir que estoy shockeado es poco.

—Sí, está bien. Gracias, hombre.

Asiente y emite una especie de gruñido antes de alejarse.

Observo el resto de los combates, a veces haciendo tics, a veces no, pero todos los chicos del equipo de lucha libre están al tanto de mi Tourette y no me molestan. Salvo quizá Ethan, pero honestamente, ahora que lo pienso, no recuerdo la última vez que se burló de mí. Finalmente, coronan a un King of the Mat: un gigante de ochenta y ocho kilos, al que todo el mundo llama Zippy. Se pavonea exageradamente de la victoria hasta que el entrenador nos hace ir a los vestuarios. El entrenador sujeta un rollo de cinta de enmascarar en una mano y algunos rotuladores en la otra. Es hora del discurso de «Solo di que no». Aclara la garganta aunque todo el mundo ya esté prestando atención.

—Firmar esto os compromete. A no beber, a no tomar drogas, a no fumar. Nada que pueda contaminar sus cuerpos y poner la temporada en peligro. Si bien la lucha es un enfrentamiento individual, esto es un deporte de equipo. Lo que vosotros hagáis afecta a los demás. Por eso firmamos esto todos juntos. Un círculo irrompible.

Recuerdo cuando hizo esto mismo el año pasado. Todos los vellos de mis brazos se erizaron de emoción, y tuve la sensación de que remontaba el vuelo, como cuando miras el clímax de una película deportiva. Quería levantarme de un salto y gritar lo que fuera. Y luego quería pelear el mejor combate de mi vida. Mi padre estaría muy orgulloso. Porque Dean podía tener la caza, el béisbol y todo lo demás en común con él, pero la lucha era algo que compartíamos *nosotros*. Especialmente, ahora que Dean la ha abandonado.

El entrenador pega la cinta de enmascarar sobre la puerta del vestuario y da toda la vuelta, pasando por encima de una pared, de una ventana y luego de nuevo sobre la puerta, conectando los extremos en un círculo irregular.

Tomo un Sharpie y estampo mi nombre como el año pasado. Luego lo paso al estudiante de primer año que está detrás, sonriendo al ver la expresión de asombro absoluto en su rostro. Quiero decirle que lo entiendo, que firmar todavía me provoca esa emoción. En cambio, le doy una palmada tan fuerte en la espalda que sus rodillas se vencen. Es más o menos lo de siempre.

Reúno mis cosas y espero a Dean en el aparcamiento. Alrededor de veinte minutos después aparece directo del entrenamiento de fútbol y arroja su bolsa sudorosa en la parte trasera de la camioneta.

—¿Cómo ha ido el entrenamiento?

—Ethan me ha ganado en el King of the Mat.

—¿El entrenador os ha dejado disputar un King of the Mat en la primera práctica?

—Sip.

—Qué fastidio. Me refiero al hecho de que te haya ganado.
—Sale del aparcamiento, pero gira hacia otro lado.

—¿A dónde vamos?

—A la planta envasadora Granger.

—Oye, sabes que no puedo comer nada allí. Llévame a casa primero.

—No tengo tiempo. Es el día en que planeamos las bromas del último curso, y ya estoy llegando tarde porque el entrenador me ha retenido tras el entrenamiento.

—Yo no voy a ir. Y, por cierto, ¿por qué hacéis una broma tan a principios de año?

—Ethan cree que descolocará a la administración. Y salvo que quieras tirarte ahora mismo de mi camioneta en movimiento, tendrás que venir.

—*Nuestra* camioneta.

Lo fastidio durante todo el camino, pero de nada vale. Iremos de todos modos a la planta envasadora Granger. Dean ha tomado una decisión, y es ley. Y durante los meses en los que no hay entrenamiento de lucha libre, no habría ningún problema porque Granger es un lugar fabuloso, con huertos de melocotoneros que se extienden hacia el horizonte, parques infantiles, paseos en tractor, y una pasarela que cuelga por encima del interior de la planta desde donde se observa la clasificación de los melocotones sobre cintas transportadoras. Cuando estábamos en la escuela primaria, solíamos ir una vez por año. Siempre me impresionaba que la línea de envasado pareciera algo vivo, con un corazón robótico que runruneaba, y arterias que bombeaban melocotones a los supermercados y las fiambreras. Pero ir hoy, cuando estoy haciendo una dieta estricta, y tener que permanecer sentado en el restaurante/tienda de ramos generales, atiborrada de sidra de melocotón, conservas de melocotón, pasteles de melocotón coronados con bolas de helado de melocotón, será un ejercicio de frustración extrema. O una tentación. Probablemente, un poco de ambos.

Básicamente, esto es lo que puedo permitirme:

UNA TAXONOMÍA DE ALIMENTOS QUE PUEDEN COMERSE DURANTE LA TEMPORADA DE LUCHA LIBRE

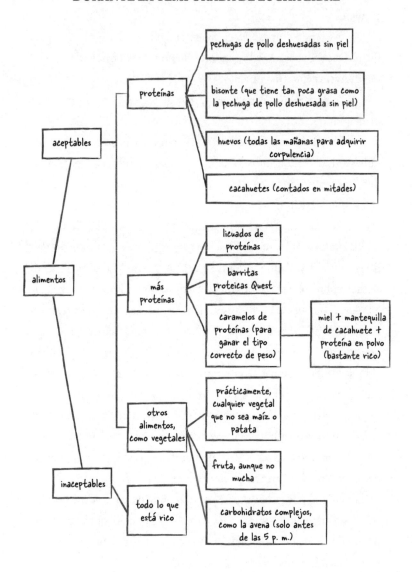

Sigo a mi hermano a un edificio gigante, con una hilera interminable de mecedoras bajo un toldo de rayas verdes. Dos mujeres de la clase de Pam que se reúnen los domingos para la escuela dominical nos detienen a la entrada solo para saludar y preguntar cómo estamos, cómo está la familia. Unos cuantos chicos y algunas chicas del último curso ya se encuentran apretujados alrededor de tres mesas de madera. Dean pide un helado de melocotón y un bistec frito como un refrigerio antes de la cena. Yo pido una Coca Cola light.

Algunos chicos de los cursos inferiores se encuentran esparcidos alrededor de las mesas, personas que salen con alguien del último curso o que, como yo, fueron arrastrados aquí contra su voluntad. Y Hope. Se encuentra hecha un ovillo en una silla al lado de Mikey. No sé qué tengo que me hace distinguirla en medio de una multitud, pero a veces quisiera poder extirparlo quirúrgicamente. Aún estoy un poco alterado por lo que ha sucedido esta mañana en el aparcamiento, pero no haré más que encerrarlo en la caja de las «anomalías conductuales» y deshacerme de la llave.

Dean gime.

—¿Qué hace aquí? —susurra.

No sé cuáles son los detalles precisos de su ruptura, pero cada vez que se ven, ambos parecen a punto de estallar, y las esquirlas de furia vuelan por todos lados como metralla.

—No lo sé. —Recuerdo haber oído que estaba saliendo con Mikey. ¿Siguen juntos? Mikey le susurra algo en el oído, y ella suelta una risita. Supongo que eso significa que sí.

Dean entrecierra los ojos.

—Solo para que quede claro, esta es una broma que hacen los alumnos del *último curso.* —Mira deliberadamente a Hope—. No quiero ver a ninguno de vosotros la noche de la broma, y será mejor que tampoco se lo contéis a nadie.

Hope saca del bolsillo un juego de llaves y lo hace girar alrededor del dedo índice.

—¿Las ves? Son las llaves del colegio. Las robé de la mesa en la sala de fotocopias, lo cual significa que esta broma ni siquiera estaría sucediendo si no fuera por mí. Lo cual significa que voy a ir.

Guante arrojado.

Ella y Dean se miran dos largos segundos. Tengo la sensación de que, si sacudiera la mano en el espacio que existe entre sus ojos, sería como pasar a través de un relámpago. Mikey mira a uno y otro como si él también pudiera verlo.

—Has traído a Spencer —dice.

Ambos se vuelven para mirarlo.

—¿Qué?

—Spencer. —Parece nervioso—. Él tampoco está en el último curso, y lo has traído, así que deja en paz a mi chica.

Hope se estremece al escucharlo decir «mi chica», pero cuando le pasa el brazo alrededor del hombro, no se lo saca de encima.

—Sí, pero no vendrá a la broma —dice Dean—. Ni siquiera quiere estar aquí.

Asiento.

—Cierto. —Y menos ahora.

Hope empuja la silla hacia atrás. Mikey atrapa su mano.

—¿A dónde vas, nena?

Se encoge de hombros.

—Si no me quieren aquí, me iré. No quiero fastidiar a *Dean*. —Inyecta en su nombre todo el desprecio posible. Y luego agrega el punto clave—: Pero me llevo las llaves.

Dean suelta un quejido y recorre su cara hacia abajo con la mano. Hope hace una pausa, las cejas ligeramente enarcadas, los labios fruncidos casi en un modo sexy.

—Espera, no te vayas todavía —dice él—. ¿Puedes volver a sentarte hasta que solucionemos esta mierda?

Ella se deja caer como si le diera igual, pero sabe que ya ha ganado.

Dean y Mikey se gritan de un lado a otro de la mesa, e Ethan interrumpe cada tanto. Los tres son los cabecillas de la broma, pero aunque a Dean le gusta beber y causar daños mínimos, en general tiende a ser abstemio (solo bebe lo suficiente en las fiestas como para no ser un mojigato, está en cursos avanzados en el instituto, pero hace de las suyas en el béisbol y en el fútbol). Mikey, por otra parte, es la apatía personificada. Así que, sí, se llevan genial.

La discusión termina con Dean aceptando a regañadientes que no pueden gastar la broma sin ayuda de Hope. Lo mejor: Mikey le dice a Dean que no se cabree, y Dean se aboca a tomar su helado de melocotón de mal humor. Por si fuera poco, el rostro de Hope se ilumina con una sonrisa triunfal de mil vatios. Es una pena que casi nunca sonría ahora. Las suyas son las mejores. Sonrío y bebo un sorbo de mi Coca Cola light y decido que quizá no ha sido tan mala idea venir aquí después de todo. Por desgracia, Dean lo advierte.

—Oye, Spencer, ¿quieres un poco de mi helado?

—No.

—¿Estás seguro? ¿Ni un bocado?

Me acerca tanto la cuchara que el aroma de los melocotones frescos amenaza con vencer mi resistencia.

—Eres un imbécil.

Dean esboza una sonrisita con el tipo de satisfacción que solo puede provenir de torturar a tu hermano.

—Está taaan delicioso. Creo que está incluso mejor que otras veces. Tiene una textura suave y cremosa, como el que preparaba el abuelo con su vieja heladera con manivela. Y los melocotones… Maduros pero tiernos. Es como si hubieran elegido el perfecto…

—Oye, hombre, deja de hablar del maldito helado —dice Ethan, golpeando el brazo de Dean. Es entonces cuando advierto que él tampoco está comiendo.

Inclino la cabeza en dirección a su bebida.

—¿Coca Cola light?

—Coca Cola light de mierda. —Choca su vaso con el mío—. Solo cinco meses más.

Me hace sentir por lo menos un veinte por ciento menos mal por perder hoy con él. De todos modos, no puedo quedarme sentado aquí mirando cómo Dean devora esta delicia suave de melocotón, así que aparto la silla de la mesa de un empujón y voy a rellenar mi bebida. Mi teléfono zumba en el bolsillo: un mensaje de Pam.

Hola Spencer:
¿Dónde estáis?

xo Pam

Empiezo a escribir con una mano y no presto atención al presionar mi vaso contra la máquina de hielo. El vaso de otra persona ya está allí. El brazo de alguien. El brazo de Hope, y está tocando el mío. Es curioso que la piel solo sea piel hasta que se percibe de quién es, y luego puede resultar aterradora, o un consuelo, o un fuego. Los nudillos de Hope arden contra los míos, y tengo que apartar la mano bruscamente antes de que mi brazo entero comience a arder.

—Oh. —Espero que sepa que no lo hice a propósito—. Lo siento. No…

—No pasa nada.

Nos quedamos mirando el dispensador de hielo y luego el uno al otro. Pasan segundos que parecen una eternidad.

—Pues, adelante. —Hago un gesto hacia la máquina, orgulloso de haber recuperado la capacidad de habla, aunque mi voz tiene un sabor a óxido en mi boca.

Ella intenta dibujar una sonrisa.

—No, tú. Tú has llegado antes.

Y luego, en un despliegue de torpeza inaudito, volvemos a intentarlo juntos al mismo tiempo. Otra vez.

—¡Uy! —Retrocedo de modo que tiene mucho, mucho, mucho sitio. Quisiera que el suelo me tragara entero.

Ella se ríe. Es su risa nerviosa, no la que suena como una melodía cuando las cosas son graciosas pero que se deshace en bufidos cuando las cosas son *realmente* graciosas.

—Gracias. —Presiona la palanca del hielo y se encoge de hombros—. Lo siento.

¿Por ponerte delante de mí o por decidir que ya no seríamos amigos? Retengo un suspiro. Si solo pudiéramos tener un poco de tiempo para hablar, hablar de verdad, quizá las cosas podrían ser diferentes.

Mis hombros disparan una ráfaga de tics mientras Hope llena su vaso con té de melocotón. Recuerdo la primera vez que lo probó. Pasó de «los melocotones y el té no deberían mezclarse» a «el que ha decidido mezclarlos es un genio» en un sorbo. Bebe un sorbo ahora, los ojos cerrados en éxtasis y, por un instante, veo a la Hope de trece años y a la Hope de dieciséis compartiendo el mismo cuerpo. Me miran, y la joven Hope se esfuma en tanto la nueva permanece. Sonríe y, maldita sea, qué triste es su sonrisa.

—Sigue siendo un genio —dice.

Si pudiera decir las palabras mágicas, aquí, ahora, podría componer nuestra relación. Hope se inclina hacia delante, su rostro sufre una transformación, como si hubiera grandes pensamientos encajando en su lugar dentro de su cerebro. Su boca se abre.

Y luego se cierra. Y ella se vuelve para coger una servilleta, y puedo sentir que el momento se desvanece. Así que solo digo:

—Sí, un genio. —Intento ignorar la sensación de que el Spencer y la Hope del colegio gritan «Noooo», y golpean las paredes de la burbuja que separa el pasado del presente porque ambos saben que debíamos ser mejores amigos para siempre.

CAPÍTULO 14

—Mikey es un cabrón —dice Dean sin siquiera quitar los ojos de la pantalla de televisión.

—Sip. —Hago que Robin suba una escalera siguiendo a su Batman. Debe ser la tercera vez que se queja de Mikey solo durante esta sesión de PlayStation, y comienzo a preguntarme si tiene menos que ver con el asunto de la broma y más con la nueva novia de Mikey.

Estamos instalados sobre la alfombra delante de la TV porque el sofá parece demasiado lejos en esta coyuntura crítica del juego, y porque hay una especie de mandamiento no escrito de que no te sentarás jamás en la enorme butaca reclinable de mi padre (que se hace doble en temporada de béisbol).

—El asunto es que la broma sería genial tal como la planeamos Ethan y yo. Pero Mikey está intentando agregar más cosas todo el tiempo. Y no dejo de preguntarle: «Hombre, ¿acaso no viste lo que sucedió en Clayborne? Si provocas daños por valor de miles de dólares, es un delito grave. Cuatro de los tipos de Clayborne podrían terminar en la cárcel». —Dean hace una pausa para poder eliminar a dos secuaces de Dos Caras—. Poner flamencos en el césped, oscurecer los cristales con pintura negra: todo eso quedará estupendo, pero no causará daños permanentes. No tengo ganas de perder la oportunidad de conseguir una beca solo porque Mikey quiere hacer una porrada de estupideces.

El sonido de los pasos de mi padre sobre los escalones nos da suficiente tiempo para dejar de hablar. Se detiene justo detrás de Dean y cruza sus brazos de Paul Bunyan.

—Nos vamos a la tienda en quince minutos. Date prisa.

Dean le dispara a un secuaz directamente a la cabeza.

—Que vaya Spencer.

—Sí, yo puedo ir. —Tal vez la caza no sea lo mío, pero mi padre siempre recibe algún equipamiento nuevo para hacer camping que me encanta, como cargadores solares y raquetas eléctricas mata insectos, entre otras cosas—. Hace rato que no voy a ver qué hay.

—Puedes venir el lunes cuando haya menos gente —dice mi padre. Se vuelve hacia Dean—. El sábado es el día de más trabajo. Te necesito.

Sigo oprimiendo botones y disparándoles a los malos, pero de pronto el juego no parece tan divertido. Mi hermano, en cambio, sigue enfrascado en *Batman: Arkham Unhinged*. Mi padre se detiene directamente en frente de él, y Batman pisa justo un explosivo y estalla en setenta y cinco mil millones de pedazos.

—¡Ah! ¿Sabes lo cerca que estaba de Dos Caras? —Dean descarga una sarta de obscenidades entre dientes, que mi padre finge no oír al tiempo que sube pesadamente las escaleras de nuevo.

Aparto mi mando a un lado.

—Yo también puedo ayudar —mascullo a nadie en particular.

Dean empuja mi cabeza a un lado.

—Tu Tourette asusta a los clientes. —Se pone de pie y se estira—. Agh. No quiero hacer esto. Por un maldito sábado, solo quiero estar tranquilo jugando con videojuegos. —Arroja el mando del jugador 1 en mi regazo—. ¿Sabes la suerte que tienes?

—Oh, claro. Tengo una suerte increíble. Soy el tío más afortunado del planeta. —Me desplomo sobre la mesa de centro.

Inclina su cabeza a un lado.

—Es algo que te molesta de verdad.

—Pues, *claro*.

La expresión de Dean se vuelve seria… No es para nada propio de él, pero quién sabe, hasta los piojos de la madera son capaces de sentir empatía.

—¿Por qué?

No lo pregunta con tono desafiante; realmente quiere saberlo. Y, sí, a veces quiero darle una bofetada o quisiera que desapareciera pero, a fin de cuentas, sé que no lo siento de verdad. Me alegra que no haya desaparecido para siempre. Está aquí y está intentando comprender, y eso ya es algo.

—Pues… —¿Dónde comenzar? Por lo general, no suelo hablar de estas cosas—. Hay algo que aprendimos en el campamento: el modelo social de discapacidad.

Se encoge de hombros.

—No sé lo que es eso.

—Quiere decir… Es así: tengo síndrome de Tourette.

—Esa parte la conozco.

—Pero no es mi síndrome de Tourette lo que me impide trabajar los sábados. Es papá. Porque yo podría ir a la tienda y, si alguien notara mis tics, podría decirles algo así como «Oh, tengo síndrome de Tourette». O si los tics se vuelven muy intensos, siempre podría tomarme un descanso. Pero la barrera no soy yo y mis tics. Es…

—Papá.

—Sí. —Ambos permanecemos en silencio.

—¿Quieres que le hable de ello? —pregunta Dean finalmente.

La idea me atraviesa como un flechazo de temor.

—¡No!

Levanta la mirada, sorprendido.

—Es decir, puede ser. No sé.

—Está bien, bueno, tú me dirás cuando lo decidas.

—¡Dean! —grita mi padre desde arriba.

Mi hermano se pone de pie.

—Oye, me tengo que ir, pero, eh, gracias. Fue bueno… es decir, me alegra que… —Me da una palmadita incómoda en el hombro—. Buena charla.

Se dirige arriba, y me quedo de pie con la boca medio abierta. Mi hermano lo entiende.

Realmente, lo entiende. Algún día espero que nuestro padre, también.

CAPÍTULO

15

Dean se fugó hace un par de horas, pero estoy demasiado nervioso para dormir. Los últimos días me ha hablado tanto sobre la broma que es casi como si fuera parte de ella, aunque todo lo que hago es esperar y jugar videojuegos.

La llamada sucede en mitad de la noche. Escucho el sonido del teléfono. Escucho los pasos de mi padre que baja las escaleras pesadamente como si intentara atravesar los tablones del suelo. La puerta de la sala se abre de par en par, y entrecierra los ojos por el brillo de la televisión.

—¿Dónde está tu hermano?

Presiono el botón de pausa en el controlador e intento parecer lo más sincero que puedo.

—No lo sé.

Emite un resoplido furioso como si fuera culpa mía que Dean se haya marchado; luego vuelve a subir atronando la madera. Por lo general, hago lo posible por mantenerme alejado de mi padre cuando está enojado, pero luego oigo la camioneta de Dean avanzar despacio por el camino de entrada. No hay nada más satisfactorio que observar, por una vez, al hijo perfecto metido en un lío, y me apresuro a subir al piso de arriba para no perderme ni un segundo.

Pam se pasea de derecha a izquierda, yendo y viniendo con un paso frenético. Sus labios recitan listas silenciosas de tribulaciones, y alrededor de sus ojos castaños aparecen arrugas que jamás había notado. Siempre parece por lo menos ocho años mayor cuando uno de nosotros se mete en problemas. La cabeza de mi padre es un globo rojo a punto de estallar. Eso significa que el asunto es grave. Mi cuerpo se apoya con aire despreocupado contra el empapelado de flores mientras mi mente aplaude con euforia. La puerta lateral se abre —es la única que no cruje— y Dean entra en la casa. Cuando ve al comité de recepción se queda con la boca abierta, y cada músculo de su rostro expresa desazón.

—¿Te has metido en problemas? —Pam retuerce los dedos mientras espera la respuesta.

—¿Qué? No.

La cabeza de mi padre se desinfla.

—Bueno… —Dean esboza una sonrisa forzada, pero su mirada es esquiva— solo he pasado a buscar un par de cosas, pero ahora regreso a casa de Ethan.

En mitad de la noche. Claro.

La cabeza de mi padre se vuelve a inflar.

—Esta noche no vas a salir más de esta casa. Especialmente, no para ir a gastar una broma estudiantil.

La sonrisa arrogante se quiebra por la mitad, y emerge Dean, el Minotauro.

—¿Se lo has contado? —sisea mirándome.

—No le he contado una mierda a nadie.

—Spencer, no digas palabrotas. —Pam cierra con llave la puerta detrás de Dean—. Nos ha llamado el presidente del club de apoyo. Alguien ha alertado a las autoridades. Irán esta noche a la escuela.

—Tenemos suerte de que a la gente le interese verte jugar al fútbol —dice mi padre—. No hay nada allí que pueda vincularte con la broma, ¿verdad?

Dean empalidece.

—Tengo que ir a advertirles a los chicos.

Los labios de mi padre desaparecen entre sus dientes.

—No-saldrás-de-esta-casa.

—No entiendes. Solo he regresado porque me he olvidado los flamencos. Todos los demás siguen allá preparando la broma. Ethan, Mikey, Joel...

Hope. Me acuerdo de que Hope está allá.

—Llámalos —digo—. Llámalos ahora mismo.

Dean saca su teléfono y llama a Ethan. Esperamos, y esperamos, y esperamos, pero se desvía al buzón de voz.

—Mierda.

—Dean, las palabrotas.

Deja un mensaje de voz, advirtiéndole, después algunos mensajes de texto, después llama un par de veces más. No hay respuesta. Revolea el teléfono como si quisiera arrojarlo contra la pared.

—No responde a su teléfono. Solo estamos perdiendo tiempo, y los van a joder a todos. Tengo que ir allí.

—No. Lo que *debes* hacer es ir a tu habitación y quedarte allí. —Los ojos de mi padre dicen que sería peligroso discutir.

Dean se desplaza como si, de todos modos, fuera a marcharse de nuevo, y mi padre lo coge del hombro. Minotauro versus Minotauro. Sus cuernos chocan como los de los ciervos machos peleando por una hembra, pero todos sabemos que Dean ya ha perdido. En momentos como este, recuerdo lo grande que es, en realidad, mi padre.

—Irás a tu habitación aunque tenga que llevarte yo mismo.

Dean se aparta de la puerta, pero sigue furioso como el demonio, una tetera a punto de echar vapor, y le sale de la boca antes que lo pueda frenar:

—Esto es una mierda.

En cuanto lo dice, su rostro se vuelve pálido. Nadie le contesta con palabrotas a mi padre. Jamás. (Delante de él, sí. Pero a él, jamás). Es un sureño de la vieja escuela —de los que creen en respetar a los mayores y en los azotes con cinturón—, y por su expresión en este momento, pues, digamos que por nada del mundo cambiaría de lugar con mi hermano. La mano de mi padre se extiende hacia delante y, por un instante, tengo la impresión de que golpeará a Dean, pero, en cambio, le arranca el teléfono.

—A tu habitación. Ahora. Te devolveré el teléfono mañana.

Dean se marcha. Ninguno de nosotros discute el hecho de que quitarle el teléfono perjudicará a más personas. No hay posibilidad de que mi padre cambie de opinión una vez que ha dictado una sentencia.

Mascullo algo sobre mis videojuegos y desciendo la escalera en silencio. Ni siquiera creo que se den cuenta. La sombra de Dean me oculta bastante bien.

Cojo mi teléfono de la mesa. No soy amigo de los estudiantes del último curso pero, por lo menos, puedo intentar comunicarme con Hope. Accedo a ella en mi lista de contactos y pulso el botón de llamada. Es como volver en el tiempo. Su voz me provoca un sobresalto, pero es solo una grabación, pidiendo que dejen un mensaje. Envío un mensaje: ¡¡¡LLÁMAME!!! ¡¡¡POR FAVOR!!! e intento un par de veces más, por si acaso, pero siempre lo mismo. Así que escribo: «VETE YA. LA ADMINISTRACIÓN LO SABE». Aún, nada. Bueno, entonces, ya está. Solo queda una cosa por hacer.

La puerta de Dean está cerrada pero, de todos modos, creo que prefiero hacer esto solo. Dejo atrás mi lugar junto a la televisión y me detengo delante de la puerta que conduce al exterior. Aún puedo oír a mis padres caminando de un lado a otro en la planta superior, así que supongo que esta es mi única opción. Hago el tic de inspirar unas ochenta y siete veces, preguntándome nervioso si esto es de verdad una buena idea. Inspiro profundo y exhalo. Allá vamos. Giro la manilla, y las bisagras le anuncian mi plan de escape a todo el vecindario. Cojo mis llaves del gancho junto a la puerta. Corro hacia la camioneta. Las cortinas metálicas están cerradas, pero podría recitar la escena tras ellas. Ahora es la parte cuando se preguntan si han escuchado lo que creen que han escuchado. Enciendo el motor. Y ahora es la parte cuando lo confirman.

La puerta lateral se abre de par en par. Una silueta: la cabeza de mi padre bajo la luz del porche, inflada hasta tener el tamaño de un globo de aire caliente.

Ya me he marchado.

Conduzco a través del vecindario, y se me ocurre que estoy conduciendo solo por primera vez. Y es agradable. Nadie que se sujete del picaporte de la puerta y me mire como si fuera una bomba de tiempo. Nadie que me pregunte si tengo sueño. Me concentro en el camino, y mis tics apenas me molestan. También se me ocurre que estoy infringiendo el toque de queda para adolescentes, pero por lo menos no hay nadie cerca para notarlo.

Cuando llego al colegio, hay tres coches estacionados en el aparcamiento sur de la cafetería, y los reconozco a todos. Mis pulmones se relajan un poco en mi pecho. He llegado antes. Aún hay tiempo.

Me dirijo a toda velocidad desde mi lugar del aparcamiento a las puertas de la cafetería, pero algo me detiene. Un círculo de luz naranja que se transforma en la mano de Hope con un cigarrillo y una mueca de sorpresa enmarcada por ondas blancas.

—¿Qué haces aquí? —pregunta.

—Alguien viene hacia aquí. Les han contado la broma. —Hago una pausa para respirar.

Al caer en la cuenta, un destello de comprensión resplandece en sus ojos.

—Por eso llamaste.

Algo sobre el hecho de que aún siga filtrando mis llamadas duele más de la cuenta. Espero que diga *lo siento* o *gracias* o algo, pero se toma su maldito tiempo dando una última calada al cigarrillo antes de dejarlo caer sobre el suelo.

Lo que sea. De todos modos, haré lo que he venido a hacer. Al pasar por las puertas de la cafetería, escucho algo a mis espaldas.

Me vuelvo.

—¿Qué?

—¿Dónde está Dean? Tu hermano es un imbécil, pero jamás abandonaría a sus amigos.

—No los ha abandonado. Mis padres no lo dejan salir de la casa. Alguien los llamó...

—¿Qué hace ese soplón aquí? —grita Mikey.

Hope se encoge de hombros.

Y por fin comienzo a darme cuenta de la locura que significa la broma que ha sido dispuesta a mi alrededor: la cafetería tiene una enorme hilera de ventanas, un panel de cristal tras otro, que han sido oscurecidos con pintura negra, salvo donde brillan las letras S-E-N-I-O-R-S, una letra gigante sobre cada cristal. La palabra se encuentra escrita en todos lados, incluso en los espacios entre los diminutos vasos de plástico de agua que cubren las mesas de la cafetería. Es todo lo que Dean dijo que sería. Y muchas otras que no dijo. En el corredor que sale de la cafetería, hay chicos embadurnando los picaportes de las puertas con espuma de afeitar y empleando aerosol para pintar todas las palabrotas posibles sobre las taquillas. Es imposible que mi hermano haya estado de acuerdo con eso. Mikey le quita la tapa a dos enormes recipientes que contienen lo que parecen ser grillos reales. Esto es grave. Tiene la gravedad de una «Taxonomía de aquellas cosas que no conviene que lo pillen a uno haciendo en la escuela». La administración los va a liquidar.

Me acuerdo de por qué estoy aquí y grito:

—¡Vienen en camino! ¡Os van a pillar!

Los chicos discuten la validez de esta amenaza con una serie de miradas. Mikey me observa, su rostro extrañamente serio, y es entonces cuando lo noto. Sus ojos están completamente rojos, sus párpados cuelgan sueltos, y la mayoría de los demás están iguales. Mikey es el primero en soltar una carcajada… qué cabrón. Y luego los demás también comienzan a reír, y regresan a sus jarras de agua, sus vasos de plástico y sus palabrotas.

Salvo Ethan.

—¿Dónde está Dean? —pregunta. Su mirada está despejada.

—Mis padres le han prohibido salir de casa.

Ethan sacude la cabeza.

—Nos avisaría de todos modos.

Me paso los dedos a través del pelo y resoplo un par de veces. Hasta mis tics se vuelven peores con estos chicos.

—*Intentó* hacerlo. Mira tu teléfono.

—¿Y a ti qué te importa siquiera? No soportas a Ethan —dice Hope.

—No quiero que nadie se meta en problemas, ¿vale? Vamos —le digo—. Tenemos que marcharnos antes de que lleguen.

Tiene una mirada distante en los ojos.

—Hope, necesito que vengas conmigo.

Sigue sin escuchar. Podrían llegar en cualquier momento. Le cojo la mano y tiro de ella hacia la puerta.

Ella retira su mano como si la hubiera quemado.

—Agradezco que intentes ayudar, pero puedo cuidarme sola.

Doy un paso hacia ella, bloqueando el camino hacia Mikey. Lo único que sé es que, si Mikey está colocado, no quiero que vaya en su coche.

—Pero…

—Tienes que dejarme en paz.

Allá vamos de nuevo. Por mucho que me preocupe, o quizá *porque* me preocupe mucho, parezco una persona débil, o trastornada, o desesperada, o todo lo anterior.

Ahora la ira de Hope se parece mucho a un suspiro.

—Escucha, no es que…

—¡Maldita sea, basta! —Ethan tiene el teléfono presionado contra su rostro aterrado—. Dean dice que la administración está en camino. Tenemos que irnos. *Ahora.*

—¡ES LO QUE HE ESTADO INTENTANDO DECIROS!

Todo el mundo sale corriendo desesperado. El papel higiénico, la pintura, las notas adhesivas: todo queda olvidado. Una serie de faros emiten destellos sobre los cristales del lado norte de la cafetería, y ahí sí se desata el infierno. Corremos en direcciones diferentes, esparciéndonos como gansos tras un escopetazo. Todo el mundo sale corriendo a toda velocidad por las puertas hacia el aparcamiento sur. Estoy rogando que la administración no lo haya alcanzado también.

Hope se detiene como si se hubiera topado con un muro invisible.

—Maldición. Mi teléfono.

—No hay tiempo —grita Mikey.

Sigue corriendo hacia su coche, hacia la seguridad, pero ella retrocede.

—Tengo que recuperarlo o sabrán que fui yo.

Me detengo en la entrada con la sensación de estar partido en dos. Se inclina para buscar su teléfono y regresa corriendo, como si estuviera haciendo una carrera corta para el entrenador. Mantengo los ojos fijos en las puertas del aparcamiento norte. Que no se abran. Que no se abran. Que no se abran. Podríamos llegar a mi coche en solo sesenta segundos.

Y luego sucede lo impensable: Hope se cae. Lo peor es que lo veo antes de que suceda, pero no puedo hacer nada para ayudarla. Está corriendo a toda velocidad, la mirada puesta en las puertas y no en el bote de espuma de afeitar desechado que rueda interponiéndose en su camino. Mis labios forman palabras de advertencia, pero es demasiado tarde. Su pie toca el bote y el tobillo se tuerce espantosamente. Su grito se ahoga cuando cae al suelo golpeando la espalda. Gime.

Yo la tiro de los codos.

—¿Puedes apoyarte en el pie para caminar?

Lo apoya en el suelo, pero cede por el dolor.

—Mieeerda. —Sale como un bufido.

Sonreiría si no fuera que estamos jodidos.

—Eso no va a funcionar. —Solo hay una opción. Intento no pensar… solo actuar—. Perdóname por esto.

—¿Q-qué…?

La levanto como si no pesara nada. Pero no es nada. Se trata de una sobrecarga sensorial, y mi yo de la época del colegio está flipando. *Cálmate*, me digo a mí mismo. *Jamás podréis volver a ser amigos si no puedes estar con ella sin volverte loco.*

Ella se revuelve con poco entusiasmo.

—Bájame. No necesito tu ayuda. —La miro alzando la ceja—. Está bien, pero date prisa, ¿vale? —dice.

Consigo llegar hasta las puertas, pero pasar por ellas es complicado. Hope presiona la cabeza contra mi pecho, con su pelo cosquilleando mi nariz. No respires. No te atrevas a respirar. Su pelo tiene propiedades hipnóticas y, oh no, he tenido que hacerlo. El cuerpo humano necesita oxígeno, especialmente cuando está cargando en brazos a otro cuerpo humano. Y, oh cielos, aún huele a madreselvas bajo todo ese humo de cigarrillo.

Me recuerdo algunas cosas importantes: 1) Te clavó una estaca en el corazón como un cazador de vampiros. 2) Ni siquiera estarías aquí en este momento si ella no hubiera filtrado tu llamada. 3) Eres muy, muy, muy feliz con tu novia.

Resulta útil. Consigo llegar a mi coche y subir a Hope en el asiento del pasajero, y ya no estoy pensando en ella más que como una amiga, lo cual significa que estoy a salvo.

Hasta que un par de manos fuertes aprisionan mis hombros.

CAPÍTULO

16

La chica de mis sueños del colegio está de nuevo entre mis brazos, pero esto no es exactamente lo que sucedía en mis fantasías. Para empezar, en ningún momento aparecía mi vicedirector. Y además, en mis sueños diurnos, Hope no se hacía daño y estaba entre mis brazos por voluntad propia y no por necesidad. Es curioso que estar a punto de obtener lo que siempre quisiste se parezca tanto al octavo círculo del infierno.

El vicedirector Kahn no parece advertir ni importarle los aprietos que me está haciendo pasar mientras me hace dar vueltas por la cafetería con Hope a cuestas. Algunas notas sobre nuestro ilustre vicedirector:

1. Sí, su nombre es exactamente igual al del villano de *Star Trek*, solo que se escribe diferente.
2. No, este hecho no pasó desapercibido entre los estudiantes del instituto de Peach Valley, que están casi todos seguros de que nuestro vicedirector es un supervillano genéticamente mejorado, extraído de la animación suspendida con el objeto de hacernos sufrir.
3. No se parece en nada a Benedict Cumberbatch. Ni a Ricardo Montalbán (el VERDADERO Khan, según Mimi, que me ha hablado demasiadas veces sobre sus pectorales).

De cualquier manera, Kahn no cree en las historias falsas que le contamos para justificar por qué estamos aquí (¿será porque son completamente contradictorias?). La raya de pintura color violeta trazada sobre la mejilla de Hope como una confesión le indica que no puede confiar en nosotros. Además, yo tengo la costumbre de parecer culpable.

Al principio, prueba con sus habituales trucos. Es uno de esos directivos que finge ser amigo y que le puedes contar lo que quieras porque él sabe lo que es ser adolescente. «Vamos, hermano, toma una bola antiestrés. Soy un tipo guay, solo estamos pasando el rato». Pero, en realidad, es superestricto. Lo cual está bien, pero hazte cargo, amigo. Deja de fingir que eres mi amigo mientras me estás jodiendo. Y ya que estamos hablando del tema, por favor no me vuelvas a llamar «hermano». Nunca más.

Cuando la estrategia de hacerse el amigo falla, aflora el verdadero Kahn y nos acribilla con preguntas.

¿Hemos vandalizado el resto del colegio o solo la cafetería?

¿Quién más ha estado involucrado?

¿A dónde han ido?

No lo sabemos. No lo sabemos. No lo sabemos.

La mentiras me pesan en la boca, y Hope me pesa en los brazos. ¿Qué nos va a suceder? ¿Nos van a expulsar? Se me ocurre que nos van a expulsar. Lo cual apestará pero, oye, aún tenemos por delante un par de semanas más de práctica de lucha antes de que empiecen las competiciones, así que, por lo menos, cualquiera sea el castigo que me impongan, habrá acabado para entonces. Espero.

Hago el tic de encoger los hombros (de nuevo), lo cual resulta mucho más extraño cuando tienes a alguien en brazos.

—Lo siento —digo por quinta vez.

—Spencer, no pasa nada. —Sacude la cabeza.

Me alegra que no la asuste. Y me alegra aún más que solo haya reaccionado la primera vez. Y me alegra más todavía tener el tic de encoger los hombros y no el de inspirar, porque si estuviera inspirando su pelo a cada rato como una especie de *stalker* con una obsesión, quizá necesitaría a alguien que acabe de una buena vez con mi sufrimiento.

Busco apoyo recostándome sobre una mesa, y el vicedirector Kahn al fin lo nota.

—Lo lamento —dice—. Quizá debería llamar a alguien para que vea la pierna de Hope.

Ella levanta la cabeza, y su pelo me vuelve a cosquillear la nariz.

—Mi madre se ocupa de este tipo de lesiones todo el tiempo. Tal vez podría llamarla directamente a ella —dice.

Es evidente que Hope ha llegado a la etapa de resignación de nuestro interrogatorio, y creo que tiene razón. Enfrentémonos de una vez con el castigo inevitable. El temor y la espera siempre son peores que el castigo en sí.

Kahn nos guía hacia la sala de oficinas, y lo seguimos.

Bueno, en realidad, lo sigo yo. Hope se apoya contra mi pecho como una bolsa de agua caliente que vive y respira. Creo que estoy sudando. No, definitivamente, estoy sudando. Espero que ella no pueda sentirlo a través de mi camisa.

—Podemos seguir hablando en mi oficina —dice.

Ella se endereza tan rápido que casi la suelto.

—¡No! —Tose con dificultad—. Quiero decir, ¿por qué no hablamos aquí fuera simplemente?

Él toca el picaporte de la puerta de su oficina, y Hope se revuelve en mis brazos como queriendo extenderse hacia él y detenerlo.

Kahn hace una pausa, enarcando las cejas.

—¿Sucede algo, señorita Birdsong?

Los ojos de Hope se agrandan. La ha pillado. No puede decir que sí porque sería admitir que fue parte de la broma. Pero si dice que no, entonces lo que sea que esté del otro lado de la puerta de esa oficina sucederá en tres. Dos. Uno.

Él gira el picaporte al tiempo que Hope hace una mueca de desazón. Espero algo grande, una explosión de crema de afeitar o plumas y pegamento perfectamente sincronizados. La nube de confeti colorido que llueve a nuestro alrededor parece, en comparación, inofensiva. Noto un copo de nieve naranja sobre la punta de la nariz de Hope, y es entonces cuando advierto… que es un pene. Penes cubriéndome los brazos, cayendo del cielo, empolvando el pelo del vicedirector Kahn como caspa fálica. Estamos en medio de nuestra propia ventisca de penes, un tornado de falos rosados, violetas, amarillos y verdes. Hope está haciendo lo posible por no reír. Siento su cuerpo retorciéndose contra mi pecho, pero no puedo evitarlo. Suelto un resoplido. Y luego ambos perdemos el control, y tengo que dejarla en una silla, rápido, antes de que la suelte.

Sacudo los brazos un poco para aliviarlos. Me duelen los músculos de cargarla. Pero no me atrevo a mirarla o no habrá manera de seguir ahogando la risa. Y necesito hacerlo porque el vicedirector Kahn no se está riendo. Se quita los penes de los hombros y el pelo con tanta dignidad como puede hacerlo una persona que está cubierta de genitales diminutos de dos dimensiones.

Luego dirige su mirada hacia nosotros, con las carcajadas bajo control absoluto, y sonríe como si la broma le resultara genial.

—Vaya, esta sí que ha sido buena. Yo también era conocido por gastar algunas bromas excelentes en mi época. ¿Qué habrán hecho en el resto de las oficinas? ¿Son incluso peores que esta?

Sale corriendo para ver, y echo un vistazo a Hope, pero ella sacude la cabeza. Lo oímos abrir el resto de las puertas y no encontrar nada. No me sorprende que haya sido el único a quien le hayan gastado la broma. En realidad, a la gente le gustan los otros directivos. ¿Por qué no pudo ser la vicedirectora Parks quien nos atrapara? También nos habría sancionado, pero hubiera sido tanto más guay.

Cuando Kahn regresa, se ha convertido en un supervillano cabreado de *Star Trek*. Permanecemos sentados mientras nos echa un sermón que duele como una paliza, y luego llama a nuestros padres. Desde donde estoy, a un metro de distancia, alcanzo a oír los gritos de mi padre en el teléfono.

Se produce un incómodo tiempo de espera hasta que llegan nuestros padres (en realidad, ahora que lo pienso, podrían haber traído un solo vehículo). Mi padre irrumpe en la oficina como un perro que forcejea por romper el bozal. Pam, quien lo controla, lo sigue por detrás, y la señora Birdsong, detrás de ella.

Mi padre apunta un grueso dedo índice hacia mi rostro.

—Hablaremos de esto después.

Comienza a decir algo más, pero Pam lo hace callar y entrar en la oficina. La puerta se cierra en nuestras narices. Lo cual significa que Hope y yo tenemos que volver a esperar en una situación incómoda, solo que esta vez estamos fuera de la oficina, y nuestros padres, dentro.

Entonces caigo en la cuenta de lo que sucede. Hope y yo, solos, realmente solos, por primera vez desde junio. La veo quitarse el zapato y el calcetín, y frotar con suavidad el tobillo hinchado. Nuestros ojos se cruzan, y le dirijo una sonrisa vacilante, a la espera de su respuesta. Ella me devuelve la sonrisa (vacilante también, pero, oye, cojo lo que me den). Sonrío aún más ampliamente y abro la boca, y voy a decir… voy a decir… no importa porque sus ojos se agrandan y se vuelven prácticamente en la dirección opuesta. Cualesquiera fueran las palabras trascendentales que iba a decir, se ahogan en el fondo de mi garganta.

Echo un vistazo cada poco, pero sigue sentada en el mismo lugar, el cuerpo totalmente rígido, inclinado lo más lejos de mí posible. Nuestros padres hablan con el vicedirector con voces abrumadas que no consigo entender a través de la gruesa puerta. Los segundos se extienden como la masa de tortitas sobre una sartén. Hope comienza a crujirse los nudillos. A veces abro la boca, como si fuera a hacer un nuevo intento, pero sé que no voy a decir nada.

Así ha sido entre nosotros: un minuto estamos riéndonos y el hielo comienza a romperse y, al siguiente, se vuelve helada como un témpano. Lo peor es que sigo haciéndome ilusiones. Todas las veces. Me froto los ojos con la base de las manos. A veces no sé si alguna vez podré perdonarla por completo.

Tras minutos que parecen horas, la puerta de la oficina se vuelve a abrir. Mi padre sale como una tromba, si cabe, incluso más furioso que cuando entró. Abre la boca, y hay un instante de espantosa anticipación, pero luego Pam posa una mano con suavidad sobre su hombro.

—Estaremos afuera —dice con intención.

Mi padre suelta una especie de gruñido áspero.

—Hablaremos de esto en el coche.

Formo con los labios la palabra «gracias» mirando a Pam mientras él pasa a mi lado.

La madre de Hope la levanta de la silla, y el vicedirector Kahn se coloca en la entrada. Nos dirige palabras de despedida a los tres, dado que mis padres ya se han marchado.

El Kahn bueno nos dice que no estamos expulsados, porque no quiere despegar miles de notas adhesivas solo.

El Kahn malo nos dice que estemos en su oficina a las seis de la mañana del día siguiente. En punto. Mejor llegar a las cinco y cuarenta y cinco, solo para estar seguros.

Salgo fuera con Hope y su madre. Su Jeep está en el aparcamiento, detenido a un par de filas de mi camioneta. Oh, claro, casi olvidé que vine manejando aquí solo. Una sonrisa comienza a extenderse en mi rostro al recordar mi primer viaje en auto solo. Y luego distingo a mi padre en el asiento del conductor.

—Buena suerte —dice Hope con una media sonrisa.

Me siento agradecido, en serio, pero significaría mucho más si no sucediera inmediatamente después de que me hubiera hecho el vacío. Me detengo junto a la puerta de la camioneta, observando mientras la madre de Hope la ayuda a subirse al Jeep.

Cuando por fin entro, me alivia ver que la cabeza de mi padre no está roja ni tiene el tamaño de un globo, aunque el gesto de fastidio parece cosido de modo permanente a sus labios.

—Tengo la sensación de que eso ha sido lo que te ha embarcado en este lío para empezar —dice.

—Déjala en paz. —No tengo energía para decir otra cosa. Es suficiente para darle el empujón que necesita.

—No voy a dejar nada en paz. Venir al colegio fue una estupidez. Escuchaste cuando le dijimos a Dean que no viniera y, luego, ¿qué has hecho? Venir de todos modos.

Da igual que Dean haya sido quien planeara la broma para empezar. Pero no lo digo. Estas cosas avanzan mucho más rápido si uno permanece en silencio mientras el otro se desahoga.

Golpea la mano contra el volante.

—Se te mete en la cabeza cualquier idea descabellada y te lanzas a hacerla. No tienes absolutamente nada de autocontrol. Nada.

Aunque sé que su perorata es sobre la broma, una mínima duda se abre paso horadándome el cerebro. *Está refiriéndose a tu síndrome de Tourette.* Una vez que me viene la idea, no puedo sacármela de encima. Se convierte en un bucle mental: todas las cosas que me hacen sentir que pertenezco a algún otro lado, y que el verdadero segundo hijo de mi padre está atrapado disparando rifles de caza en una familia de soñadores y pacifistas.

—Cuando te digo algo, es por tu propio bien. A veces me pregunto qué sucede ahí dentro. —Golpetea dos dedos contra su frente—. Dean también quería ayudarlos, pero ha sido más inteligente. Y ahora está en casa, y tú estás en problemas.

Hundo la cabeza entre mis manos y dejo que su diatriba me envuelva hasta que termino oyendo sus pensamientos en lugar de sus palabras: *¿Por qué no puedes ser como tu hermano? Jamás serás tan bueno como Dean. O tan inteligente. O tan deportista. O tan importante.*

El sermón de mi padre parece estar llegando a su fin, así que vuelvo a sintonizar por si acaso me hace una pregunta. Nada hace que le aumente más el flujo de sangre en el rostro que saber que estoy dejando que sus perlas de sabiduría escapen por la ventana.

Permanece extrañamente callado. Oh, maldición, ¿ya me he perdido algo? Pero no parece enojado.

—Cuando te marchaste, Pam estaba fuera de sí. Estaba muy preocupada de que tuvieras un accidente. —Su voz es más suave ahora, más serena—. Pero parece que llegaste de una pieza.

Me encojo de hombros.

—Sí, señor. —Realmente, odio el hecho de que Pam se asuste.

—No lo tomes como si estuviera aprobando que te llevaras la camioneta solo, sin preguntar, *pero…* —Parece increíble, pero creo advertir un destello en sus ojos— ¿cómo ha ido?

A pesar de todo lo que sucedió esta noche, sonrío.

—Genial. Ha ido genial. Mis medicamentos no me dieron sueño, y casi no hice ningún tic, y aunque sintiera ganas de hacerlo, podía aguantar hasta llegar a la luz roja. —Me pregunto si este es el mejor momento, pero me lanzo de todos modos—. De verdad, creo que estoy preparado —digo.

Me da un golpe en el hombro tan suavemente como sus manos de Paul Bunyan lo permiten.

—Yo también creo que estás listo. Creo que es hora de que te permitamos que vayas a hacer algunos viajes a la tienda y otras cosas solo. Después de que acabe tu castigo, por supuesto.

—Sí, claro, por supuesto. —Intento parecer lo más maduro que puedo, porque gritar «¡Esto es increíble!» en este momento quizá no sea la mejor decisión.

Mi padre asiente.

—No hay mejor sensación que la de recorrer un tramo de la carretera en tu primer coche.

Nos quedamos mirando la carretera abierta, ambos sonreímos. Él, ante recuerdos que no puedo ver; yo, ante otros que aún no he creado. Quizá la lucha libre no sea lo único que nos una. Quizá esto de conducir también pueda hacerlo.

Un sentimiento de silenciosa felicidad flota en el aire entre nosotros. Me pregunto si esto es lo que se siente ser Dean.

CAPÍTULO 17

A veces puedes hacer tantos tics que terminas provocándote daño. Resulta que hacer tantos tics mientras llevas a otra persona es el equivalente a haber pasado setenta y dos horas consecutivas en la sala de pesas con el entrenador. Probablemente, no ayude que solo haya podido dormir dos horas antes de volver al colegio. Dean madruga para llevarme en coche porque sabe que me debe una.

5:50 a. m.: Espero fuera de la oficina del vicedirector Kahn.

5:54 a. m.: Llega y la espera se traslada al interior de su oficina. Plus: ahora hay un espeso silencio. Que dura hasta que…

6:00 a. m. (en punto): Hope entra haciendo crujir la puerta. No me doy cuenta de cuál de los dos está más sorprendido por su recién descubierta puntualidad. Kahn mezcla, durante cinco segundos, un mazo de tarjetas con ejercicios de autoestima antes de echarnos encima una arenga de inspiración y disciplina.

—He hablado con el director González y con otros de la administración, y hemos ideado un plan. Realmente, quiero que os toméis este tiempo para pensar en vuestras prioridades y para entrar en contacto con una mejor versión de vosotros mismos. Siempre estaré aquí por si necesitáis hablar. —No bromeo cuando digo que cierra la mano en un puño y lo golpea contra su corazón al decir—: Limpiaréis toda la basura que ha quedado como consecuencia de la broma. Y todas las mañanas de las próximas tres semanas.

Lo que debería estar pensando es: *tres semanas no es tan terrible.* *Haré que Dean me cambie tres semanas de trabajo en el jardín.* En cambio, se me están ocurriendo pensamientos peligrosamente optimistas sobre el hecho de que tres semanas es suficiente tiempo para hablar con Hope de todo aquello que hemos estado evitando.

—¿Tres semanas? —pregunta Hope—. ¿Realmente cree que llevará tanto tiempo? —Arruga la nariz.

—Cuando terminéis, encontraremos otras tareas para que realicéis. Y estaré observando cómo avanzáis, así que no penséis en dejar de cumplirlas. —Le dirige a ella esta última parte—. Solo te falta una suspensión para ser expulsada del colegio, y tu madre me habló por teléfono y me dijo que la llamara por cualquier motivo.

Hope gime. Yo me detengo a medias porque pareciera que la conversación ha acabado. Los ojos de Kahn me vuelven a inmovilizar en la silla, y me maldigo por hacer movimientos bruscos.

—Y, Spencer, te perderás el primer torneo de lucha libre de la temporada.

Estoy de pie antes que las palabras traspasen su escritorio.

—¿Qué? No puede hacer eso. —¿Lo dice en serio? Todavía faltan tres semanas para el primer torneo. La única razón por la que me impediría participar es que haya calculado premeditadamente qué castigo podía perjudicarme más, lo cual, siendo un maligno supervillano, debe ser parte de su naturaleza. Me he estado rompiendo el lomo para estar en la categoría de los sesenta y dos kilos, y ahora le van a servir el primer torneo en bandeja a algún otro chico—. Pero ella no se pierde nada.

Le dirijo una disculpa mental a Hope por involucrarla, pero no estoy seguro de que la reciba.

—Ella no practica nada que pueda quitarle. —Se encoge de hombros como si no pudiera ser más sencillo, el cretino.

Está llevándose *todo*, y ni siquiera se molesta en reconocer que sea un asunto muy grave.

—¿Así que me están castigando por haberme involucrado? Es una mierda.

Kahn aspira aire a través de los dientes, un siseo de cucaracha, y sé que he cruzado la línea. Maldita sea, ya ni veo la línea.

—Escucha, entiendo que perderte el torneo te afecte, pero salvo que puedas darme algunos nombres, así serán las cosas, amigo.

Sacudo la cabeza.

—No diré nada. —Amigo (a la mierda con el trabajo en el jardín. Dean me debe un riñón).

Kahn el bueno se ha marchado del edificio.

—Por tu actitud inapropiada voy a extender el castigo de la mañana. Lo haremos un mes exacto.

La postura de Hope pasa de estar repantigada en el sillón como una apática delincuente a la de una quinceañera ceñida estrictamente a un reglamento.

—¿Para Spencer? —aclara.

Gran error.

—Para ambos. En realidad, creo que deberán ser cinco semanas para ti dado que no estás perdiéndote ninguna actividad.

—¿CINCO semanas? ¿Lo dice en serio?

—No tengo problema en acortar la sentencia si me dices quiénes más están involucrados.

—Cinco es perfecto.

La boca de Hope se retuerce como si estuviera intentando comerse las mejillas desde el interior. Ninguno de los dos es tan idiota como para decir una palabra más. Kahn nos hace comenzar con los vasos de agua sobre las mesas de la cafetería porque afectarán el almuerzo. Fue una de las ideas más brillantes que tuvo Dean para la broma: cubrir las mesas de la cafetería con cientos de pequeños vasos desechables. Llenos de agua. Nadie puede almorzar hasta que vacíen los vasos, uno por uno. Además, dejaron espacios entre los vasos para deletrear la palabra SENIORS. Nuestro vicedirector demuestra el modo en que debemos llevarlos al fregadero cerca de donde se lavan las bandejas, verter el líquido y arrojar los vasos vacíos en el cubo de la basura. Porque, claramente, no lo habríamos resuelto solos. Luego nos abandona, y quedamos Hope, yo y un océano de vasos desechables.

Por un instante, dejo de imaginar maneras en las que torturaría a nuestro vicedirector. Las posibilidades peligrosamente optimistas comienzan a deslizarse dentro de mi cerebro.

—¿Por dónde quieres… —Me vuelvo, pero ya se ha dirigido a grandes pasos en dirección a la mesa más cercana— que comencemos?

Puedo ver volutas de vapor saliendo de su nariz y sé que es inútil. Se supone que aún no hablamos. Nada ha cambiado, salvo que ahora, además de excluirme, es posible esté cabreada en serio conmigo. También podría estar cabreada consigo misma. O con Kahn. (¡Sin duda, podría solidarizarme y compartir mi furia con ella!). Pero como alguien que fue durante tres años su mejor amigo, tengo bastante experiencia en el arte de interpretar sus pisotones. Bueno, en realidad, pisotones con un solo pie. Pisar con la pierna derecha y cojear con la izquierda significa que, en realidad, camina como una especie de ogro (un ogro muy bonito).

No se suponía que debía ser así. Esto iba a ser el comienzo de todo lo que viniera después. Tenía una hipótesis de reiniciar nuestra relación de mejores amigos. Había señales. Aquel pequeño saludo con la mano que me dirigió cuando yo entraba en el instituto. Y lo que dijo sobre el té de melocotón. Aquello tenía un sentido, ¿no?

Hope levanta dos vasos de agua con el suspiro más indignado, más irritado, más furioso y exasperado. Bueno, supongo que sí le he sumado dos semanas extra de madrugadas infernales. Pues, no. ¿Sabéis qué? Al diablo con eso. Yo ni siquiera estaría aquí si no fuera por ella. Me dirijo como una tromba a la mesa más cercana y cojo dos vasos, luego me encamino con ellos dando fuertes pisotones al fregadero y los vacío. Si no hubiera intentando advertirle, si Ethan y Mikey y todos aquellos otros perdedores hubieran escuchado las primeras ochenta y siete veces, no tendría que madrugar. No estaría siquiera limpiando una broma que no he hecho. Y no estaría perdiéndome lo más importante de mi vida.

Pienso en lo que será observar ese primer torneo y no poder luchar, y arrojo mis vasos en el cubo de la basura como si quisiera romper todo el maldito receptáculo. Imagino al vicedirector Kahn y sus estúpidos sermones y arrojo la siguiente tanda con aún más violencia. El rostro de Mikey. Los vacíos de Hope. Todos son vasos que golpean los bordes del cubo de basura.

Me lanzo a una mesa para buscar más vasos, preguntándome a quien dedicaré el siguiente lote, cuando oigo el sonido inconfundible de vasos que chocan contra el plástico. Y luego advierto que Hope también está arrojando los suyos. Ahora que lo he advertido no puedo dejar de notarlo. Sigo tronando por la cafetería, arrojando vasos con el entusiasmo del lanzador en los momentos finales de un partido de béisbol, pero ahora también estoy observando.

Hope camina iracunda de un lado a otro, cada vez más rápido, sin mirarme a los ojos jamás. Sus zapatos golpean cada vez más fuerte contra las baldosas grises y blancas.

Arrebatar vasos con toda la malicia posible.

Clop-clop-clop, sus pasos cruzando el suelo.

Arrojar el agua en el fregadero y los vasos en el cubo de la basura.

Quizá sea un duelo entre los dos, armados nada más que de vasos desechables. O quizá seamos compañeros de furia, componiendo una melodía de pisotones y golpes y agua que se escurre por el fregadero. Tras unos minutos, añade un suspiro sonoro y malhumorado a nuestro concierto. Respondo lanzando mis vasos con todas mis fuerzas. Sus pasos vacilan, y siento el cosquilleo de su mirada en la nuca, pero cuando me vuelvo, ha ido tras más vasos. Así que hago lo mismo.

Quitando más vasos, y más, y más. Solo nos quedan un par de mesas.

Y luego sucede. Ambos llegamos al cubo de la basura al mismo tiempo. Hay un segundo de vacilación. ¿Arrojamos los vasos con cuidado ahora que nos hemos alcanzado? Nuestras miradas se deslizan rápidamente del cubo ahora casi lleno a uno y otro. Y vamos por todo. Estampamos nuestros vasos dentro como niños de tres años, ebrios de azúcar. Las últimas gotas de agua salpican la pared. Hope levanta las cejas, y un extremo de mis labios se curva hacia el lado en una sonrisa burlona.

Me pregunto si debo decir algo. Antes de que tenga tiempo de preocuparme por ello, Hope se aleja dando pisotones. Pero me doy cuenta, por el modo en que rebotan sus hombros, de que está sonriendo. Me alejo pisando fuerte en la dirección opuesta. Solo que ahora yo también estoy sonriendo.

CAPÍTULO 18

Todo el mundo ha visto la broma. Todo el mundo sabe que he estado involucrado. Y todo el mundo tiene algo que decir al respecto.

Paul: Oye, ¿realmente lo has hecho? Todos están hablando de eso. Eres una leyenda, amigo. Una leyenda. Oye, lo único, la próxima vez avísame así yo también puedo ser una leyenda, ¿vale?

Ethan y Mikey (que parecen estar olvidando que les salvé los malditos pellejos anoche): Si se lo cuentas a alguien, te matamos.

Dean: No puedo creer que tu asqueroso trasero esté llevándose todo el crédito. Pero aún no has dicho nada, ¿verdad?

La única persona de quien no sé nada es Jayla. Imaginé que la vería apenas llegara. Paul y yo caminamos por los corredores buscándola.

—No puedo creer que te pierdas el primer torneo.

—Lo sé.

—Es la peor noticia del mundo.

—*Lo sé*.

(Todo lo que hay que saber sobre Paul: es el tipo de persona con el que puedo comentar: «Oye, ¡¿no crees que mi tarántula azul es súper guay?! Tiene un caparazón turquesa que es increíble». En lugar de: «¡Oye, mira la araña gigante que me regalaron para mi cumpleaños!». Así que, básicamente, es la mejor clase de persona).

Luego me recuerda un ítem crítico que falta en la lista de consecuencias de la broma.

—¿Ya has hablado con el entrenador?

—Mierda.

Lanza un bufido.

—Supongo que eso quiere decir que no.

—Mierda.

—Sí, probablemente, apeste.

Cuando por fin nos topamos con Jayla, está fuera del salón de coro, rodeada de un séquito de estudiantes del primer curso. Brilla como siempre que es el centro de atención. Entonces, me ve.

—¡Spencer! —Avanza de un salto y arroja los brazos alrededor de mi cuello. Como si yo fuera tan importante. Como si realmente valiera la pena acercarse de un salto e interrumpir su conversación por mí. Fue la primera chica que creyó que valía la pena fijarse en mí, punto. Tres meses después, y sigue siendo lo que más me gusta de ella—. ¿Dónde has estado? He estado enviándote mensajes toda la mañana.

Le digo adiós a Paul con la mano en cuanto desaparece como un mejor amigo que sabe exactamente en qué momento esfumarse.

—Lo siento. Mis padres me han quitado el teléfono. He estado buscándote por todos lados.

—No hay problema —dice. Puedo sentir su sonrisa contra mi boca mientras me besa delante de todas sus amigas.

El enjambre de chicas zumba con risas disimuladas y exclamaciones, pero la atención solo la hace sonreír aún más hasta que suelta una risilla. A algunas personas les gusta decir estupideces de Jayla, dicen que es melodramática y exagerada. Y es cierto, le encanta cantar y actuar en obras teatrales. Y, a veces, cuando habla, parece estar representando un papel ante un público imaginario. Pero podrán decir que busca llamar la atención todo lo que quieran, porque ¿sabéis qué? Mi novia es increíble. Cuando comienzo a hacer tics en público y la gente me mira, jamás se inmuta, porque no tiene problema con ser el centro de atención. Siempre esboza una sonrisa

ancha y sacude la mano como si estuvieran mirándonos porque somos estrellas de cine, y eso me calma por completo, y me olvido de
sentirme como «el chico con síndrome de Tourette».

—Oye, ¿crees que podamos hablar unos minutos? —Echo un
vistazo al círculo de estudiantes de primer año que tengo a mis pies
como diciendo «sin tu comitiva».

—¡Claro! —Se vuelve hacia ellas—. Spencer me necesita de
verdad en este momento, pero me reuniré con vosotras más tarde,
¿sí?

No puede ocultar su excitación por el hecho de que está a punto de conocer TODOS LOS SECRETOS. Me coge de la mano
mientras caminamos hacia un tramo despejado del corredor y nos
apoyamos contra una ventana. Es la opción más privada, salvo que
vayamos a algún lugar que podría meternos en problemas. La gente nos mira y susurra al pasar junto a nosotros. Un par de chicos
me saludan.

—¿Y? ¿Qué ha pasado? ¡Todo el colegio está hablando de ello!
—Sus ojos brillan ante mi estrellato fugaz, y se inclina aún más
cerca—. ¿De verdad estuviste allí?

—Te lo contaré todo, te lo prometo. Pero antes, ¿ya han publi-
cado la lista de *Oklahoma!*? ¿Has conseguido el papel? —Por como
sonríe, seguro que sí…

—No. —Y la sonrisa desaparece.

—¿Lo dices en serio?

—Justin Irby y una chica pelirroja de tercer año consiguieron
los papeles principales. Y yo actuaré de Ado Annie, y seré pareja de
Calvin Jennings. Porque supongo que la señorita Pickett no podía
soportar la idea de que hubiera besos interraciales en el escenario.

La atraigo hacia mí para abrazarla.

—Lo siento mucho. Eso es una mierda.

—Gracias —dice, hundiendo la cara en mi hombro. Luego
se aparta—. Y por si acaso preguntas, *escuché* a la otra chica

mientras hacía la prueba, y *no tengo dudas* de que yo soy la mejor de las dos.

—Oye, no lo pongo en duda. Te he escuchado cantar. —Enlazo mis dedos con los suyos—. ¿Vas a apelar la decisión o algo?

—No lo sé. Tengo que estar tres años más en su programa de teatro, así que, en realidad, no quiero generar problemas tan pronto. Y quiero que la gente sepa que yo merecía ese papel, pero no quiero que me vean como la actriz amargada que no consiguió su papel. O que la gente diga que soy una mujer negra enojada. Y, además, te confieso que tengo un poco de miedo.

—¿De la señorita Pickett?

Sacude la cabeza.

—No de ella, exactamente. Pero de los demás. No sé qué tipo de reacción podría haber. A veces el mundo no parece el lugar más seguro, ¿sabes? —Permanece un instante en silencio—. Pero sí se me ha ocurrido una idea.

—¿Cuál?

Sonríe, y la tristeza de su rostro se disipa levemente.

—Quizá pueda actuar como si Ado Annie fuera la estrella de *Oklahoma!* Opacar un poco a Laurie, ¿sabes?

—CLARO.

—¿Crees que es una buena idea?

—Por supuesto, maldita sea. Darle cien vueltas con tu canto. Bailar de maravilla todas tus canciones. Asegurarte de que todos los que estén mirando se pregunten por qué no te dieron el papel a ti.

Aprieta mi mano.

—Creo que lo haré. Pero, oye, cuéntame la broma porque se nos acaba el tiempo, y los chismes me levantan el ánimo. ¿Lo hiciste tú?

—No en realidad. Me refiero a que estuve allí anoche, pero fue una broma de los estudiantes del último año. Alguien llamó a Pam y le contó que la administración se había enterado, así que vine a advertirle a todo el mundo. Y luego, justo cuando llegué, apareció el vicedirector Kahn. Huyeron todos, y me atraparon a mí.

—Es genial. No la parte en la que te pillan. La parte en la que prácticamente le has salvado el trasero a los estudiantes del último año. Deben quererte en este momento.

Me acuerdo de Ethan y Mikey arrinconándome a la salida del baño.

—Oh, sí. Claro.

—Y la cafetería. Guau, la gente estará hablando de esta broma durante años. Me encanta cómo se pintó de negro las ventanas y quedó todo oscuro.

—Oh, no sabéis la mejor parte. —Le hablo sobre el vicedirector Kahn y el confeti de penes. Jayla se ríe tanto que comienza a resollar.

—Ese hombre me aterra. Los chicos se volverán locos cuando lo sepan.

Su rostro está sonrojado por las noticias que espera comenzar a esparcir ya mismo, y me alegra hacerla tan feliz. La campana de aviso suena, y caminamos juntos a la clase de arte.

—¿Te has metido en un lío tremendo?

—Castigado por un mes.

Gime.

—Pero Pam seguramente me devuelva el teléfono en unos días. Dean jamás coge el suyo, y eso la vuelve loca. —Mi actitud optimista flaquea—. Pero nada de citas.

—Oh, no pasa nada. —Le da un golpecito a mi cadera con la suya—. Tendremos que ser creativos.

No tengo idea de lo que tiene en mente, pero la mirada traviesa que chisporrotea en sus ojos hace que quiera averiguarlo.

—Y puedes luchar, ¿verdad? —Se muerde el labio.

Le cuento que me perderé mi torneo, y se convierte en una pequeña bola de furia, haciendo una imitación graciosísima de Kahn.

—Tengo que verlo todos los días durante un mes entero —digo—. ¿No es una mierda? Esta mañana hizo que trasladara vasos de agua al fregadero durante más de una hora.

—Sí, me he enterado —Y luego dice lo que temía escuchar—. También de que Hope estuvo allí.

—Pues, sí, pero eso es solo porque nos atraparon a ambos y tenemos el mismo castigo. —¿Seguimos en un corredor? Porque de pronto se parece a un sauna aquí dentro. El cuello de mi camisa comienza a estrangularme.

—¿Así que tú y Hope fuisteis los únicos a quienes pillaron?

—Sí, pero solo porque ella se torció el tobillo.

Puedo ver las piezas encajando en su cabeza.

—Y todo el mundo huyó, pero ¿tú regresaste para salvarla?

—Sí, pero me conoces, lo haría por cualquiera.

Sonríe, y es la típica sonrisa de Jayla, pero su voz es suave:

—Claro que lo harías.

CAPÍTULO
19

Día dos del castigo que nos obliga a despertarnos espantosamente temprano para realizar tareas espantosamente incómodas.

Kahn nos obliga a fregar las taquillas. Bueno, primero nos hace escuchar unas instrucciones insoportables sobre las técnicas adecuadas para fregar una taquilla (resulta que la pintura en aerosol sale con quitaesmalte sin acetona, pero hay que limpiar eso con agua jabonosa o, de otro modo, le quitará la pintura a las taquillas). Luego nos hace fregar las taquillas. Hope coge un cubo y se pone a trabajar de inmediato. Sigue sin hablar, pero ya no da pisotones. A veces, se me ocurre decir algo. Y cuando digo «a veces», me refiero a cada cinco minutos, porque esta tarea resulta condenadamente incómoda. Lo digo en serio. Este silencio tiene manos, y me están asfixiando.

Remojo mi trapo y decido que no aguanto más. Voy a decir algo. Lo que sea. Nada puede ser peor que este silencio.

Abro la boca. Me doy un segundo para aclarar la garganta. Y luego otro segundo. El problema es que estoy pensando en lo que diré. Y luego lo practico en mi cabeza. Unas 2367 veces. Y una vez que has dicho algo en tu cabeza 2367 veces, ya no suena guay. Maldición, ya ni siquiera suena como unas palabras. Y luego vuelvo a aclararme la garganta e intento pensar en otra cosa.

Quizá deba esperar hasta que se vuelva. Sí, eso es. Si se vuelve, es una señal de que debo decir algo. Así que espero. Y espero. Y luego espero un poco más. Me refiero a que al final tendrá que darse la vuelta, ¿verdad? Pero no lo hace.

Bueno, si no se vuelve sola, quizá pueda hacer algo para ayudar a que lo haga. Dejo caer el trapo en el agua con un chapoteo que resuena en el corredor vacío. Hope se sobresalta. Mi corazón se olvida de latir. ¡Sus hombros comienzan a girarse! Y… es solo para poder alcanzar mejor la siguiente taquilla.

Sé que, *en realidad*, no significa nada. Que de todos modos podría decir algo. Pero sigo fregando taquillas, porque no tengo las agallas.

Día tres

Es incluso peor.

Tenemos que recoger todo el confeti de penes de la oficina del vicedirector Kahn. Le pregunté si nos podía dar una aspiradora o una escoba o algo, y me dijo que esto es mejor porque forja el carácter.

Hoy ninguno de los dos emite palabra. Teniendo a Kahn encima y el temor de que el menor traspié pueda desencadenar un sermón, no correremos ese riesgo por nada del mundo. Pero en un momento el vicedirector se suena la nariz, y parece una sirena de niebla, y no podemos evitar mirarnos y sonreír.

Día cuatro

Despegamos un océano de notas adhesivas de la parte exterior del sector administrativo. Estoy sobre una escalera arrancando las que están más arriba, mientras que Hope se aboca a las que están más abajo. No deja de ser bastante guay cuando se lo ve desde cierta distancia. Dos paredes enteras cubiertas con notas adhesivas bien, bien brillantes que deletrean la palabra *SENIORS*, con un color de tipografía y de fondo diferente para cada letra. Casi parece arte pop.

Tiro violentamente toda una hilera de notas adhesivas en rápida sucesión. Sería más fácil apreciar su potencial artístico si no fueran las seis y cuarto de la mañana.

Echo una mirada furtiva hacia abajo para ver cómo anda Hope, y de pronto, su rostro está inclinado hacia arriba, devolviéndome la mirada, y vuelvo a girar la cabeza en dirección a mis notas adhesivas, como diciendo: *No, no estaba mirándote. Ni siquiera soñaría con mirarte alguna vez. Sobre todo, no en este momento que estás estirándote para alcanzar una nota adhesiva, y la camisa se sale de tus vaqueros, y pone al descubierto centímetros cuadrados de tu piel.* Y luego se vuelve peor… hay unos hoyitos en su espalda. Espero que suceda algo, como caerme de la escalera. Pero estoy bien. Ni mariposas en el estómago ni palmas sudorosas. Tampoco, palpitaciones en el corazón. ¿Veis? Puedo estar con ella y ser normal. No hace falta que enloquezca por completo y me comporte como un idiota. Me refiero a que, sí, hubo ese episodio con nuestras miradas en el aparcamiento cuando hablaba con Jayla, pero estoy contándolo como una anomalía. Porque los hoyitos en la espalda, entonces, deben ser la peor tentación, ¿no es cierto?

Aprender a estar con ella como amigos y solo amigos… solo lleva un poco de práctica. Es como si mi cerebro hubiera establecido una gran cantidad de conexiones en las que afirmaba «¡Quiero a Hope!», y ahora tengo que generar nuevas conexiones de modo que mi cerebro sepa que quiero a Jayla y no a Hope. Y, honestamente, no sé si la quise alguna vez. ¿Es posible querer de verdad a una persona a quien se pone en un pedestal? Lo de Jayla es diferente. Es real. Es recíproco. Así que solo tengo que practicar estar con Hope para desarrollar inmunidad. Es como si ella fuera un virus.

Hope cambia de posición, y los hoyitos de su espalda desaparecen. Comienzo con otra columna de notas adhesivas. Mantienen mis manos ocupadas, pero la mente puede vagar a donde quiera, lo cual puede ser algo bueno o no. ¿Acaso no es lo que quería? ¿Estar a solas con ella? Entonces, ¿por qué no puedo hacer que suceda algo?

Estoy en el punto en el que suspiro y abandono la tarea por hoy. Salvo que esta vez no lo hago. No sé lo que hace que este momento sea diferente, pero antes de dudar de mis motivos, me escucho:

—Hombre, apesta madrugar así. Me vendría bien un poco de cafeína.

Mierda, lo dije. Quiero cubrirme la boca con la mano y volver a meter todas las palabras dentro, pero ya es tarde para eso. Lo único que puedo hacer ahora es observarla y ver cómo reacciona. Si reacciona.

Hope levanta la cabeza entornando los ojos. Encoge los hombros y asiente con la cabeza.

—Sí —dice, y luego vuelve a sus notas adhesivas.

Vaya, eso ha estado genial.

Cualquiera creería que el silencio no sería tan terrible ahora que lo he perforado, pero se vuelve a inflar y me oprime como si fuera a arrojarme de la escalera y lanzarme por el aire hacia fuera por las puertas que dan al aparcamiento norte. Sigo arrancando notas, y ella sigue arrancando notas, y se me ocurre que habrá silencio hasta el final de nuestro turno cuando:

—¡Ay!

La brusquedad de su voz me provoca un sobresalto. Por suerte, no es el tipo de sobresalto que derribe a alguien de una escalera. Hope está inclinada hacia delante, inspeccionando uno de sus dedos.

—¿Estás bien?

—Sí, me he cortado con el papel —dice. Y luego parece como si se avergonzara de la intensidad de su reacción porque se apresura por añadir—: Pero es una herida profunda, como las que dejan expuestos los lados de piel que la rodean.

—Puaj. —¿Puaj? ¿Realmente me ha parecido buena idea decir «puaj»? Matadme.

Se mete el dedo en la boca y lo chupa, y tengo que volverme porque es bastante sexy. Que ella se ponga calcetines sería bastante sexy.

Está bien, así que, inmunidad a los hoyitos de la espalda, verificada. Inmunidad a que se chupe el dedo: sigue pendiente.

Bajo de un salto de la escalera.

—¿Sigue sangrando?

Extiendo la mano para coger la suya, pero su rostro se ha puesto tenso.

—Está bien.

—¿Quieres que vaya a ver si hay tiritas en la oficina o algo?

—He dicho que está bien, ¿vale? —Luego sacude el pelo encima del hombro como si fuera un escudo contra mis actitudes extrañas.

Está bien, genial. Te ofrezco hacer algo amable, y te comportas como si fuera un especie de loco que te ha pedido trozos de uñas cortadas. De verdad es genial. Parece que ni siquiera puedo tener un gesto de compasión humana sin que piense que estoy a punto de entrar en un estado de puro romanticismo, al estilo de «¿Puedes sentir el amor esta noche?». ¿Y sabéis qué? Esta vez, no lo dejaré pasar.

—Hope —digo. Nada más, sin signo de pregunta.

—¿Sí?

Se vuelve, crispándose, y encoge los hombros como diciendo: *Allá va, está a punto de hacerlo de nuevo*. Y estoy tan frustrado que se me escapa:

—No me gustas.

Levanta súbitamente la cabeza.

—¿Qué?

Uy.

—Quiero decir, no es que te odie ni nada, pero no me gustas. Sé que antes sí, y sé que hacía que las cosas fueran extrañas entre nosotros, pero ya se acabó todo eso, así que tal vez podamos volver a la normalidad de nuevo.

—Eh, está bien.

Me vuelvo a encoger de hombros, sintiéndome como el cretino más grande de todo el sudeste de los Estados Unidos.

Qué bien lo has hecho, Spencer. Qué buena manera de tomar la frágil amistad que quizá estaba formándose y pisarle el cuello y matarla con tu confesión brutalmente honesta de no-amor.

Ha vuelto a instalarse el tipo de silencio que incomoda, una realidad quebradiza que sugiere que cada paso pequeño que hemos dado a lo largo de los últimos días está a punto de astillarse en miles de millones de trozos. Es tan horrible que cuando Hope se levanta y se dirige hacia el baño de mujeres unos segundos después, me siento aliviado. Mis pulmones sienten que pueden volver a abrirse por completo, y hago unas cuantas respiraciones profundas.

Unos minutos después, oigo sus pisadas golpeteando el suelo de vuelta. De camino, roza la escalera, pero no bajo la mirada. No hasta que oigo el inconfundible chasquido y silbido de una lata de refresco abriéndose. Hope inclina una lata de Coca de cereza hacia atrás, y parece tan deliciosa que se me hace agua la boca. Luego noto que hay otra lata, apoyada sobre el primer peldaño de mi escalera. Es una Coca Zero. Ella no bebe Coca Zero.

Desciendo la escalera y cojo la lata, esperando que me detenga o diga que es suya, o me tire de la escalera o algo. Pero no lo hace. Así que esta es mía… me refiero a que, sin dudarlo, la ha comprado para mí. La calidez que genera esa posibilidad me inunda por dentro con un sentimiento de: «Oye, quizá no esté todo perdido». Me doy cuenta de que he estado mirando estúpidamente mi lata de Coca demasiado tiempo, así que me apresuro por decir:

—Gracias.

Hope se encoge de hombros, pero no parece enfadada en absoluto.

—De nada.

Parte cinco

17 años

UNA TAXONOMÍA DE TODOS LOS QUE HE CONOCIDO
EN EL INSTITUTO ALGUNA VEZ

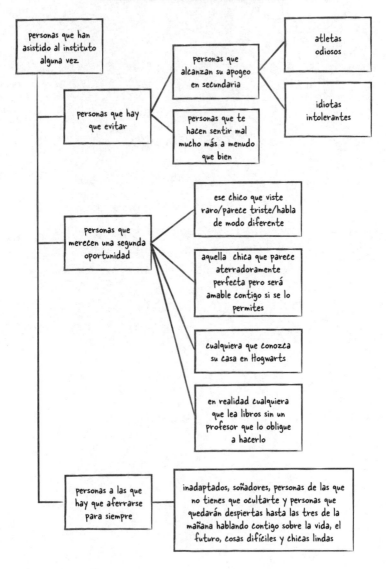

216

CAPÍTULO
20

Dato: hay un póster en la clase de mi profesor de Literatura en el que están representados unos salmones nadando río arriba, con la leyenda: «Nada contra la corriente».

Se supone que tiene que inspirarnos y persuadirnos para resistir la presión de grupo, para rebelarnos contra las modas y para no rendirnos nunca, solo que la metáfora tiene un defecto.

Dato: después de que los salmones nadan cientos de kilómetros río arriba para poner sus huevos, mueren.

Aquello no presagia nada bueno para el resto del instituto.

Mi parte favorita del día son los veinte minutos de oro que transcurren entre mi rutina a primera hora de la mañana y el inicio de las clases. Me siento en la parte trasera de mi camioneta; sí, habéis oído bien, MI camioneta. (Dean se ha ido a la universidad, y los estudiantes de primer año no pueden tener coche. Esa noticia me hace tan feliz que no sé ni por dónde empezar). Así que, sí, estoy sentado en mi camioneta, y lo único que hago es esperar a mis amigos.

Es extraño observar el colegio tan temprano: los profesores que entran poco a poco con vasos de café en la mano (deben de poner cara de profesor una vez que tienen la cafeína dentro porque, en el resplandor luminoso de la madrugada, parecen otras personas); los chicos que juegan al fútbol que han terminado la primera parte de sus sesiones dobles; los estudiantes destacados que van en camino a reuniones de club; los de primer año que llegan bien temprano por la prisa de sus padres para irse al trabajo. Y ese chico nuevo que estoy casi seguro de que encaja en esta última categoría.

Me recuerda a un cachorro que cuidé aquel verano que Hope y yo fuimos voluntarios en el albergue de animales. El pequeñín era sordo y ciego, así que la única manera de controlar su entorno y conocer el mundo era corriendo en círculos, y luego en círculos más grandes, y luego en círculos aún más grandes. El instituto es así. Correr de un lado a otro sin comprender, esperando tropezar con algo.

—Hola, guapo. —Jayla sube de un salto a la caja de la camioneta y se sienta a mi lado—. ¿Otra vez, mirando a ese chico nuevo?

Sonrío, avergonzado.

—Sí, me da la impresión de que yo era igual.

—¿El Spencer de primer año?

—Sí.

Jayla echa una mirada al chico como evaluándolo con seriedad, pero su sonrisa es socarrona.

—Apuesto a que eras más guapo.

Acorto los quince centímetros entre los dos rodeándola con el brazo.

—Tú sí que eras la más bonita.

Está radiante, absolutamente radiante, por el cumplido.

—¿Lo crees?

—Oh, no me cabe la menor duda. Recuerdo la primera vez que te vi. En esa fiesta.

—¡Ay, sí, la fiesta de Justin! —Frunce la nariz—. Con ese ponche asqueroso.

—Sigo afirmando que el ingrediente secreto era el jarabe para la tos.

—O detergente de platos.

—Y tú estabas sobre una mesa de centro reinterpretando a Úrsula en el momento que canta *Pobres almas en desgracia*, y todos los chicos de la sala te observaban, y nadie subestimó lo importante que es el lenguaje corporal.

—No estoy tan segura de eso —dice, pero despliega su sonrisa mientras se acerca aún más.

—Por supuesto. Todos pensaban: «¿Cómo puedo conseguir que esta chica increíble me preste atención?».

Ella sonríe porque es la parte en la que retoma la historia.

—Pero había un chico que no quedó impresionado por mi actuación. De hecho, parecía estar buscando algo.

—¡Estaba cien por ciento impresionado!

—Buscabas algo. Lo recuerdo porque hacía que te destacaras del resto. Tuve que bajar de un salto de la mesa y seguirte porque me resultaste muy interesante. Y, sí, quizá me habían contado un par de historias sobre lo bueno que eras luchando.

—Recuerdo que viniste directo a mí y me preguntaste cómo me llamaba.

—Te cogí del brazo y te obligué a hablarme.

—Me pareció que estabas flirteando conmigo.

—Hum, eso es como decir «Me pareció que tenías hambre» a un chico que acaba de atracarse con el menú económico de McDonald's, pero claro, como quieras. —Recorre mis manos con sus dedos. De pronto, se pone seria—. Oye, ¿qué buscabas aquella noche?

—Oh, hum, no lo recuerdo. —Había estado buscando a Hope para disculparme. Alguien me dijo que estaría allí, pero luego conocí a Jayla y lo olvidé—. Es loco… quiero decir, es gracioso. Es gracioso… —Me prometí a mí mismo que no iba a decir palabras como «loco» y «retrasado» desde que aprendimos sobre el lenguaje capacitante en el campamento este verano— que ambos recordemos aquella noche de modo tan diferente. Supongo que me resultaba muy difícil creer que alguien como tú pudiera flirtear con alguien como yo.

Jayla atrae mi rostro hacia ella y me besa.

—No debería ser difícil de creer —dice. Se inclina para besarme de nuevo, y esta vez será uno de esos besos que me haga desear que pudiéramos ocultarnos en la parte trasera de la camioneta todo el día, pero justo cuando sus labios tocan los míos...

—Vamos, vamos, no todos tenemos una chica preciosa, y no todos apreciamos las demostraciones públicas de afecto tan temprano por la mañana. —Paul se sube a la camioneta con nosotros y hace un gesto con la mano como espantando un insecto—. Vamos, acabo de comerme unos huevos revueltos. No necesito ver tu saliva recubriéndole todo la cara.

Jayla pone los ojos en blanco (cariñosamente).

—Tenemos que conseguirte una novia.

—Lo sé. —Paul se frota las manos—. ¿En quién estás pensando?

Él y Jayla se sientan con las piernas colgando sobre el borde de la caja de la camioneta y conversan sobre sus posibilidades al tiempo que diferentes chicas salen de sus coches y entran en el edificio del colegio. Se trata de una cuestión seria. También es algo que sucede prácticamente cada día.

Solo se detienen un segundo cuando Hope mete entre los dos una pequeña hogaza envuelta en plástico, anunciando:

—¡Pastel de plátano casero con Nutella!

Se sube junto a ellos.

—Vaya, chicos, os veo muy serios —dice—. ¿Buscamos el amor de la vida de Paul?

—¿Acaso hacemos otra cosa? —pregunto. Hago el tic de inspirar un par de veces, uno inmediatamente después del otro.

—Estás de mal humor porque no puedes comer pastel de plátano. —Paul se acaba en un minuto el primer trozo y coge el segundo. Ese chico es una especie de animal. Si no come a diario su peso en comida rica en calorías, pasa hambre. En cambio, yo ya he comenzado a cuidarme para la temporada de lucha libre. Planeo volver a combatir en la categoría de los sesenta y dos kilos, aunque parezca que mi cuerpo quiera excederse.

Hope señala que Abby Stevens ha recuperado la confianza desde que le quitaron los frenillos.

—La confianza es sexy —coincide Paul—. Yo debería conseguir un poco.

Jayla le da un golpe en el hombro.

—*Es* mucho más fácil conseguir una novia cuando estás dispuesto a… ya sabes… hablar con una chica.

Y luego un Jeep lleno de chicas de segundo año estaciona justo a nuestro lado, y los tres se descontrolan y comienzan a interrumpirse tanto que apenas puedo distinguir lo que dicen. Vuelvo a mirar al chico nuevo. Ha estado escribiendo (¿o dibujando?) en un cuaderno. Luego se levanta de un salto y corre hacia las puertas del aparcamiento norte. Y como estoy observándolo desde cierta distancia, sé lo que sucederá antes de que el chico nuevo se dé de lleno contra un par de delanteros ofensivos: Hudson y Jace. No conozco el nombre del chico nuevo, pero suelo llamarlo Brony en mi cabeza porque está obsesionado con *Mi pequeño Pony* (como podrán imaginar, esto no lo ayuda cuando tiene que lidiar con chicos como Hudson y Jace): el cuaderno de Rainbow Dash; las estatuillas que conserva en su taquilla; las camisetas/calcetines/mochila/muñequeras y chaqueta —os juro que no exagero— con la cola arcoíris.

Inclino la cabeza a un lado. Una pregunta comienza a formularse en mi cabeza al tiempo que Hudson le cierra el paso a Brony, y Jace, alias mini-Ethan, da vueltas a su alrededor como una pantera.

—¿Alguna vez os sentís como si nunca fuerais a encajar en ningún sitio? —pregunto.

Paul devora un trozo de pastel de plátano que tiene en la mano (el cuarto, y no estoy contándolos), y las chicas se quedan mirándome. Quisiera poder oprimir un botón y que las palabras regresen al instante a mi boca, tan rápido como enrollar una cinta métrica.

—No lo he dicho en ese sentido. Solo quiero decir… —¿Qué digo siquiera? En términos generales, las cosas ahora me van bastante bien. Tengo amigos. Tengo una novia. Tengo la lucha libre. El penúltimo año ha sido hasta ahora el mejor. Pero es como si tuviera que recordarme a mí mismo esos logros porque, si no lo hago, volveré a sentir que todo el mundo se comportaba de una manera y yo de otra. Y la verdad es que aún no siento que encaje. Solo he mejorado aparentando hacerlo.

»Quiero decir, como cuando no estoy en esta camioneta con vosotros, ¿sabéis?

Paul asiente. También, Hope. Jayla parece no tener idea de lo que estoy hablando, pero luego advierte que es la única que no ha asentido, así que ella también afirma con la cabeza.

Hope se rasca el dorso de la mano.

—Cuando quería encajar… no sé. Era casi como desear que fuera algo mágico, como creer que con sacar una espada de una piedra caerían sobre mi cabeza rayos de luz, y eso sería todo. Encajaría. Hum, pero quizá sea algo más fluido.

—Sí, quizá no se trate de encontrar una forma de encajar —dice Paul—. Quizá se trate de encontrar a otras personas que no encajan, como tú.

Pienso en ello un instante.

—Eso me gusta.

—A mí también —dice Jayla.

Son increíbles por no pensar que soy un friki.

Mi mirada se desvía hacia Brony de nuevo. Es un desastre, y ni Hope ni yo podemos apartar la vista. Paul y yo somos bastante inteligentes para ocultar nuestras rarezas, pero Brony no tiene idea. Si dejas que escapen tus excentricidades, te masacran. Pero si eres hábil, es casi como si hubiera una sociedad secreta de revolucionarios dispersos entre los chicos normales del colegio. La clave es encontrar a los otros sin que te rompan el trasero.

—Sí, eso me gusta mucho —digo.

Pero el agravamiento de la situación que vive el muchacho me saca abruptamente de mis pensamientos revolucionarios. Jace coge su mochila, y Brony pasa de estar sereno pero irritado a muy cabreado.

—Devuélvemela. Podrías romper algo —dice.

Lo cual solo lo convierte en un blanco aún más interesante. Los muchachos se ríen. Mis piernas deben de darse cuenta de mi plan antes que mi cabeza porque enseguida estoy caminando en dirección a ellos.

—No hace falta que te mojes los pantalones, princesa Celestia —dice Hudson. Resulta extraño que un tío que le está tomando el pelo a otro por su afición por los ponis sepa el nombre de su líder intrépida.

—Sí, solo quiero ver qué hay adentro —dice Jace.

Brony se lanza hacia su mochila, pero el chico solo debe de medir un metro sesenta, y Jace consigue mantenerla fácilmente fuera de su alcance. Pero se ríe tanto que no advierte que comienza a bajar el brazo. Brony le arranca la mochila con una velocidad que no esperaba.

—Imbécil —mascula.

La cabeza de Hudson se levanta abruptamente.

—¿Qué has dicho?

Caray, esto no anticipa nada bueno. Para cuando termine todo esto, vamos a estar despegando a Brony del aparcamiento.

Hudson arroja un brazo hacia adelante para cortarle el paso mientras Jace lo coge de atrás con una llave de estrangulamiento. Los dedos de Brony se enroscan alrededor del antebrazo de Jace, y estoy pensando que debería intervenir y ayudar cuando el pequeño lo arroja por encima del hombro y cae sobre la acera.

—Mierda —dice Hudson, quien se queda mirando un instante antes de recordar que se supone que tiene que estar rompiéndole el trasero a Brony.

Arremete contra el chico, pero este realiza una insólita llave de sumisión. Jamás he visto nada así, ni siquiera en todos mis torneos de lucha libre. Jace se ha puesto de pie ahora, y consigue soltarle un buen puñetazo en el rostro mientras Brony se ocupa de Hudson. Entonces se abre una de las puertas del aparcamiento norte, y el vicedirector Kahn asoma la cabeza. Jace y Hudson huyen a toda velocidad.

Brony espera hasta que se hayan marchado para permitir que sus piernas se tambaleen, desplomándose sobre el pavimento con el rostro entre las manos. Ha sido un puñetazo bastante formidable. Y ahora me encuentro delante de él, sin tener idea de lo que debo hacer.

—¿Estás bien? —le pregunto.

Brony se sobresalta. Cree que lo van a volver a golpear.

—No pasa nada, hombre. Solo he venido a ver cómo estabas.

Le ofrezco una mano para levantarlo, y se aferra a ella.

—Gracias.

También levanto su mochila, y no puedo evitar notar todos los pins de *Mi pequeño Pony* al pasársela.

—Toma.

Hace una mueca antes de lanzarla por encima del hombro. Sus hombros se tensionan como si esperara que hiciera un comentario sobre la mochila, pero hay otro asunto que me interesa mucho más.

—¿Cómo has aprendido a hacer eso? Esos chicos eran el doble de tu tamaño.

Sonríe, y la mejilla se levanta un poco del lado derecho donde comienza a hincharse.

—Jiujitsu brasilero. Antes de mudarnos aquí, solíamos ir con mi padre cuatro veces por semana. Llegué a obtener mi cinturón azul. —La luz de su rostro se extingue—. Hay un lugar a media hora de aquí, pero ahora que han movilizado a mi padre, no sé si podré ir.

—Eso es increíblemente genial. Me refiero al jiujitsu.

—Gracias —dice.

—Y ¿cuánto pesas? —pregunto.

Frunce el entrecejo.

—Eso ha sonado un poco extraño. —Me río, pero sigue mirándome con recelo—. Estoy en el equipo de lucha libre. En primer año estaba en la categoría de cincuenta y un kilos, pero después me puse demasiado corpulento, lo cual es genial porque ahora lucho en la de los sesenta y dos. (Esperemos). Pero estamos en problemas con la de los cincuenta y un kilos. Todos los chicos que intentaron competir en la categoría el año pasado eran terribles.

—Lucha libre —dice, y las nubes se disipan de su rostro.

—Tendrás que adaptarte un poco, pero, definitivamente, tienes la fuerza y el talento.

—Eh, sí... Maldita sea, claro. Lo pensaré. Sería bueno... Sí.

Le doy todos los detalles para el entrenamiento de la semana siguiente, y resulta pesar entre cincuenta y dos y cincuenta y cuatro kilos, lo cual es completamente factible. Seguimos intercambiando historias sobre torneos de lucha y de jiujitsu brasilero cuando suena la campana.

—Será mejor que vaya a clase —dice—, pero gracias de nuevo...

—Spencer.

—Traven.

Cruza el aparcamiento con un brío nuevo, y yo también camino con paso alegre hasta la oficina del entrenador, en la que irrumpo con una enorme sonrisa.

—He encontrado el candidato que necesita para la categoría de los cincuenta y un kilos.

CAPÍTULO

21

Cuando llego a casa, Hope ya está instalando las sillas de jardín. Comenzó como una tradición de Halloween. Su padre sacaba el viejo proyector de películas y colgaba una sábana sobre una cuerda entre dos árboles, y tras regresar a casa después de hacer el truco o trato, nos atiborrábamos de Skittles y maíz dulce y, si teníamos suerte, mini-Butterfingers, mientras mirábamos *El extraño mundo de Jack*. Tenía algo de magia estar viendo una película, sentados sobre una manta encima de las crujientes hojas otoñales y bajo las estrellas. Nuestros padres también parecían más alegres, aunque aquello quizá se debía más a la sidra especial de manzana que bebían.

Y este año, Hope y yo de pronto pensamos: ¿por qué vivir la magia solo una noche por año? ¿Por qué no transformar las noches de películas al aire libre en una actividad de todo el mes de octubre? Así que, sí, prácticamente cualquier noche que estamos libres, lo hacemos. Y esta noche será una cita doble: Jayla y yo, y Hope y Mikey. En cuanto lleguen Jayla y Mikey.

Levanto la sábana y ayudo a Hope a sujetarla a la cuerda para tender la ropa.

—Oye, siento haberos abandonado esta mañana —digo.

—No te preocupes. —Se quita el pelo rubio platino de la cara y se lo coloca detrás de la oreja—. ¿Se encontraba bien ese chico?

227

—¿Traven? Sí, está bien. Qué increíble cómo casi les da una paliza a esos chicos, ¿no? Le he hablado al entrenador sobre él. Creo que esta temporada molerá a todos.

Hope sonríe.

—Tienes una manera de ver el lado bueno de los demás como nadie.

Me encojo de hombros, pero me siento ridículamente feliz.

—Sé que parece un poco extraño, pero… me gusta. —Pienso en lo que dijo Paul esta mañana—. Creo que él no encaja del mismo modo, como no encajo yo.

Y, francamente, si encajar en un grupo significa molestar a los que son diferentes, no sé si es algo que desee alguna vez. Tener Tourette significa que no puedo andar por la vida pasando inadvertido. La mayor parte del tiempo, ni siquiera puedo entrar en un lugar sin que la gente me mire. He aprendido mucho sobre las maneras en que reacciona la gente cuando otras personas son diferentes. A veces reaccionan mal porque se sorprenden o porque están tan nerviosos que dicen lo peor que les viene a la mente. Pero no son malas personas; al menos, no la mayoría. Pero hay algunos que atacarán a alguien diferente por puro placer. Son ellos con quienes hay que tener cuidado.

—Paul tampoco puede dejar de hablar de él —dice Hope—. Parece que van a tener una gran temporada. —Al decirlo, desvía una mirada melancólica hacia los árboles. ¿Será porque estamos en el medio de la temporada de campo traviesa?

Hope dejó de correr. Solía verla salir de su casa casi todas las mañanas fuera de temporada vestida con una camiseta y calzado deportivo. Luego, cuando murió Janie, a todas horas del día y de la noche. Se ausentaba durante tanto tiempo que me preocupaba que no regresara. Pero siempre volvía, tambaleando y bañada en sudor como un caballo agobiado. Cuando destrozó los mapas y todo lo demás, lo abandonó por completo. Al menos, es lo que yo creo.

Supongo que aquello de lo que estaba huyendo finalmente la alcanzó.

El teléfono de Hope zumba en su bolsillo. Lo saca, y lo que sea que ve la deja sin aliento. Se deja caer sobre la manta azul y amarilla, y yo me dejo caer junto a ella.

—Es un e-mail de mi madre —dice mientras desplaza la pantalla con el dedo—. Parece que han subido nuestras calificaciones de mediados del semestre.

Ambos hacemos un gesto. Yo también saco rápidamente mi teléfono porque necesito saber cómo me está yendo para cumplir con los requisitos de elegibilidad. En Literatura, Química, Español: todos 8. Todo bien. Tengo un 7 en Historia, un 10 en Levantamiento de pesas y también en Arte. Pero un 6 en Trigonometría. *Mierda*, sabía que no me iba tan bien en ese curso. Es justo después del almuerzo, lo cual significa que es justo después de mi segunda dosis de medicamentos, pero no sabía que las cosas estuvieran tan mal. Estoy a un examen suspenso de distancia para que el entrenador me suelte uno de sus discursos sobre responsabilidad.

Me pregunto qué tal le va a Hope. Ella también está en la clase de la señora Ramey, aunque se la salta la mitad de las veces. Y aunque mi intención no es mirar, de pronto me encuentro echando un vistazo al teléfono que aún tiene en su mano.

—¿Un 10? ¿Has sacado un 10 en Trigonometría? Vaya, has sacado A en todo.

Hope hace una mueca de disgusto.

—Saqué 8 menos en Literatura. La señora Campbell me odia.

—Creía que te iba mal en el colegio. Nunca estás ahí —se me escapa sin que pueda evitarlo, pero no parece afectarla. Tan solo se encoge de hombros.

—Es una escuela pública de Georgia. No es que sea… —Se contiene, tartamudea un instante, y luego suelta con brusquedad—: Mi madre ha estado detrás de mí con el colegio y otros asuntos. Y apesta. Así que a veces tengo que alejarme un rato. Desahogarme un poco.

—Claro. —Pulso una tecla de mi teléfono con un exceso innecesario de fuerza. No es que quiero que le vaya mal en el colegio: es mi amiga. Pero el hecho de que se salte clases cada vez que puede y aun así le vaya genial mientras que yo me esté rompiendo el trasero y a duras penas consiga pasar los cursos me hace sentir como un verdadero fracasado. Si es tan fácil para ella y tan fácil para Dean, ¿qué dice eso de mí? ¿Que soy estúpido?

No sé por qué, pero una confesión comienza a brotar de ella.

—Siento que tengo que ser dos personas. Antes era solo Hope. Y ahora siento que tengo que ser Hope y Janie. Ir al mismo colegio. Hacer las mismas cosas. Vivir la misma vida. Tengo que serlo y hacerlo todo por mis padres, y a veces no puedo. Entonces, pierdo el control y llamo a Mikey. Él sabe cómo ayudarme a olvidar.

No quiero ponerle presión. *No* quiero hacerlo, pero…

—¿Qué quisieras ser si no tuvieras que ser Hope y Janie juntas? ¿Si solo fueras Hope?

—No lo sé. —Lo dice como si fuera un acto reflejo, y luego no dice nada más durante largo rato. Me preocupa haberme equivocado—. Teníamos tantos planes. Cuando Janie se casara, iba a elegirme para ser su dama de honor, aunque tuviera un millón de mejores amigas, porque decía que no había nadie en el mundo más importante que yo. Pero nunca llegó a casarse. Y nunca llegó a tener hijos, y me mata porque habría sido la mejor mamá del mundo. Siempre hablaba de que llevaríamos juntas a nuestros hijos de vacaciones a la playa y que, incluso si tuviéramos que vivir en ciudades diferentes, serían amigos por correspondencia. Y a decir verdad, me asustaba un poco porque no estoy NADA preparada para empezar a pensar en hijos y este tipo de cuestiones. ¿Y ahora? Ahora es como si alguien hubiera cogido un martillo y lo hubiera estrellado contra mi futuro, quitando todos los trozos que incluyen a Janie. Y sin esos trozos, no sé si alguna vez podré volver a construir un futuro. —Mira la sábana blanca que cuelga entre los árboles como si fuera a encontrar las respuestas allí—. Yo quiero esas vacaciones en la playa —dice en voz baja—. ¿Sabes lo difícil que es no tener contigo a alguien que es tan importante?

Lo sé… un poco. Pero, en realidad, solo quiero decir algo que la haga sentir mejor en este momento. Pienso en poner mi mano sobre la suya. En cambio, apoyo mi mano sobre la manta junto a la suya.

—Sabes que si pudiera estar aquí contigo, lo estaría. Jamás te dejaría a propósito.

—Oh, lo siento, Spencer, soy tan egoísta. Por supuesto que sabes cómo se siente.

Hope tiene la mirada aterrada de alguien que acaba de destripar a su mejor amigo, y me apresuro a remediarlo:

—Pero no es lo mismo. Yo tengo la posibilidad de saber que está en algún lugar. Eso lo hace mucho más fácil.

Permanecemos un momento en silencio ante el juego cruel del universo que propone elegir entre dos opciones terribles.

—Estoy bien con eso, en serio —digo.

Hope pone su mano sobre la mía.

—Spencer, ¿acaso tú…?

—¡¡Es hora de la película!! —grita una voz fuerte, desagradable y, definitivamente, masculina por detrás.

Hope y yo nos apartamos de un salto sobre la manta. Mikey no parece advertirlo. Está demasiado ocupado presionando botones en el proyector como si fuera un hombre primitivo intentando hacer fuego. Casi no me doy cuenta de que Jayla está con él hasta que las hojas crujen bajo el peso de sus botas de cuero. Sus ojos están clavados en el lugar de la manta donde la mano de Hope ha tocado la mía. *Cielos*.

—¿Hay comida? —pregunta Mikey—. He tenido un día eterno en el taller y estoy famélico.

Ha estado trabajando en el taller mecánico del padre de Ethan desde que en mayo último consiguió por poco un diploma.

—¿Quieres ayudarme a traer los snacks? —dice Jayla con voz urgente y ahogada—. He estado adentro, y Pam me ha dicho que estabais aquí afuera y nos ha preparado unos snacks. —Oh, sí, definitivamente, estoy jodido.

Al marcharnos, ni siquiera miro a Hope, por si acaso.

—¿De qué hablabais? —pregunta Jayla, en cuanto estamos fuera del alcance del oído.

—Nada, solo… —Sus hombros se hunden. Decido contarle la verdad—. Sobre mi madre.

Aquel trozo de información parece hacerla cambiar completamente de opinión. Qué pensaba antes y qué ahora, no tengo ni idea, pero algo ha cambiado, de eso estoy seguro.

—Oh, jamás te he escuchado hablar de ella.

—No suelo hacerlo.

Dejo de hablar abruptamente al entrar en la cocina y coger un plato de palillos de verduras crudas con salsa y otro de cake-pops (adivinad cuál nos vamos a comer antes).

—Las que tienen cubierta de chocolate oscuro tienen menos azúcar y carbohidratos —dice Pam en voz fuerte por encima del zumbido de la batidora.

—Gracias, Pam —digo. Cuando regresamos al porche, me siento con los snacks—. Intento no hablar de ella delante de Pam. O de mi padre.

Jayla asiente con seriedad.

—Mi madre es cantante, sobre todo de música country, pero con un estilo folk y sensual. Bueno, al menos es lo que dice mi padre. Se marchó cuando yo tenía cinco años.

Jayla me aprieta el hombro.

—Debió de ser muy duro.

Me encojo de hombros.

—Pero qué genial que sea cantante. ¿Es famosa? ¿Habré oído hablar de ella? —Sus manos se agitan en el aire excitadas.

—No lo sé.

—¿Podemos ir a ver uno de sus conciertos? Tienes que llevarme a los camerinos para conocerla. Como alguien que también es intérprete, tengo muchas preguntas que hacerle.

—Hum. —De pronto, no tengo ganas de explicarle que no la he visto desde que se fue. Que ni siquiera sé dónde está—. Si voy a uno de sus shows, te llevaré.

Jayla aplaude.

—¡Guay! Guau, una cantante. No puedo creer que no me lo hayas contado antes.

Me pongo de pie y me dirijo hacia la sala de cine al aire libre.

—Sí, yo tampoco.

Al acercarme, Hope me dirige una sonrisa empática. Tengo la impresión de que lo ha oído todo.

—Necesitamos desesperadamente tu ayuda para elegir una película —dice.

—Necesitamos desesperadamente tu ayuda para convencer a Hope de que *El fantasma de la ópera* no puede ser considerada una película de Halloween —dice Mikey—. Pensaba en *La casa de los 1000 cuerpos*.

—Claro, hombre.

—Creí que veríamos *El extraño mundo de Jack* —dice Jayla.

—Solo la vemos la noche de Halloween —decimos Hope y yo al mismo tiempo.

—Oh. —Jayla cruza los brazos.

—¿*Hostal*? ¿*Posesión infernal*? —interviene Mikey.

—Podríamos ver *Rent* —dice Hope.

—Me hicieron ver *Rent* la última vez que jugué a *World of Warcraft* toda la noche y me olvidé de que teníamos una cita al día siguiente —dice Mikey—. Además, no es una película de Halloween.

—Está bien, entonces *La pequeña tienda de los horrores*.

—Me muero si tengo que ver otro musical. ¿Y *Paranormal activity*? ¡Oh! ¿Qué tal *Saw IV*?

—¿Hicieron una cuarta? —Los labios de Hope se curvan con desagrado.

—Tienes razón —dice Mikey—. Deberíamos ver la original.

Me acuerdo de que se supone que tengo que aportar algo en lugar de estar haciendo una «Taxonomía de las mejores películas de Halloween» en la cabeza.

—Podríamos ver *Abracadabra* —digo.

—Pues, claro —dice Mikey—, y, ya que tenemos cinco años, deberíamos ver después *Es la gran calabaza, Charlie Brown* y que sean dos películas por el precio de una.

Jayla, que ha estado observando todo este intercambio como una especie de Reina de los Vampiros glacial, se descruza los brazos y sonríe.

—¿Qué pasa? —pregunto.

—Tengo la solución —dice con suficiencia—. Cuatro palabras. *Rocky Horror Picture Show*.

Arroja el título de la película como si fuera un guante.

Los ojos de Hope se encienden.

—SÍ.

—No la he visto nunca —digo.

—Entonces es un DOBLE SÍ —dice Hope.

Mikey levanta las manos.

—No veré una película sobre un…

Hope le pone un dedo sobre los labios.

—Oh, claro que lo harás, y si tienes alguna expectativa de ver la ropa interior de Halloween que llevo puesta, te guardarás todos los comentarios idiotas.

—Pero…

Le pasa un cake-pop, y él lo engulle rápidamente.

—Está bien —rezonga.

Jayla se sienta sobre sus piernas y se acurruca junto a mí mientras Hope da comienzo a la película. Mikey parece a punto de decir algo más, pero en cambio se come otro cake-pop. Quizá sea una buena decisión.

Los planos iniciales de la película aparecen sobre la sábana delante de nosotros. Los árboles encima de la pantalla ondean por la brisa. Doy un mordisco a un cake-pop, y estalla en mi boca con la magia de la canela acaramelada.

Y las estrellas parpadean desde arriba.

Y rodeo con mi brazo a mi novia.

Y mi mejor amiga vuelve a ver películas conmigo.

Y hoy es mi mejor día.

CAPÍTULO

22

Hoy Hope no viene al colegio. No es que me sorprenda. Falta bastante, y cuando sucede solo somos tres en la parte trasera de mi camioneta (o cuatro, porque ahora, a veces nos acompaña Traven). Me encanta sentir que, con cada persona que se agrega a nuestro grupo, el instituto apesta un poco menos.

La campana suena, y salimos apresurados en diferentes direcciones. Busco un cubo de basura para escupir mi goma de mascar, y entonces advierto a Hope entre la multitud de personas que entra en tromba por las puertas del aparcamiento norte. Da la impresión de que ha estado llorando. Cuando me ve, viene directo hacia mí, pero se detiene sin decir una palabra.

—¿Estás bien? —pregunto.

Inhala un suspiro profundo y tembloroso.

—Latteespeciadodecalabaza.

—¿Qué?

—Necesito —hipo— un latte especiado —sollozo— de calabaza.

—Oh. —Hope no es el tipo de chica que sufre crisis nerviosas por problemas del primer mundo (normalmente)—. ¿Es por Janie?

Asiente, y me mira como una persona a punto de ahogarse.

—Es su cumpleaños —dice finalmente.

—Oh, vaya, hoy no tendrías que haber venido al colegio. Podrías volver a casa. Sé que la oficina te daría un permiso especial.

—¡No! Es decir, no quiero hacerlo. Lo he pensado, pero he decidido que no quiero estar en casa hoy. Porque si me quedo, es como si ganara el tumor. Y no puedo dejar que gane el día de su cumpleaños.

Tiene una mezcla de tristeza y pasión. Debo hacer algo. Darle un abrazo, por lo menos. Somos amigos, y eso es lo que hacen los amigos. Pero no tenemos los mejores antecedentes respecto de los abrazos.

—En eso tienes razón —digo en cambio. Pero no creo que sea suficiente.

Hope intenta limpiarse la nariz con la manga sin que parezca que está dejando la ropa llena de mocos.

—Así que… ¿aún quieres tomar el latte? —Vacilo en preguntar por si comienza a llorar de nuevo, pero siento bastante curiosidad.

—Oh, sí. —Se ríe—. ¿No tienes la sensación a veces de que algo importante y terrible podría suceder, pero que si consigues que funcione algo menos importante las cosas podrían arreglarse? —No respondo, pero se encoge de hombros y continúa—: Pues creí que, si podía tomar un latte, como solíamos hacer con Janie, entonces habría conseguido un pequeño triunfo y podría decir: «Hoy será un buen día. Puedo sobrevivir».

—Sí, claro, lo entiendo. Pero no ha funcionado, ¿verdad?

Hope entrecierra los ojos.

—No tenían latte.

—Oh, no. ¿Aún no ha empezado la estación? —Recuerdo que ella y Janie le daban gran importancia a la cuestión de la estacionalidad y al hecho de que había que estar atentos al momento cuando comenzaban a prepararlos. Una vez recuerdo haberles propuesto investigar cuándo se ponían a la venta, y ambas gritaron: «¡Noooo!», mientras Janie explicaba que no saber era justamente parte de la diversión.

—*Es* la temporada. Pero no tenían lattes de ningún tipo. Sus máquinas de espresso se habían roto. Y aunque les dije que no bebo espressos, parece que no pueden preparar ningún tipo de bebida. ¡Qué Starbucks de mierda! ¡No pueden ni preparar un latte! Pero el chico no lo aclaró, así que seguí pidiendo otras cosas, y él continuó diciendo que no podía prepararlas hasta que me rendí. Pero no fue solo la cuestión del latte. Fue una sensación general de darme por vencida, Spencer. Y, por supuesto, el chico se quedó mirándome como si estuviera loca. Verás, puedo controlar la ausencia de Janie, y puedo soportar el hecho de que sea su cumpleaños, y que yo —su aliento queda atrapado en la garganta— la extraño una enormidad. PERO NECESITABA ESE LATTE ESPECIADO DE CALABA-ZA, MALDITA SEA.

Saco mi teléfono. Quizá me exceda el protocolo de abrazos con amigas recuperadas, pero encontrar el café más cercano es algo que puedo hacer.

—El Starbucks más cercano está a veinticinco minutos. Podemos ir ahora mismo.

Hope inclina la cabeza de lado, y puedo ver su cerebro calculando si este día tiene remedio después de todo.

—Bueno, hum, está bien. —Y enseguida queda paralizada y se lleva las manos a las mejillas—. Espera, ¿tengo el rímel corrido?

Parece como la hija natural de un mapache y un empleado de las tiendas Hot Topic.

—Hum.

Suelta un bufido.

—Eso significa que sí. Espera que vaya al baño y lo arregle. Creo que ya he asustado a demasiados dependientes de Starbucks por un día.

—Nos encontramos en el coche —le digo, pero antes paso por la oficina y me refiero brevemente a una «emergencia» y a «la herma-na muerta», porque Hope ya está en la lista de alumnos observados.

Aun así llego a su coche antes que ella. Cuando sale del edificio, ni siquiera es posible advertir que haya llorado. No sé mucho sobre las técnicas de maquillaje, pero su rostro parece diferente. Los círculos oscuros alrededor de los ojos han desaparecido y, definitivamente, creo que se ha empolvado la nariz.

—Gracias por acompañarme —dice, presionando el control remoto para que se abran las puertas. Permanece un momento en silencio, concentrada en la conducción.

»Recuerdo la primera vez que Janie me llevó a beber un latte especiado de calabaza —dice entonces—. Tenía once años, y Janie insistía: «No le cuentes a mamá que te he dado café». Parecía lo más guay del mundo.

Sonríe, y la imagino evocando aquel momento.

—Oh, casi lo olvido. —Enciende el estéreo, y suena un hiphop con ritmo rápido.

Parece conocido.

—¿*Hamilton*?

—*Hamilton*. Se ha convertido en una parte crucial de la tradición del latte especiado con calabaza.

—Genial —digo—. Me alegra que no estemos apartándonos del protocolo.

La sonrisa de Hope desaparece.

—¿Qué ha pasado?

—Pues si Janie estuviera aquí, estaríamos cantando a pleno pulmón, pero tú no conoces la letra, y quizá eso no sería…

—Claro que conozco la letra —protesto con exageración. Comienza la canción *The Schuyler Sisters*—. Bueno, quizá no la de todas las canciones, pero, definitivamente, la de esta sí.

Me dirige una mirada como diciendo: «*Jefferson, por favor…*».

—¡Claro que sí…! *«We hold these truths to be self-evident that all men are created equal…».* —Los ojos de Hope se abren de par en par, pero yo sigo adelante, cantando todas las palabras a gritos, incluso haciendo los movimientos correctos antes de elevar la mano en el aire y chasquear mis dedos gritando: «*Work*». Es una apasionada imitación de Angélica Schuyler (claro, si Renée Elise Goldsberry fuera un chico de diecisiete años sin un gran talento musical).

Hope se ha quedado completamente boquiabierta. Es posible que necesitemos a un médico para volvérsela a cerrar. Y luego comienza a reír, y casi no puede hablar, y vuelve a tener los ojos llenos de lágrimas, solo que esta vez son lágrimas buenas.

—¿Dónde has aprendido la coreografía? —dice muerta de risa.

Me encojo de hombros.

—Janie me obligó a ver aquel clip #Ham4Ham tantas veces como a ti.

—Aquello es materialmente imposible, pero de todos modos estoy impresionada.

Distingo el Starbucks, y Hope entra en el aparcamiento, dejando el coche con el motor encendido.

—¿Sabes que Janie tuvo la oportunidad de ir a ver la obra? En Broadway. Estaba en Nueva York visitando a una amiga, y podría haber ido, pero dijo: «No, está bien. La primera vez tengo que verla con Hope porque lo mejor es vernos las caras».

—Qué dulce —digo.

—Sí, pero no tanto en realidad porque tengo que pasar el resto de mi vida sabiendo que nunca vio *Hamilton*, y que todo es culpa mía.

No tengo idea de lo que debo decir, pero por suerte a Hope no parece importarle. Sale del coche, y la sigo hasta la puerta de entrada, que abre de par en par.

En una voz que se oye hasta el último rincón de la cafetería, anuncia: «Por favor, dígame que tiene lattes porque, si no, voy a perder toda la esperanza en el universo».

El dependiente que se encuentra más cerca lleva delineador de ojos extra-grueso y una expresión confundida.

—Hum, esto es Starbucks.

—Sí, pues, aparentemente, eso no cuenta tanto como antes. —Se mete en la fila de un salto, sonriendo—. Spencer, tienes que probarlo. Podemos pedir un latte con leche desnatada, sin nata. —Hace un ruido con la boca entre un suspiro y una exclamación de sorpresa—. Sin nata. —Hace una pausa y se coge las manos, haciendo un instante de silencio por mi nata—. Bueno, no pasa nada. No pasa nada mientras tenga todo lo demás. Café, calabaza, especias, magia.

—¿Magia? ¿Es uno de los ingredientes?

Me dirige una mirada de suma seriedad.

—Sin la nata, ya te encuentras en terreno peligroso. No me pongas a prueba con la magia.

Cuando llegamos al mostrador, pide un latte para cada uno, señalando a gran velocidad las condiciones para el mío. Siempre he valorado eso en ella. Aunque me fastidie por mi dieta, no me presiona para que la abandone como otros. Mis hombros sueltan una cadena de tics encogiéndose una y otra vez mientras esperamos nuestras bebidas. La nueva medicación ha sido asombrosa —hago muchos menos tics que antes— pero sería genial no sentirme tan cansado cada vez que la tomo. Menos mal que existe la cafeína. Conseguimos una mesa junto a la ventana, y Hope me observa mientras bebo mi primer sorbo.

—¿Y?

—Está bueno —digo. Y no estoy mintiendo. Incluso sin todos los ingredientes extra, es delicioso—. Muy propio de la estación.

Parece radiante.

—¿A que sí? —Bebe su primer sorbo con gesto de exagerado deleite. Se inclina hacia atrás, los ojos cerrados, una sonrisa dibujada en sus labios—. Mmm. El otoño.

Completa. Así se la ve en este momento.

Sus ojos se abren.

—La canela es la especia más perfecta. Estoy casi segura de que puedo meterme una ramita de canela en la boca y mordisquearla como si fuera carne deshidratada, y sería genial. —Bebe otro sorbo—. Oh, y dentro de veinte minutos, cuando sientas el regusto, tu boca se inundará con el gusto a canela. —Se encoge de hombros alegremente, y choca su vaso con el mío—. Salud.

CAPÍTULO
23

El hijo pródigo ha vuelto a casa para pasar las vacaciones de otoño. Comeremos todas las comidas favoritas de Dean: ocra frita, cazuela de calabaza, filete de costilla… mientras nos entretiene con sus aventuras de la universidad. Sus clases son todas geniales, hace ejercicio fuera de temporada y ha descubierto qué comedor tiene las mejores tortitas los sábados por la mañana. Oh, pero aún no ha descubierto cómo lavar su ropa, así que ¿le importaría a Pam lavarla mientras está aquí?

—Por supuesto que no. Tendré todo doblado antes de tu vuelta —dice ella, radiante.

—Gracias. Es que he estado estudiando mucho. Estamos aprendiendo muchas cosas que son muy diferentes del instituto. Y la gente también es diferente. Jamás he conocido a tantas personas que fueran tan distintas a mí.

—Pero también te estás divirtiendo, ¿verdad? —pregunto.

Una observación respecto de las historias de Dean: son demasiado perfectas.

—Pues, claro. Es la universidad. —Mira a mi padre de reojo antes de dirigirme una sonrisa.

Oh, sí. Definitivamente, voy a hacer que me cuente después lo que interesa de verdad.

—¿Ya has conocido a alguna chica? —pregunta Jayla, sus ojos tienen un brillo pícaro.

Guau, mi novia también está del lado de los que queremos averiguar lo que de verdad sucede en la universidad.

—Algunas.

—*Algunas* —dice Pam.

—Bueno, no quiero empezar ninguna relación seria. Estoy intentando concentrarme en las clases y en el béisbol.

—Así me gusta —gruñe mi padre con un trozo de bistec en la boca—. No queremos distracciones.

—Porque las mujeres son solo fuentes de distracción y no seres humanos de carne y hueso —dice Mimi, poniendo los ojos en blanco.

—No es lo que he querido decir.

—Ajá.

Jayla me da una patada en el pie y me sonríe como diciendo: *Me encanta tu abuela.* Yo también le sonrío, como diciendo: *Lo sé, ¿no es genial?*

Dean termina el resto de su bebida y se estira de modo exagerado.

—Pam, ¿me traes otro vaso de té?

Jayla le clava una mirada fulminante.

—¿Y cuál es el motivo por el cual no puedes traerlo tú…?

Dean finge desestimarla.

—Soy el segundo mejor lanzador que tenemos. Tengo que cuidar el brazo que utilizo para lanzar.

—Levantar una jarra de té no va a forzar tus músculos. Puedes llenar mi vaso ya que vas.

Jayla sacude el vaso de modo que el hielo golpetea contra los costados y, para mi sorpresa, Dean lo hace. Se dirige a la cocina y lo llena de té, y cuando regresa, se lo entrega con una inclinación de la cabeza y un ademán ostentoso. Ella suelta una carcajada y mantiene el mentón en alto como una reina.

Creo que si Dean encontrase una chica como Jayla, sería mucho más feliz. Necesita una reina, no una grupi.

—Así que, ¿qué hay de nuevo por aquí? —pregunta Dean.

—Encontré un chico para la categoría de los cincuenta y dos kilos, y le está ganando a todo el mundo. Es bastante guay.

Jayla sonríe.

—Estoy casi segura de que eres la única persona que usaría la palabra «guay» para describir a ese chico.

—Sí —digo, frunciendo el ceño—, quizá sea el motivo por el cual sea mi camarada de primer curso.

—Solo los estudiantes del último curso tienen camaradas de primer curso —dice Dean.

—Nadie lo quería. No sé… Solo sentí que le vendría bien una ayuda extra, ¿sabes?

—Pues creo que eso es maravilloso —dice Mimi.

—Sí, genial —dice Dean, y estoy tan sorprendido que casi le pongo salsa de bistec a mi calabaza.

Repasamos la lucha libre, otros deportes, chismes del vecindario. No tardo demasiado.

—Hope sigue saliendo con Mikey —digo.

Mimi hace un chasquido con la lengua.

—Detesto verla con el chico ese del tatuaje, ¿vosotros no? Parece que fumase marihuana.

Dean y yo nos reímos.

—En otro orden de cosas, Ethan regresa a casa todos los fines de semana para ver a Bella —digo.

Dean resopla.

—Qué perdedor. —Solo que lo dice como si fuera un apelativo cariñoso—. Guau, parece mentira que nada cambie por aquí.

—Sí. —Y luego recuerdo que hay algo que sí cambió este año. Algo importante—. Espera, no, algo importante cambió en el instituto este año.

—¿Una marca nueva de patatas fritas en la cafetería?

—No. —Echo un vistazo alrededor de la mesa. No he mencionado esto delante de mi padre, y no estoy seguro de por qué lo estoy haciendo con Jayla al lado de mí, pero de todos modos lo hago—: Ya no permiten que nadie use la bandera rebelde.

—¿En serio?

—Sí, no puedes llevarla en la vestimenta, ni en tu coche, ni en ningún lado. Las banderas confederadas están prohibidas en territorio escolar.

El entrecejo de mi padre se frunce, pero sus labios permanecen sellados. Por suerte.

—Ya era hora —dice Mimi.

—No puedo creer que por fin haya pasado. —Dean se ve aturdido. No es que lo culpe. Yo también estaba bastante asombrado cuando me enteré. Cuando vives en un pequeño pueblo, la vida parece moverse con más lentitud. Es fácil pensar que nada cambiará jamás, hasta que BUM, cambia, y te da esperanzas para todos los otros cambios que pueden venir después—. Me refiero a que está muy bien —dice por fin.

Jayla permanece en silencio a mi lado. Hemos hablado de este asunto, pero espero no haberla incomodado sacando el tema delante de mi familia.

Mi padre apoya el tenedor con un estrépito sobre el plato.

Mierda.

—¿Sois conscientes de que están privándoos de un derecho constitucional?

No, no, no. Por favor, deja de hablar.

Pero no se calla.

—Cada uno debería poder llevar lo que desea sobre su propia camisa. De eso se trata la libertad de expresión. —Se mete un poco de ocra en la boca.

Cuando estoy pensando qué decir, Mimi se dirige a él.

—Es un lugar público lleno de menores, Frank. La administración puede decidir lo que lleva la gente mientras estén allí. Es importante que todos los estudiantes se sientan seguros.

—Asiente con la cabeza en dirección a Jayla, quien espero que, para cuando haya terminado esta cena, siga queriendo ser mi novia. Apoyo mi mano sobre la suya y la aprieto—. Pásame la cazuela de calabaza.

Papá suelta un bufido.

—No sé qué tiene que ver la «seguridad» con nada de esto.

—Estoy segura de que *tú* discreparías con personas que llevaran camisetas con la leyenda «Muerte a los blancos», ¿no es así? —pregunta Mimi.

—¡Pero bueno, no tiene nada que ver! —exclama papá—. Es un símbolo importante de nuestro patrimonio sureño, y la gente está intentando eliminarlo. Primero, lo eliminan de la bandera de Georgia...

—Espera un minuto. Tienes que repasar tus conocimientos históricos —dice Mimi—. La bandera que tenemos ahora es casi igual a la original.

—Pero...

—Vamos, papá —lo interrumpe Dean—, no hay forma de que creas en esa mierda del patrimonio.

Mi padre no responde.

—¿Realmente crees que está bien que la gente camine por una escuela mixta llevando un recordatorio de que personas que eran iguales a nosotros fueran propiedad de otros seres humanos? —continúa Dean—. *Eso* es lo que representa la bandera. Incluso si el padre de tu padre de tu padre luchó en la guerra, una pegatina de parachoques en tu Ford no es otra cosa que una declaración de que tu familia estaba a favor de la esclavitud.

Para cuando termina de hablar, Dean mide, por lo menos, medio metro más que mi padre. Quisiera haber sido yo quien le explicara todo el asunto así a nuestro padre, y no solo por la manera en que Jayla mira a Dean en este momento.

Por no mencionar que él también la mira a ella.

Mi padre echa un vistazo a Jayla. Su rostro tiene todos los tonos de rojo posibles, y comienza a tartamudear.

—Bueno, no estoy diciendo que esté de acuerdo con la esclavitud… Solo hablaba de la Constitución. No quiero que nadie tenga problemas en el instituto…

Pam le da una palmadita en la mano.

—Sabemos que no eres racista, cariño. Vemos a todo el mundo como iguales.

Siento que Jayla se pone rígida junto a mí.

Ay, cielos.

—¿Puedo decir algo? —pregunta.

—Por supuesto, querida —dice Mimi.

—Está bien… —Me mira. Su mirada es vacilante, pero asiento—. No quiero ser irrespetuosa, señor y señora Barton, pero no creo que el racismo sea algo tan claro. La gente siempre cree: «Oh, esta persona es racista, y aquella no, y eso es todo. Fin del asunto». Pero no es tan sencillo, ¿verdad? Cuando has crecido en un lugar donde las personas reciben un trato diferente por el color de su piel, hay ciertas ideas que se vuelven connaturales a uno, lo quieras o no. Creo que el temor a ser tachado de «racista» puede hacer que, de hecho, las personas se comporten peor y traten a las personas de color aún *más* diferente.

—Es cierto —dice Dean. Le guiña el ojo a Jayla, y ella se sonroja. Lo cual no es nada propio de ella.

Mi padre y Pam se miran entre sí. No estoy demasiado seguro de lo que significa, pero estoy tan orgulloso de mi chica en este momento por acallarlos que tengo que hacer un esfuerzo para no inclinarme hacia ella y besarla. Suponiendo que aún quiera ser besada por un chico que, básicamente, no ha hecho nada por defender sus ideas en este momento. Tengo que asegurarme de hacerlo mejor la próxima vez.

—Eso suena a algo que escuché en NPR —dice Mimi, inclinando la cabeza a un lado.

Jayla sonríe.

—Quizá hayamos escuchado el mismo episodio.

Mimi está tan emocionada que creo que es posible que tenga cierta rivalidad sobre cuántos en esta mesa están más enamorados de mi novia. Nadie parece saber qué hacer ahora que hemos establecido que A) puede que mi padre sea o no racista, pero, al fin y al cabo, lo que ha dicho ha sonado muy racista, y B) Mimi y Jayla seguramente saldrán juntas a hacerse manicuras y pedicuras en un futuro cercano.

Mi padre deja de discutir, y os aseguro que la discusión es su fuerte. En cambio, come su ocra en silencio. Supongo que eso significa que, por lo menos, está pensando en lo que hemos dicho, incluso si aún no está dispuesto a cambiar de parecer. Ya es mucho.

No lo sé. A veces me preocupa que ser de aquí signifique que siempre estaré tres pasos por detrás del resto del mundo.

Después de la cena, acompaño a Jayla a la camioneta, pero me detengo antes de abrirle la puerta.

—Me siento muy orgulloso de ser tu novio —digo—. ¿Aún quieres seguir siendo mi novia?

Asiente como temiendo que no le funcione la voz y arroja los brazos alrededor de mi cuello. La sujeto algunos segundos o quizá algunos minutos o quizá una eternidad.

Cuando regreso de llevar a Jayla a casa, permanezco en el camino de entrada, dentro de la camioneta, con el motor encendido unos minutos más de lo habitual. Finalmente, me obligo a entrar. Pam, Mimi, Dean… han desaparecido, dejando a mi padre solo en la mesa de la cocina con su teléfono. Por la manera en que lo empuja a un lado al verme, sé que no estaba usándolo. Solo, esperando.

—Hola, amigo. —No recuerdo la última vez que me llamó así. Maldita sea, no recuerdo la última vez que estuvimos juntos, solos. Se lo ve terriblemente incómodo en este momento.

—Hola.

¿Te ha dicho Pam que hicieras esto? ¿O ha sido Mimi?

—Lamento lo de esta noche —dice.

En serio, no tengo la energía o la paciencia para escuchar cualesquiera sean las excusas que tendrá para ofrecerme.

—Me equivoco mucho. Siento que… no soy el padre que tú deberías tener, y lamento que tengas que soportarme.

Se me hace difícil respirar.

—Siempre has sido diferente. Incluso de pequeño. La mitad de las veces no sé qué hacer contigo, pero quiero que sepas que eso no es culpa tuya.

—Está bien —susurro porque no me funciona la voz.

—Estoy muy orgulloso de ti, hijo.

Y luego me está abrazando, y me imagino que así debe sentirse estar sujeto por una *Boa constrictor*, pero me siento bien, muy bien, y por supuesto no voy a llorar en su camisa de franela.

Antes de que termine sofocándome, se aparta.

—Sobre lo que discutimos esta noche. Si tú y tu hermano creéis que la regla de la bandera es muy buena idea, entonces leeré al menos un artículo sobre ello. No quiero causar conflicto entre tú y tu chica. Además… —Parece inusualmente avergonzado—, es posible que tu abuela me haya pasado una lista de lecturas.

—Hum, pues, eso es genial. —Y no me sorprende en absoluto—. Puedes hablarme sobre ello, sabes. Quiero que podamos hablar entre los dos.

Me aprieta el hombro, con suavidad, lo que significa que apenas lo siento como una morsa.

—Yo también.

CAPÍTULO 24

Cuatro cosas que nunca podré entender: los perros que son más pequeños que los gatos; la trigonometría; las personas a las que no les gusta la mostaza sobre los perritos calientes; los sujetadores. Recorro con los dedos la parte trasera de la trampa mortal de encajes y lazos que lleva Jayla, intentando mantenerme tranquilo mientras busco el broche. Sigue con el top puesto, y tiene una especie de elástico que lo rodea, lo cual, sin dudas, lo hace más complicado de lo que creía. Aún no puedo encontrar el broche. Me rindo intentando mantener la calma mientras deslizo la mano de un lado a otro del sujetador. No está allí. Quiero decir: no hay broche. ¡¿QUÉ TIPO DE BROMA ES ESTA?!

Jayla contrae el rostro reprimiendo la risa.

La miro con una expresión lastimera.

—¿Me ayudas?

Su risa estalla.

—Es un broche delantero.

—¡¿Un broche delantero?! —¿Quién ha decidido que eso era una buena idea?

Se ríe aún más.

—¿Y no podrías habérmelo avisado, digamos, hace sesenta segundos?

—Era más divertido así. —Se baja los tirantes de su top.

—Me alegra tanto que te divierta torturarme.

—Es un poco divertido. —Tira hacia abajo la parte superior de la prenda, abre el detestable broche delantero, y en dos microsegundos tengo un par de tetas delante de los ojos. Me olvido de respirar. Hay muchas cosas que me gustaría hacer en este momento, pero mi madrastra está arriba preparando la cena, así que solo haré, digamos, una cuarta parte de ellas.

—Eres preciosa —digo.

Ella se ríe.

—Lo dices cada vez.

—Y es cierto cada vez. —Realmente, lo es. Tiene la piel tan perfecta que me pregunto si, de hecho, tiene poros en la piel.

Apenas acabo de empezar la cuarta parte cuando oigo crujir las tablas del suelo. Salto hacia atrás, ajustándome los pantalones, enderezándome, limpiándome la cara y adoptando expresión de culpable, todo a la vez. Pam nos mira desde el último peldaño. Vaya, hombre, ni siquiera la he oído abrir la puerta. Parece una maldita agente de la CIA. Echo un vistazo a Jayla, que lleva toda su ropa puesta y sonríe como una ciudadana modelo. ¿Cómo lo hace?

—Hola, señora Pam.

—Hola, Jayla. ¿Te quedas a cenar?

Ella sacude la cabeza.

—Mi padre me vendrá a buscar para ir a comer comida mexicana.

—Está bien. —Pam se frota las manos sobre los pantalones, pero no da señales de regresar arriba. Sus ojos se mueven rápidamente entre los dos—. ¿Qué hacéis aquí?

—Ensayamos para la obra de Jayla —digo demasiado rápido y cojo el guion, como si fuera la prueba irrefutable de que no acaba de bajarse la mitad del top.

Pam alza las cejas. Es su forma de leer mentes.

—Me parece que deberíais ensayar en el porche.

Mientras vuelve a subir haciendo crujir los escalones, contenemos la risa pero en cuanto cierra la puerta, estallamos en carcajadas.

Jayla me golpea con el guion.

—Eres lo opuesto al sigilo.

—Lo siento. No puedo evitarlo. ¿Cómo consigues ponerte la ropa tan rápido?

Cogemos nuestras cosas y nos trasladamos al porche delantero. Me siento sobre el columpio, y ella coloca las piernas encima de mí, y esta vez sí ensayamos. Yo leo las líneas de Teddy, y ella las de Tina, y practicamos una de *Las nueve peores rupturas de todos los tiempos*. Para ser octubre hace un tiempo cálido, lo cual significa que llevamos shorts, pero no estamos muriéndonos de calor.

—Qué agradable —digo.

—Sí. —Jayla interrumpe sus líneas un instante y apoya la cabeza sobre mi hombro.

—Esta obra es realmente graciosa. Pero, hum, no veo una escena donde haya un beso.

Jayla levanta la cabeza de mi hombro.

—Sí, solo son besos con la nariz. Probablemente, ese sea el motivo por el cual esta vez me permitan ser la pareja de un chico blanco. —Pone los ojos en blanco.

—Sí, pero… —¿Me convendrá sacar el tema?—. Cuando te pasé a recoger por el ensayo la última vez, tú y Justin seguíais practicando en el escenario, y comenzó como un beso de nariz pero terminó siendo un beso real.

Hace un gesto.

—¡Oye! En primer lugar, estábamos *actuando*. Y sí, Justin es un actor muy bueno y algunas veces improvisa y le da intensidad a las escenas. Pero en segundo lugar, te quiero a *ti*. Ni a Justin ni a nadie más.

—Tú no me preocupas. Pero… —Me preocupa Justin. Justin, con los labios que parecen «deslizarse» por error y los ojos que observo siguiendo el trasero de mi novia al cruzar el escenario y bajar las escaleras.

—Por favor, no me pidas que deje de hacer aquello que quiero porque te sientes incómodo.

—No, jamás lo haría. —Aprieto su mano—. No quería que sonara así.

—Me alegro. Porque a la única persona a la que quiero besar de verdad es a ti. —Sonríe—. Pero sería agradable poder hacerlo sin que nos sorprendan cada vez que estamos juntos.

—Pam es la mejor interruptora de besos de los cincuenta estados.

—¿Te imaginas lo que sería estar juntos sin tener que preocuparnos?

—Oh, claro que sí.

No es que jamás hayamos estado solos. Ha habido momentos en alguna que otra oportunidad, en la parte trasera de mi camioneta, en la sala de Jayla antes de que sus padres lleguen del trabajo. Pero siempre es andar a escondidas, lo cual está bien para algunas cosas, pero ninguno de los dos quiere que nuestra primera vez sea así.

—Quiero hablarte sobre algo —dice. Su respiración se acelera. Mi respiración se acelera aún más.

—¿Sí?

—Mis padres irán a visitar a mi abuela en Savannah el fin de semana que viene. —Traga saliva—. Yo me quedaré en casa.

Ella se quedará en casa. Sola. Estará… ¡Oh!

—¿Quieres que yo…?

—Sí, estoy lista. Creo que estoy lista. —Me quita las piernas de encima—. Quiero que sea especial, ¿sabes?

Le cojo las manos y las sujeto entre ambos.

—Lo será. Será muy especial.

Se inclina hacia mí, y hago un tic justo cuando sus labios están a punto de tocar los míos. Ella sonríe y me besa de todos modos. Recuerdo cuando estaba aterrado de que sucediera esto antes de besarnos por primera vez. Y pensar en no hacer un tic a veces me hace tener aún más tics, así que llegó un punto en que solo pensar en intentar besar a Jayla por primera vez desataba una ráfaga de tics. Es mejor si hago un tic después de que hayamos comenzado a besarnos.

El sonido del coche de su padre sobre el camino de entrada nos hace apartarnos de un salto.

—Mierda. Me tengo que ir —dice—. Oye, ¿vienes conmigo al cumpleaños de Ashley mañana?

Emito un gemido de disgusto. El padre de Ashley le organizará una fiesta que combina la celebración de sus dieciséis años con Halloween. Tendrá una carpa del tamaño de un salón de baile, una pista de baile y todo el dramatismo. No hay muchas fiestas de este estilo por aquí, así que es todo un acontecimiento. Además, van demasiadas personas. No es lo mío.

—¿Tengo que ir?

Apoya las manos sobre las caderas.

—Sí.

Sé que acabará convenciéndome, así que lo más sensato es sonreír y terminar de una vez por todas con el asunto.

—Está bien.

—¡Yuppi! —chilla y me da un rápido abrazo, pero nada más porque, entérate, estamos JUSTO DELANTE DE SU PADRE. Lo saludo embarazosamente con la mano, él me devuelve el saludo, pone en marcha el coche y se aleja.

Cuando me vuelvo, Hope está saliendo a toda velocidad del bosque detrás de nuestras casas. Lleva una camiseta y el pelo recogido en una coleta. No recuerdo la última vez que la vi así. Casi tengo que mirar dos veces.

Se detiene abruptamente a mi lado y se desploma al instante sobre el césped.

—Hola. ¿Cuándo comenzaste a correr de nuevo?

—Hoy —dice jadeando—. ¿Se nota?

—No… —Levanta la cabeza del césped para mirarme de reojo—. Bueno, en realidad, sí.

—Creo que esta primavera voy a hacer la prueba para el equipo de atletismo. Suponiendo que pueda hacer un papel digno.

Tiene las manos sobre la cara para bloquear la luz del sol.

—¡Me parece increíble! En serio, es genial. —Intento no excitarme demasiado. Ella lo odia.

Se incorpora para hacer un estiramiento de talones. Quiero decir otras cosas, pero no lo hago.

—Oye, Hope, somos amigos, ¿verdad?

Me dirige una mirada extrañada.

—Sí.

—¿Y tenemos la confianza como para que pueda pedirte un consejo sobre chicas?

—Por supuesto. —Esboza una sonrisa radiante y permanece inmóvil como si yo fuera un pequeño animal a quien tiene miedo de asustar.

—Está bien. —Espero un tiempo que resulta definitivamente embarazoso porque no sé bien por dónde empezar—. Bueno, Jayla y yo tenemos la oportunidad de tener sexo el fin de semana que viene.

Hope se atraganta por un momento y hace como si fuera una tos. (Hace nueve años que tengo Tourette, por lo cual soy un experto en hacer que un comportamiento se convierta en otro para disimular mis tics, así que es obvio que hablar de sexo con Jayla casi mata a Hope). Se ríe.

—Muy bien, así que no andaremos con rodeos.

—Lo siento. —¿Resulta incómodo? Seguramente, sea muy incómodo.

—No, descuida. Así que, ¿qué te gustaría saber? Sobre el sexo. Porque no creo que quieras pedir tips ni nada, ¿verdad? Eso sería desagradable.

Creí que antes sentía vergüenza, pero ahora sé que no porque ESTO es lo más vergonzoso que he sentido jamás.

—No, no iba a hacerlo… quiero decir, no lo haría… me refiero a que… —Ay, mierda, ¿necesito tips? Porque estoy bastante seguro de que no sé nada de nada, y que a pesar de la tendencia que tiene Dean de presumir, no recuerdo que haya dicho jamás nada útil—. Solo quiero asegurarme de que sea muy especial, ¿sabes?

El rostro de Hope se suaviza.

—Por supuesto. —Se incorpora sobre las rodillas—. El asunto es el siguiente: la mayoría de los chicos son buenos la primera vez *durante* la relación. El momento en que fracasan es después.

—¿Después? —Estoy mucho más preocupado por el durante. Pero parece ser que la *mayoría de los chicos* son buenos en eso.

—Sí, me refiero a que los dos queréis hacer esto y los dos estáis listos, ¿verdad?

—Sí.

—Entonces, es definitivamente el después. Créeme —dice al ver la expresión de duda en mi rostro—. Muchas amigas me han hecho confidencias sobre esto. La mayoría de los chicos no… hacen como si fuera algo lo bastante importante. Y es algo muy importante.

Levanto las manos.

—Sé que es algo importante. Para mí también es importante.

Esto parece apaciguar a Hope, y se acomoda para hacer un estiramiento de mariposa.

—Muy bien. Entonces, díselo. Después. Dile lo que ha significado para ti. Dile que la quieres. Pregúntale cómo está. Pregúntale de nuevo porque su respuesta puede cambiar. Incluso si jamás estuviera en vuestros planes esperar hasta el matrimonio, haz como si todo es súper genial, dale miles y miles y miles de abrazos, y quizá incluso unas flores, o un poema, o algo. Porque quizá piense: «Guau, creí que estaba lista, pero ahora no estoy tan segura». O: «Definitivamente, estaba lista, pero ahora mi novio está recostado sobre la cama mirando el techo como si las palabras *acabo de hacerlo* estuvieran desplazándose sobre un teleprompter en su cerebro. ¿Me quiere siquiera?». O: «Creía que estaba lista, pero ahora siento todo esto, y me estoy abrumando tanto que tengo miedo, y no quiero estar sola con ello».

Me quedo en silencio.

Hope no dice una palabra.

—Guau, es muchísimo. —Ahora estoy nervioso por motivos completamente diferentes.

—Sí —dice Hope con delicadeza. Extiende la mano y me da una palmadita en el hombro—. Pero, oye, estarás genial, ¿vale? Eres un chico realmente bueno, Spencer.

—Gracias. Y gracias por ser una amiga a la que puedo… pedirle este tipo de consejos.

Sonríe.

—No hay problema.

—Si alguna vez quieres preguntarme algo, no dudes en hacerlo.

—Oh, claro. Ahora que somos *amigos*, y no solo amigos a secas, se me van a ocurrir todo tipo de preguntas para hacerte.

—Me alegra mucho que seamos amigos —digo mirando el césped. Ahora estoy hablando de algo totalmente diferente.

—A mí también —dice. Esta vez no sonríe divertida.

Me río y sacudo la cabeza.

—¿Qué? —pregunta.

—Nada. Es idiota… quiero decir, tonto.

—No, ¿qué? Somos *amigos*. Tienes que contármelo.

—Oh, ¿es así como funciona?

—Por supuesto. En este momento tengo un ejemplar de *El código de la amistad* sobre mi escritorio. No puedes reírte en mi presencia sin revelar la causa de dicha risa.

—Pues, entonces, ¿sabías que cuando estábamos en el colegio estaba enamoradísimo de ti?

Inclina la cabeza hacia un lado.

—Hum, estoy segura de que toda el área de los tres condados lo sabía.

—¿Qué? No es cierto.

Enarca las cejas.

—Está bien, como quieras. Es posible que lo supieran. Te dije que era tonto. —Me vuelvo a reír, pero esta vez suena forzado—. De cualquier manera, fue hace muchísimo tiempo.

Se endereza.

—Yo también estuve enamorada de ti.

—¿Lo dices en serio? —Pero no lo puedo creer.

—Sip, solía hablarle a Janie todo el tiempo de ti en e-mails de una extensión casi épica. —Sacude la cabeza—. Pobre Janie.

—Pero entonces, ¿por qué no…?

—Sophie.

—¿Sophie? ¿La chica de mi campamento?

—Aquella chica del campamento de la que solías hablar. Todo el maldito tiempo. Creí que era tu novia. —Encoge los hombros—. Y luego, para cuando descubrí que no lo era, sucedió lo de Dean.

—Sí, me acuerdo de eso.

Aún no puedo creer que yo le gustara. Yo le *gustaba* a Hope. Si jamás hubiera mencionado a Sophie, me pregunto si las cosas hubieran resultado diferentes. Quizá estaríamos juntos. O quizá lo hubiéramos arruinado todo.

—Qué curioso cómo resultan las cosas —digo—. Dean y tú. Jayla y yo.

—Vosotros hacéis una pareja muy mona. —Pero lo dice como si su corazón estuviera sufriendo una muerte lenta y silenciosa—. He roto con Mikey —añade rápido.

Oh, vaya, eso lo explica.

—¿Qué ha pasado? Olvídalo. Lo siento. No es asunto mío. —No puedo creerlo. Quiero decir, considerando que se trata de Mikey, han estado juntos un tiempo sorprendentemente largo.

—No, está bien. Amigos, ¿recuerdas? Es… complicado.

No sé qué decir.

—Bueno, en realidad, quizá no lo sea. Mikey es divertido, pero la verdad es que es difícil hablar con él sobre algo que sea importante. Pero era genial para cabrear a mi madre.

Pienso en su madre, y en lo que me dijo Hope sobre tener que ser dos personas en una.

—Oye, ¿Hope?

—¿Sí?

—Salir con Mikey y todo… eso. —Sacudo las manos en el aire, buscando las palabras adecuadas. No quiero que parezca que la estoy juzgando—. ¿Te hace sentir menos como Hope y Janie a la vez y más como Hope?

—En realidad, no. —Reflexiona un instante—. En absoluto. Pero sí me ayuda a olvidar un rato.

Sé perfectamente lo bien que se siente olvidar, pero también sé que te impide llegar a algún lado. Me da la impresión de que la conversación ha terminado, pero luego dice:

—A veces pienso en abandonar las conductas de Janie. Parecerme más a Hope.

—Creo que deberías hacerlo. Deberías decirle a tu madre que se vaya al diablo. Digo, no con esas palabras, porque tu madre asusta un poco, pero, ya sabes, algo. No es justo que te pida lo que está pidiéndote.

—Lo sé. Y no es que no quiera hacer cosas buenas en el mundo y ayudar a la gente. *Quiero* hacerlo. Pero, por ejemplo, no creo que pueda estar con personas que están realmente enfermas. Comencé a seguir a un doctor en Warner Robins, un cirujano, como los que seguía Janie. Y a veces tengo que salir a hurtadillas del salón y vomitar, y otras lloro todo el camino de regreso a casa. Creo que es genial que algunas personas puedan hacer cosas así, pero no creo que yo sea una de ellas. —Se rodea el pecho con los brazos, y no parece poder encontrarse con mi mirada.

—Pero es perfecto. No todo el mundo está capacitado para ayudar a las personas de la misma manera. Quizá seas activista, o hagas fotografías, o escribas.

—Sí. —Las comisuras de su boca se tuercen hacia arriba—. Sí, estaba pensando en apuntarme en una clase de fotografía el semestre que viene. Si dejara Química avanzada, definitivamente, podría hacerlo.

Se queda quieta un rato pensándolo.

—Oye, ¿Spencer? —dice de pronto.

—¿Sí?

—Gracias. —Se acerca un paso, y se me ocurre que quizá me dará un abrazo o algo. Pero de pronto parece asustada, como si hubiera olvidado o recordara algo. No consigo darme cuenta—. Será mejor que me vaya —dice—. Es importante hidratarse.

Sube corriendo las escaleras de la casa, sin volver la vista atrás.

CAPÍTULO

25

Solo hay una cosa que se interpone entre el sábado perfecto y yo: una montaña de calabazas.

—¿Quieres que haga *qué*? —Me encuentro al lado de la camioneta, con las llaves en la mano, listo para aprovechar el día haciendo lo que quiera. Recogeré a Traven y Paul, e iremos al cine en Warner Robins, o a Sonic a comer hamburguesas, o daremos vueltas hasta que se acabe la gasolina. No lo sé.

Pam está de pie en el porche, ofreciendo la mala noticia como si fuera una segunda porción de puré de patatas.

—Quiero que conduzcas a la granja Akin y busques las calabazas para el huerto de calabazas de la iglesia. Solo será un par de cargamentos.

—¡¿Un par?!

—Si tú y Dean vais juntos, no llevará nada de tiempo.

—Dean ya se ha marchado en *quad* con Ethan. —Como si de todos modos fuera a hacer trabajo manual durante su fin de semana en casa. Cruzo los brazos sobre el pecho. Soy plenamente consciente de que estoy comportándome como un niño malcriado en este momento, pero puedo ver mi sábado de oro deslizándose entre mis dedos mientras Dean e Ethan van en *quads* hasta el atardecer.

Pam suspira, y es como si su cuerpo entero se hundiera un par de centímetros en el porche.

—Lo siento. Odio que tengas que hacer esto solo, pero cuentan conmigo. Y necesitan las calabazas allí para las tres de la tarde porque el Festival de Otoño comienza esta noche.

Encorvo los hombros. Diré que sí, pero no lo haré de buena gana. Antes de que se me ocurra una respuesta, una voz interrumpe desde atrás.

—Yo puedo hacerlo.

¿Hope? Me volteo. Sip, definitivamente, es Hope, y, definitivamente, está ofreciendo su ayuda.

—Oh, cariño, no tienes por qué —dice Pam.

—No hace falta, en serio —agrego.

Ella encoge los hombros.

—No me importa. En serio, será divertido.

Bueno, no exageraría. Pero no quiero parecer como un cretino poco servicial, así que me obligo a sonreír.

—Sí, Hope y yo lo haremos. —De todos modos, cargar calabazas no está tan mal.

Pam me dirige una sonrisa burlona.

—¿Estás seguro? No quiero fastidiar los planes importantes que tenías.

Está bien. Me merecía aquello.

—No te preocupes. Nos ocuparemos nosotros.

—Está bien. Bueno, divertíos. —En el rostro de Pam perdura una sonrisa malvada mientras regresa a la casa.

Hope y yo subimos de un salto a la camioneta y la hacemos arrancar. Conduzco a través del pueblo y luego por los serpenteantes caminos rurales, tan estrechos que hay que bajar la velocidad y apretarse para sobrepasar a otro coche. Hope mira fuera de la ventana hacia los campos de algodón que se extienden en todas las direcciones.

—Gracias —digo—. De verdad. No hacía falta que hicieras esto.

—No pasa nada. —Me mira de reojo—. Hace meses que Pam no me atrapa para uno de sus proyectos.

—Algún día tendrás que entrenarme para saber hacerlo.

Cuando llegamos a la granja Akin, las calabazas ya se encuentran organizadas sobre el jardín delantero. Los chicos Akin nos ayudan a cargarlas en la camioneta, así que, en realidad, no lleva tanto tiempo. Hacemos el primer y segundo viaje, y antes de que nos demos cuenta, estamos haciendo el tercero, y cargando las últimas calabazas.

Hago el tic de encoger los hombros al tiempo que la señora Akin pone algunos recipientes en mis manos.

—Gracias por la ayuda. Y, por favor, dale también las gracias a tu madre. Ha sido muy amable de su parte organizar todo esto. —Hace un gesto hacia los recipientes—. ¿Puedes entregárselos? Es mi estofado Brunswick.

—Claro.

Hago un par de tics más encogiendo los hombros, pero ella ni se inmuta. Todas las señoras de la escuela dominical de Pam creen que «soy muy adorable», y les gusta hacerme pasar vergüenza intentando relacionarme con sus hijas o nietas. Luego ejecutamos la danza sureña extremadamente educada en la que intercambiamos «cuando quiera», y «oh, no, gracias a ti». Y después vamos a la iglesia.

Pasamos el cartel de la tienda de papá en la 75. Puedes saber mucho sobre un lugar por sus carteles. Por ejemplo, aquí hay una taxonomía de los que se encuentran dispersos en la 75 a medida que desciende serpenteando por la mitad sur de Georgia:

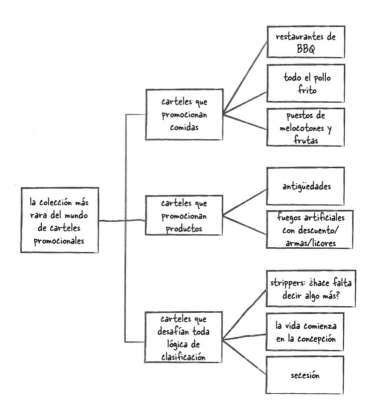

la colección más rara del mundo de carteles promocionales

- carteles que promocionan comidas
  - restaurantes de BBQ
  - todo el pollo frito
  - puestos de melocotones y frutas
- carteles que promocionan productos
  - antigüedades
  - fuegos artificiales con descuento/ armas/licores
- carteles que desafían toda lógica de clasificación
  - strippers: ¿hace falta decir algo más?
  - la vida comienza en la concepción
  - secesión

Me pregunto lo que piensa el resto del mundo de nosotros mientras se abastece de patatas fritas y gasolina de camino a Florida. A veces es extraño que sea posible sentir tanto orgullo y tanta vergüenza al mismo tiempo de pertenecer a un lugar.

Para cuando llegamos a la iglesia con el último lote de nuestras calabazas, Pam ya se encuentra allí. Quieta con su megáfono, parece una dictadora diminuta y maternal, indicándole a la gente dónde llevar las latas para la colecta de alimentos, cómo hacer una corona otoñal festiva y dónde poner la tremenda cantidad de manzanas acarameladas que ha estado preparando toda la noche. Se me hace agua la boca. Las manzanas acarameladas de Pam son, básicamente, lo más delicioso que hay en el universo.

—Tu madrastra parece ser muy popular —dice Hope.

—Sí, es una leyenda aquí porque, gracias a sus oraciones, atrajo a Jane Fonda al reino.

Hope suelta una risita.

—¿Es lo que me estoy imaginando?

—Jane Fonda es una anciana famosa…

—Sé quién es Jane Fonda.

—Pues antes no era cristiana, y todo el mundo la odiaba. Y la profesora de la escuela dominical de Pam dijo: «¿No sería maravilloso si *fuera* cristiana? Pensad en todo el bien que podría hacer con el grado de influencia que tiene». Y Pam enseguida dijo: «Voy a rezar por esa Jane Fonda. Lo haré todas las mañanas». Y ahora Jane Fonda se ha convertido por completo al cristianismo y usa sus poderes para el bien en lugar del mal, y Pam se ha vuelto famosa.

Hope ríe ahora a carcajada limpia.

—Es exactamente lo que imaginé.

Comprueba las calabazas de su lado de la camioneta. Es casi la hora del festival. Si tengo suerte, tendré un par de horas para hacer algo con los chicos antes de tener que arreglarme para la fiesta de cumpleaños/Halloween de Ashley. No tengo que pasar a buscar a Jayla sino un rato antes… dijo algo sobre una crema alisadora, que el pelo le había crecido tres centímetros y que estaba en una situación desesperada. Hope y yo descargamos la mayor parte de la última tanda solos, pero en realidad no es tan terrible. Algunas familias ya se encuentran rebuscando en el huerto de calabazas, y un par de chicos nos observan.

Un pequeño salta arriba y abajo.

—¡Creo que las mejores siguen en la camioneta! ¡Mira esa! ¡Yo quiero esa! ¡No, espera, quiero aquella! ¡Es tan grande como un elefante!

Le sonrío.

—Claro que sí.

Se ríe.

Un instante después, tengo un tic:

—Claro que sí.

Se vuelve a reír.

—Claro que sí.

Deja de reír y se lo ve confuso.

Maldición. Odio cuando asusto a los pequeños.

—¡Claro que sí!

El niño parece preocupado, y también su madre. No creo haberlos visto antes en los eventos de la iglesia. Se me ocurre que me he olvidado de tomar la dosis de la tarde. Se lanza hacia donde está su hermana sentada sobre una enorme calabaza torcida.

Toco el hombro de su madre.

—Tranquila. Tengo síndrome de Tourette.

Ella hace un gesto con la cabeza, pero ha dejado de mirarme. Mientras camina hacia sus hijos, hago un último tic, el más sonoro de todos:

—CLARO QUE SÍ.

El chico se sobresalta y echa un vistazo por encima del hombro, atemorizado.

Su mamá se interpone entre nosotros como un escudo.

—No te preocupes, cariño, es solo un retrasado mental —dice.

Si lo hubiera dicho hace dos años, habría querido desaparecer. Ahora me contengo. No pasa nada malo por tener una discapacidad intelectual, pero sí con A) no escuchar en absoluto lo que le dije sobre el síndrome de Tourette, y B) emplear mentiras repugnantes. Me digo a mí mismo que algunas personas no saben cómo reaccionar ante individuos que son diferentes. Y la mayoría de los días quizá me ocuparía yo mismo de ir a instruirla, pero hoy estoy agotado. Así que descargaré una calabaza, y luego descargaré otra, y cuando me quiera dar cuenta, habrá una cadena de momentos que me aleje de este, y una vez que sea un recuerdo, no parecerá tan reciente.

Hope parece seguir mi ejemplo, pero de pronto se detiene con una calabaza aferrada al pecho. Es como si se hubiera quedado paralizada, y sé lo que hará antes de que lo haga. Apoya la calabaza sobre el suelo y desanda el camino hasta donde se encuentra la mujer. Se me ocurre que la pondrá en su lugar, pero en lugar de ello se arrodilla junto al pequeño.

—No es un retrasado mental. —Ahueca la mano contra su oreja como si estuviera susurrándole secretos de Estado, pero puedo oírla desde el otro lado del huerto de calabazas—. Además, esa palabra es fea, y no deberías usarla nunca. Él tiene síndrome de Tourette, y eso solo significa que a veces dice cosas o se mueve de cierta manera, y no puede evitarlo. Además es el chico más bueno que conozco y uno de los mejores luchadores de todo el colegio.

Los ojos del niño se vuelven tan grandes como las calabazas sobre las cuales está sentado.

—A veces mi padre me deja ver los torneos de lucha con él —dice con voz asombrada.

Hope asiente con seriedad.

—Probablemente, este año compita incluso en las estatales.

—Guau.

—Increíble, ¿verdad? —Su voz se vuelve suave—. Es, además, uno de los mejores seres humanos que hay en la Tierra.

Hope atrapa mi mirada, y por cómo me mira, siento como si estuvieran uniéndonos unos ganchos, o como si ella estuviera a punto de llorar, o como si la persona que ve es diferente de la que ven todos los demás, o como si todo fuera fruto de mi imaginación porque al instante parece exactamente igual que siempre.

Luego se pone de pie y mira a la madre del niño, entrecerrando un poco los ojos, antes de regresar a la camioneta. El niño no puede quitarme los ojos de encima durante el resto del tiempo que permanecemos allí. En cuestión de segundos he pasado de ser el malo a ser el héroe.

Estoy bajando otra calabaza de la camioneta cuando Hope se acerca a mí con sigilo. Apoya su mano sobre mi brazo.

—¿Te encuentras bien, Spence?

—Oh, sí, claro, estoy bien. —No recuerdo la última vez que me llamó Spence.

—Lo siento —dice—. No he podido contenerme.

Esbozo una sonrisa.

—¿Alguna vez has podido hacerlo?

CAPÍTULO

26

Las mejores amigas de Jayla, Emily y Sheree, están deambulando cerca de la pista de baile, pero Jayla no aparece por ningún lado.

—¡Spencer! —grita Emily.

Ella y Sheree se turnan para abrazarme.

—Qué buenos disfraces —les digo.

—No lo sé —dice Sheree, tirando de la cremallera de su chaqueta—. Creo que la gente no deja de mirarme.

—Se trata de una respuesta habitual cuando te pintas el pelo de blanco y llevas un pantalón de cuero sintético tan ajustado —dice Emily.

—Tu disfraz de tormenta es increíblemente fantástico. ¿Habéis visto a mi novia?

—No —dice Emily—. ¿Has visto tú a la mía?

—Negativo.

Emily pone los ojos en blanco.

—Son los riesgos de salir con las estrellas de la obra. Bueno, por lo menos sabemos que la tuya está en la fiesta porque vinimos con ella. La mía estaba hace media hora terminando de peinarse.

—Estoy seguro de que llegará pronto —dice Sheree.

—Pues, para tu información, no os diré a ninguno de vosotros de qué me he disfrazado hasta que aparezca.

Sheree y yo intercambiamos miradas de desconcierto.

—Eh, ¿eres una chica de los años cincuenta? —pregunta Sheree.

—Tu falda amarilla es un claro indicio —digo asintiendo.

Emily encoge los hombros misteriosamente.

—Solo esperad hasta que llegue Caroline.

Examino su disfraz una vez más: falda amarilla, calzado de tenis blanco con calcetines blancos doblados, camisa blanca, jersey amarillo. Lleva trenzas diminutas en el pelo, pero en lugar de las largas que suele usar, estas llegan a los hombros y se curvan hacia arriba con un estilo preppy.

—No tengo ni idea —digo.

Ty, un chico del equipo de lucha, pasa disfrazado de zombi, y los ojos de Sheree lo siguen como si fuera a decir algo. En lugar de hacerlo, suspira.

—Jamás lo vas a conocer si ni siquiera puedes hablar con él —dice Emily.

—¿Quién, Ty? —pregunto.

Sheree sacude la cabeza rápidamente, como diciendo: *cállate, cállate.*

—¡Hola, Ty! —grito. Se acerca, y nos saludamos con un ritual que involucra estrechar las manos, abrazarnos y darnos una palmada en la espalda—. ¿Qué tal?

—Nada. Estaba a punto de ir a bailar. —Levanta un pulgar hacia la pista de baile.

—¿Ah, sí? Sheree también estaba a punto de ir a bailar.

—¿En serio? —Observa sus botas de caña alta y los pantalones bien ceñidos—. Guau… ¿quieres bailar?

Sheree parece haber perdido la facultad del habla, pero Emily la empuja hacia delante y eso parece ser suficiente. Camina hacia la pista de baile junto a Ty, girándose para gesticular con la boca «NO ME LO PUEDO CREER» mientras se aleja.

Estoy a punto de presumir ante Emily sobre mis habilidades de cupido cuando advierto que Caroline hace su dramática entrada. Emily no puede dejar de mirarla, tampoco el resto de los chicos de la fiesta. Caroline tiene pantalones de cuero negros, tacones rojos y una blusa negra ceñida que deja al descubierto su estómago y sus hombros. Lleva su pelo rubio-rojizo peinado en impresionantes rizos, y parece… diferente. Mucho más sensual. Pone el brazo alrededor de Emily.

—¿Ya has descubierto lo que somos? Me dijo que no se lo rebelaría a nadie hasta que yo llegara.

—Dios mío, sois Sandy antes y después.

Caroline sacude las cenizas de su cigarrillo apagado.

—Dímelo tú, guapo.

Se vuelve hacia Emily.

—¿Me odias por llegar tan tarde?

Emily sigue mirando el atuendo de Caroline con la boca abierta.

—No.

Justo en ese momento, Jayla me coge de la manga de mi camisa de disfraz de Ash.

—¡Aquí estás! —digo.

—Spencer, necesito que me ayudes. La idiota de Bella Fontaine ha estado hablando pestes de Emily de nuevo, y ella y todas sus amigas elementales están allí comiendo tarta, así que vamos a ir a comer tarta ahora mismo y le diré «Hola, Bella», pero de un modo que se dé cuenta de que sé *exactamente* lo que ha dicho. No se lo podrá creer.

—Uhm… —Es todo lo que consigo decir.

Me dejo arrastrar más y más cerca de las tres chicas, quienes parecen estar disfrazadas con papel film. Y sé que no voy a cambiar nada, pero hago una pausa antes de alcanzarlas.

—¿Estás segura de que quieres tener un conflicto con ella? Es como tener un blanco en la espalda.

Se ríe y agita la mano, desestimando mis palabras.

—Tú ves un blanco, yo veo un reflector.

Jayla toma un trozo de tarta para cada uno de nosotros, lo cual significa que tiene que pasar rozando a Bella.

—Oh, hola, Bella. ¿De qué se supone que vais?

Bella señala el letrero pegado a su cuerpo que dice: *Vence el 31 de octubre.*

—Somos las sobras —dice, como si fuera algo terriblemente obvio y nosotros, unos idiotas por no darnos cuenta—. ¿Y vosotros sois pokemones? —Lo pronuncia mal.

—Ash, sí. —Estoy disfrazado como el entrenador Pokémon, y Jayla, como la versión más sexy posible de su adorable amiguito que lanza relámpagos. Estaré lidiando con mis sentimientos poco naturales por Pikachu toda la noche.

Jayla parece a punto de poner a las sobras en su lugar así que la interrumpo rápidamente.

—Oye, cariño, ¿quieres que vaya a buscar ponche?

—Gracias, mi amor, me encantaría. —Sonríe, y le beso la mejilla mientras susurro «Ten cuidado», y ella sonríe otra vez.

Espero en la fila para servirme el ponche, y Hudson y Jace se detienen en la fila detrás de mí. Mientras estoy allí, encojo los hombros un par de veces, gestos muy exagerados que atraen la mirada de la gente.

—¿Crees que se mueve así mientras están haciéndolo? —le susurra Jace a Hudson.

Sueltan risitas, y Hudson le susurra algo a su vez, pero no alcanzo a oírlo. Consigo ignorarlos hasta que escucho a Hudson mascullar algo respecto de «le gusta la carne oscura».

Me vuelvo y los miro fijamente. Y sigo haciéndolo. No es tan fácil cuando alguien te mira directamente a la cara, ¿verdad? Pero luego me toca a mí servirme ponche, así que digo: «Eso no ha sido guay» y me alejo con un vaso de algo rosado que brilla que espero que le guste a Jayla.

Intento olvidarlo. Estaré bien. Tengo una novia increíble, y si hiciera una «Taxonomía de todos los que están en esta fiesta», no cabe duda de que estaría en la rama de las personas que encajan. Solo necesito encontrar a Jayla, y ella me volverá a hacer sentir como un ser humano normal. Además, nuestro disfraz es un ochenta por ciento más gracioso cuando la llevo sobre el hombro. Pero para cuando llego a «las sobras», ha desaparecido.

La encuentro en la pista de baile con Justin. Las luces los iluminan desde arriba como faros. Él se encuentra haciéndola girar e inclinarse, y parecen una pareja perfecta, salida de uno de esos musicales que Hope siempre está viendo. Y luego es como si la hubiera llamado mentalmente porque Hope aparece al lado mío, vestida como una cebra bastante ruda.

—Oye, ¿te encuentras bien? —pregunta.

Encojo los hombros.

—Nada que no puedan arreglar un poco de ponche y tarta. Salvo que, como es la temporada de lucha, ¿podrías beber el ponche y comer el pastel y luego contarme con lujo de detalles lo deliciosos que estaban?

Hope levanta un plato de tarta y arruga la nariz.

—Eres consciente de lo extraño que es esto, ¿verdad?

—Oh, por supuesto.

—Pues mientras quede claro. —Da un mordisco de tarta, y ambos nos reímos.

—¿Spencer? ¿Estás aquí?

La voz de Jayla anuncia su llegada antes de que la veamos. O de que nos encuentre. Es la sensación que tengo. Porque en cuanto nos ve a Hope y a mí juntos frente a la mesa de pastel, su risa se ahoga en el fondo de su garganta.

—Oh —dice.

Y, definitivamente, es una exclamación que no anticipa nada bueno.

Hope finge estar limpiándose polvo inexistente de sus leggings negros y blancos.

—Bueno, será mejor que vuelva a la fiesta. Nos vemos.

No será tan fácil huir.

—Te estaba buscando —dice Jayla—. Es una fiesta. Y la gente está bailando. No debería estar bailando sola cuando tengo un novio. —Lanza una mirada irritada en dirección de Hope.

—No habría estado hablando con ella si no hubieras estado bailando con Justin.

Levanta las manos al cielo.

—Estábamos interpretando el baile de un musical.

—Claro, abrazados como si estuvieras enamorado de él. ¿Por qué siempre tienes que hacer ese tipo de cosas?

—Porque tú no quieres hacerlo conmigo, y no quiero tener que dejar de bailar. —Baja la voz—. ¿Recuerdas lo que decía antes sobre ser un blanco y de ver las cosas de manera diferente? Bromeaba, pero va más allá. Siento que cuando estoy contigo no puedo brillar con tanta intensidad.

Y al instante paso de estar enojado a sentirme como la mierda.

—Lo siento mucho. Quiero decir, eso no está bien. En absoluto.

—No, no lo está. —Envuelve los brazos alrededor de sí misma como si tuviera frío, aunque el padre de Ashley ha llenado la carpa de calefactores portátiles—. Llevo todas las de perder en este mundo, y tengo muchos sueños. No puedo permitir que nada más me frene. —Parpadea con rapidez, y caigo en la cuenta de que jamás la he visto llorar—. Te quiero, Spencer. —No dice «pero»... pero de todos modos lo escucho.

—Yo también te quiero.

—Y pasaré el fin de semana siguiente contigo, no con Justin. —Me rodea con los brazos, apretándome con fuerza—. Baila conmigo.

El fin de semana que viene. Todo lo que acaba de suceder parece una estupidez comparado con eso. Pero odio bailar. Me encanta verla bailar a ella. En el último musical del colegio, o en una fiesta, o en su dormitorio. Siempre tiene una sonrisa que ilumina toda la sala.

—¿Y si te miro mientras bailas? —pregunto esperanzado.

—Claro… buen intento.

Me coge de la mano y me arrastra a la pista de baile.

Parte seis

18 años

UNA TAXONOMÍA DE PARTIDAS

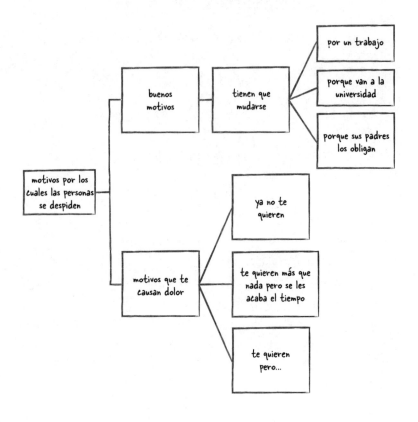

CAPÍTULO

27

Dato: para siempre termina siendo, inevitablemente, menos tiempo de lo que crees.

Paul desliza las últimas cartas Magic dentro de su mazo y me da una palmada en la espalda.

—Vamos, hombre. Es mi última oportunidad para ver a Eva.

Es cierto: Paul «el eterno solterón» Kravitz tiene una novia. Desafortunadamente, se muda a otro estado.

—¿Y si me quedo aquí mirando las fotografías que hagáis? Será como haber estado en la fiesta.

—Pues, no lo creo. —Paul me coge de un brazo, y Traven, del otro—. Vendrás con nosotros, y te obligaremos a divertirte si hace falta. Se supone que el último es nuestro año.

Hago un gesto hacia el imperio de cartas Magic.

—¿Estáis seguros de que queréis dejar todo esto?

—Sí. ¿Has *visto* a Eva?

Traven asiente.

—La he visto. Es bastante sexy, hombre.

Me arrastran fuera de mi casa por el camino de entrada.

—Es en la calle de al lado. Puedes volver caminando si resulta espantosa —dice Paul.

Dejo que me convenzan para ir a casa de Ethan y Jace, pero me detengo en el porche de entrada.

—Pero...

—Oye, todo irá bien —dice Traven mientras abre la puerta—. Está todo el colegio. ¿Qué posibilidades hay de que te encuentres con... —Se detiene abruptamente—... ella?

Jayla está junto a Sheree y Emily justo al otro lado de la puerta de entrada. Nuestras miradas se cruzan. Nuestros amigos se dispersan. Lo cual resulta ser muy solidario... gracias, chicos.

—Hola —dice.

—Hola.

Transcurren largos y terribles segundos. No estoy preparado para esto.

—Bueno, nos vemos, ¿vale? —Hago amago de irme, pero ella me toca el hombro.

—Espero que te encuentres bien. Eres un buen chico, Spencer.

Tiene una expresión de lástima en el rostro, como aquella que siempre llevan quienes abandonan a otros. Decido que es hora de huir.

—Gracias, eh, tú también.

Paso rozándola, para ir a buscar a mis amigos. Y eso es todo. Dos años, y la mitad de mis recuerdos del instituto... *puf*... han desaparecido.

Echo una mirada alrededor de la sala. Paul ya está besando a Eva. Traven ha desaparecido por completo. Dean, Ethan y Bella están sentados en el sofá bebiendo cerveza y poniéndose al día, porque Dean e Ethan han llegado hoy de la universidad para pasar las vacaciones de Acción de Gracias, lo cual es agradable para ellos, pero ¿qué necesidad? En este momento son los típicos estudiantes universitarios que vuelven al instituto.

Pruebo con la cocina. Todavía no encuentro a Traven, pero Hudson y Jace están allí intentando descubrir qué hay que mezclar con la ginebra para que tenga buen sabor. Cojo una botella de Coca Cola light de dos litros porque la temporada de lucha ya ha empezado. Hago el tic de inspirar un par de veces mientras desenrosco la tapa, y justo cuando estoy a punto de servirme, comienzo con el tic de encoger los hombros. Suspiro y apoyo la botella. Hemos estado disminuyendo la medicación durante todo el semestre porque ahora soy mayor y quizá mejore. Además, los medicamentos me nublan la mente. Lo cual significa que tarde o temprano mis tics empeorarán. Pero eso no significa que sea lo que esté sucediendo en este momento. Me refiero a que este podría ser un mal día de tics independientemente de eso. Inspiro fuerte una vez más.

—¿Estás bien, hombre? —pregunta Jace.

—Sí, claro. —Espero que se burle de mí, comience a imitar mis tics o algo, pero no lo hace.

—Sé que tú y Jayla habéis roto —dice Hudson.

—Sí, eso es una mierda —dice Jace—. Esa chica es infernalmente sexy.

Los tres miramos a mi exnovia, que se encuentra actualmente hablando con mi hermano.

—Gracias. Sí, es bastante increíble. —Hago un tic en el momento en que me llevo el vaso a los labios y casi me derramo la Coca Cola light encima, pero esto tampoco afecta a los chicos.

No sé si por fin tuvieron un despertar de su mente empática o si decidieron que ahora soy uno de la banda, pero...

—Qué culo —dice Jace.

—Apuesto a que es realmente flexible —dice Hudson—. ¿Lo es? Puedes contárnoslo, hombre.

Le echo una mirada asesina.

—¿Por qué se te ocurriría preguntar algo así?

—Uy, lo siento. —Hudson le da un codazo a Jace y susurra en voz fuerte—. Alguien que conozco sigue muy afectado por la ruptura.

Pero ni siquiera es eso. ¿Estarían realmente hablando así de Jayla si fuera blanca? Y se me revuelve el estómago porque tengo la horrible sensación de que mis amigos y yo hacemos lo mismo. Quizá no sea tan terrible como lo que hacen Hudson y Jace, pero ¿acaso «sensual» y «sexy» no es lo primero que se me ocurre cuando la veo?

Pienso en decir algo más, pero ya han cambiado de tema.

—Oye, Hudson, mira. Aquel chico admirador de *Mi pequeño Pony* lleva pantalones de cuero.

Hudson se inclina hacia la puerta para ver mejor.

—¿Qué diablos?

Jace se ríe.

—Vaya, ahora está hablando con Ashley. Será mejor que tengas cuidado. Te quitará a tu novia.

—Ese chico será virgen el resto de su vida.

Aprieto y aflojo los dedos al costado del cuerpo. Se ponen a imitar la voz de Ashley cuando llama a Hudson llorando. Lo cual, aparentemente, sucede cada dos días.

Vaya, es evidente que el despertar empático de este par era un espejismo. Supongo que están siendo amables conmigo porque ahora me ven como uno de ellos. Pero en lugar de alegrarme, me siento fatal.

Salgo al jardín y me siento sobre el trampolín con los pies rozando la cubierta de la piscina. (El señor y la señora Wells ya la han clausurado para la temporada de invierno. Claro que eso no va a detener a los adolescentes que atestan la casa de arrancar la cubierta a las tres de la mañana).

Alterno la mirada entre observar a través de los cristales a la gente que baila en el salón y leer un artículo en mi teléfono sobre el uso de la optogenética para controlar el comportamiento de la mosca de fruta. Soy, desde luego, el tipo más guay de esta fiesta y, es muy probable, de todo el universo.

No advierto los pasos de Hope sobre el sendero de ladrillos ni cuando se detiene detrás de mí, pero sí cuando se sacude el trampolín, y fisgonea por encima de mi hombro para echar un vistazo a mi teléfono.

—¿Qué haces?

Meto rápidamente el teléfono en mi bolsillo.

—Nada. Estoy leyendo. —Señalo la ventana—. Pienso en el hecho de que no encajo con un acuario de bailarines borrachos.

Hope hace una mueca.

—Estoy bastante segura de que eso es algo bueno.

Pero en este momento tengo el ánimo sombrío. Me hundo aún más sobre el trampolín.

—Oye. —Choca su hombro contra el mío—. Encajas conmigo. Eres la única persona que conozco que sabe que nunca seremos demasiado mayores para subir a los árboles de pecanas.

No puedo evitar sonreír.

—¿A quién le importa que no encajes con los otros? Ellos ni siquiera saben cómo hacerme reír tras lo de Janie, ni irán de visita a los siete continentes, ni viajarán a Nueva Zelanda para ver los gusanos luminosos más geniales que existen, ni vivirán en una casa enorme sobre una colina, con árboles que la atraviesan desde adentro.

Levanto las cejas. Ella encoge los hombros.

—Es algo que he visto.

Podría sumarme a eso.

—¿Y un pasadizo secreto?

—Obvio, un pasadizo secreto. Puede conducir a la biblioteca, que será lo suficientemente grande para necesitar aquellas escaleras corredizas en las que puedes dar una vuelta.

—¡Oh! Y un montaplatos. Siempre he querido subir en uno de esos.

Asiente.

—Y un laberinto de setos.

—SÍ.

—¿Ves? Haremos cosas que ellos jamás podrían imaginar.

Ha dicho «haremos». Al principio creía que estaba hablando sobre nuestros futuros por separado o quizá de cosas que ambos queríamos, aunque no necesariamente *juntos*. Pero ahora que lo ha dicho, me doy cuenta de que lo quiero. Quiero que seamos un nosotros.

Está esperando a que diga algo. Pero, no, no puedo permitir que me guste. No fue hace tanto que casi nos perdemos el uno al otro para siempre. Quizá sienta que le gusto en este momento, pero probablemente solo esté imaginándomelo. No pienso volver a arruinar las cosas.

—Suena genial. —Es todo lo que consigo decir.

—Sí —dice, y sus mejillas enrojecen.

Miro hacia atrás a la ventana. Si entrecierro los ojos, puedo distinguir cuál de las personas en el acuario bailable es mi novia, bailando con otro chico. Ex. Exnovia.

—¿Quieres irte de aquí? —pregunto—. Creo que tengo ganas de regresar caminando a casa.

—Claro.

No quiero encajar con estas personas que se burlan de otras personas. Una cosa es que se burlen de mí, pero estar al otro lado me provoca náuseas. Imagino una taxonomía de esta fiesta... no quiero estar en ninguna rama que incluya a Hudson y Jace. ¿Por qué sentía que necesitaba esto con tanta urgencia? ¿Y cuántas cosas me he perdido en mi vida mientras me estrujaba los sesos intentando agradarles?

Traven sale de la casa.

—Oh, lo siento —dice, como si estuviera interrumpiendo algo.

—No, no pasa nada —respondo.

—Ah, qué bien. —Suspira aliviado—. Porque allí dentro algunos tíos están comportándose como verdaderos idiotas, y tengo ganas de irme.

Hope sonríe.

—Nosotros estamos a punto de irnos. A una zona libre de idiotas.

Camino a casa con mis amigos, y ni siquiera me preocupa quién hace qué dentro de aquella casa y lo que quizá piensen de mí. Si es una cuestión de nosotros versus ellos, siempre quiero estar del lado de las personas que eligen la bondad y no el odio.

CAPÍTULO
28

Para ser noviembre hace calor y está húmedo. El tipo de clima en el que la atmósfera alcanza su humedad máxima sin que de hecho llueva, y uno quisiera que el cielo acabara con su tormento y escurriera las nubes de una buena vez.

Y lo hace. Una única gota fresca de lluvia cae sobre mi mejilla. Otra, sobre el dorso de mi mano. Tras cerrar la camioneta de un portazo, Dean y yo nos lanzamos corriendo hacia las escaleras del porche, aunque sería un placer que nos pillara la lluvia. Con cada gota que rebota sobre el suelo, casi es posible oír un silbido de alivio. La lluvia con sol siempre ha sido el clima favorito de Hope para salir a correr.

—Pam, ¿tenemos más SunChips? —grita Dean al entrar en la casa. Hace cuarenta y ocho horas que llegó y ha dedicado por lo menos la mitad de ese tiempo a comer.

—Están en la despensa. —Oigo el estruendo de mi hermano golpeando cajas y recipientes.

»El último estante —grita Pam.

El crujido se detiene.

—Ah, sí.

Entra en la cocina comiendo una mini bolsa de patatas con sabor a cheddar (aclaro: una opción inferior a las que tienen sabor a tomate y jalapeño). Miro fuera de la ventana. En el jardín de los Birdsong, vestida de pies a cabeza con el equipo de *running*, se encuentra Hope. Inclina el rostro hacia el cielo y deja que la lluvia se deslice sobre sus mejillas. Y es difícil darse cuenta a esta distancia, pero apuesto lo que sea a que está sonriendo.

Al instante, comienza la carrera, subiendo a toda velocidad el sendero de tierra que serpentea a través del bosque detrás de nuestras casas. Me dan ganas de salir a correr también o, quizá, a dar una vuelta en bici.

Inhalo, encojo los hombros y vuelvo a inhalar en rápida sucesión. Pam levanta la cabeza de inmediato.

—¿Cómo van los tics?

—Bien —respondo velozmente, aunque estoy bastante seguro de que no es cierto. Desde que he pasado de dos pastillas por día a una, las cosas no han ido bien.

—¿Han vuelto los dolores de cabeza? —pregunta.

—Sí, pero también los he tenido las dos últimas veces. —Los dolores de cabeza y los latidos acelerados, pero el doctor dijo que son síntomas de abstinencia normales, sobre todo porque la medicación se desarrolló originalmente como un fármaco para la tensión arterial.

Sigo haciendo tics (bueno, por supuesto que estoy haciendo tics ahora que Pam me mira así), y ella sigue observando. Sip, definitivamente, llegó la hora de marcharme.

—Creo que voy a salir a dar una vuelta en bici —digo.

—No con esta lluvia —dice Pam.

—Es solo un poco de lluvia.

—Sí, por ahora. —Da un golpecito a la pantalla de su celular—. Viene una tormenta eléctrica. Quizá incluso granizo.

—¿Granizo? ¿Es que graniza aquí en el sur? —pregunta Dean.

—¿Estás segura? —pregunto al mismo tiempo—. Hope acaba de salir a correr.

Solo hay un curso lógico de acción: tengo que detenerla. No espero a que Pam proteste. Me lanzo fuera y cruzo el jardín a toda velocidad para subir corriendo el sendero. La mayoría de las hojas han sido trituradas hasta no ser más que polvo bajo mis pisadas. La lluvia me empapa el pelo y la camiseta (lo cual se siente genial) y mis vaqueros (lo cual es absolutamente fastidioso). Corro aún más rápido. Cuanto más rápido la alcance, más rápido podré regresar a casa a cambiarme. Estoy en buen estado físico. Practico un deporte universitario. ¿Cómo de rápido puede correr Hope?

Condenadamente rápido. Así de rápido. Tan rápido como para hacerme morder el polvo.

He estado corriendo a toda velocidad, y aún no la veo. Ni siquiera un destello de pelo blanco. Y ahora, para hacerlo aún más divertido, el agua se escurre por mis piernas, empapándome los zapatos y los calcetines. Cada vez que doy un paso, se oye un doble chapoteo. Uno, por mis zapatos empapados. Otro, por el barro que me retiene. Intento evitarlo, pero tengo los vaqueros duros y pesados, y me he vuelto completamente torpe.

—¡Hope! —Quizá debería haber pensado antes en gritar su nombre.

»¡Hope! —Raíces de árboles y zarzas intentan apresar mis pies, y tengo que saltar encima de ramas caídas. La lluvia cae tan densa que apenas distingo el sendero.

»¡HOPE! —Entonces mi pie se clava en un trozo de tierra suelta y se hunde dentro de un hoyo. Caigo al suelo estrellándome dentro de diez centímetros de lodo.

Vaya, esto es estupendo. Simplemente, estupendo. No encuentro a Hope por ningún lado, estoy empapado y cubierto de barro, y, mierda, acabo de intentar mover el pie y tengo una pésima sensación.

Esto es malo por donde se lo mire. Si me impide competir... No, ni siquiera quiero pensar en eso. Preocupémonos de los asuntos que son importantes en el presente. Concretamente, estoy solo en medio de la nada y quién sabe si puedo caminar en este momento.

Forcejeo para liberar el pie. Parece ser un sitio donde ha muerto un árbol, y las raíces y todo el resto se hubieran podrido. Doy un paso incierto. Está bien. Está bien. Duele, pero puedo hacerlo. Eso, seguramente, quiere decir que no está roto. Intento dar otro paso.

—¿Spencer?

Me quedo paralizado. Hope se encuentra en el medio del sendero con el ceño arrugado por la confusión, el pelo más rubio que blanco ahora que está empapado de agua de lluvia, y...

Maldición. Su camiseta también está empapada. Y es blanca. Se ciñe a su cuerpo dejando entrever trozos de piel, y su sujetador deportivo es color rosa oscuro, y... no puedo seguir mirándola.

—¿Qué haces aquí?

Mantengo la mirada fija en su cara.

—Estaba buscándote. Pam dice que habrá una tormenta eléctrica con granizo, y te vimos salir corriendo al bosque...

—¿Granizo? ¿En el sur de Georgia?

Encojo los hombros.

Como si fuera una respuesta, el granizo comienza a caer con fuerza a nuestro alrededor. Pequeños fragmentos duros que atraviesan los árboles como balas y aterrizan con golpes suaves sobre las hojas esparcidas en el suelo.

—Mierda —sisea Hope, frotándose el brazo. Aparta la mano para dejar al descubierto un magullón rosado del tamaño de una moneda.

Nos miramos, y sé que ambos estamos pensando en lo mismo: si intentamos llegar a casa, nos masacrará.

Cambio el peso de lado y tengo que apoyarme contra un árbol para no perder el equilibrio. A veinte metros de este árbol hay otro árbol. En fin, estamos en el bosque, así que hay árboles por donde se mire, pero me refiero a que hay un árbol que, de hecho, reconozco. El puesto de árbol de papá, aquel en el que él y Dean pasan el rato, está en lo más alto.

—Vamos —grito.

Le cojo la mano, pero cuando intento correr estoy a punto de hacer que caigamos juntos en el barro.

—¿Qué haces? —Parece un poco enfadada, y no la culpo.

—Mi padre tiene un puesto de caza en un árbol que está más allá. Podemos esperar allí a que pase la tormenta.

Hope ahueca la mano sobre la ceja.

—Sí, está bien.

Luego desliza un brazo alrededor de mi cintura.

—Pero…

—No finjas que no necesitas que te ayude.

Se me ocurre protestar de nuevo, pero me lanza una mirada furiosa y tengo que callarme. No sé cómo conseguimos caminar, tropezar, lanzarnos a través de las capas de enredaderas y malezas que cubren el suelo, y llegar a la escalerilla que cuelga del puesto de caza. Me disculpo aproximadamente un millón de veces. Pero ahora tenemos que llegar a lo más alto. ¿Y he mencionado que el granizo sigue acribillándonos?

Subo primero, con Hope ayudándome por detrás. En un momento, me resbalo, y tiene que sujetarme el trasero para evitar que caigamos juntos al suelo. Cuando al fin siento los tablones de la plataforma, podría llorar de felicidad. Ruedo sobre la tarima con la ayuda de Hope y me arrastro dentro. Realmente, es como una casa en el árbol para adultos. El tejado no es lo suficientemente alto para estar de pie, pero evita que entre el granizo y gran parte de la lluvia. Me recuesto sobre el suelo, jadeando.

—Esto ha sido horrible.

Hope se ríe.

—Quizá no deberías intentar rescatarme todo el tiempo. La verdad es que no funciona para ti.

—Este ha sido un gran rescate —señalo con sorna—. Estamos a salvo, ¿no?

—Oh, claro. Ha sido… eh… muy valiente de tu parte. Sobre todo, la parte donde tuve que empujar tu trasero para que consiguieras subir hasta aquí. Muy galante.

—Gracias. —Cruzo los brazos sobre el pecho y me enderezo para recostarme contra la pared.

Hope se deja caer a mi lado, y como el puesto es tan pequeño, tiene que sentarse pegada a mí.

—Me alegra saber que mis habilidades son apreciadas —digo—. Mientras tanto, si pudieras evitar meterte en situaciones de riesgo de vida, me harías la vida mucho más fácil.

—¿Bromeas? No había manera de que me perdiera esta oportunidad. Son condiciones ideales para correr. Quiero decir, antes de que comenzara a granizar.

—Ja. —Me quito los calcetines y los zapatos porque siguen empapados y llenos de barro. Quisiera poder quitarme también los pantalones, pero seguramente sería incómodo.

Hope se inquieta por mi tobillo que está A) hinchado, B) poniéndose morado, y C) haciéndome ver las estrellas de dolor. Luego se coloca de nuevo a mi lado, y estamos hombro con hombro, pero está bien porque somos amigos. Solo necesito permanecer indiferente. Quiero decir, si me alejo, todo será mucho más obvio.

—¿Alguna vez tienes un día que parece una metáfora de toda tu vida? —pregunta.

—Hum. —Honestamente, no sé de qué habla.

Sonríe.

—Supongo que no. —Retuerce la camiseta para escurrir un poco de agua, pero a pesar del hilo de pequeñas gotas que caen al suelo, aún parece un gato recién bañado—. Estaba pensando en que salí corriendo para encontrarme con la tormenta por la preocupación que tengo de perderme algo. Tengo tanto miedo todo el tiempo porque hay tantas cosas que quiero hacer y ver, y ¿si no consigo hacerlas?

—Oye, claro que podrás hacerlas. No conozco a nadie que tenga tanto impulso como tú.

Sacude la cabeza.

—Pero ella no pudo. Y yo quiero hacer muchas cosas, Spence. No me alcanza una vida para hacerlas, y una vida como la de Mimi. Pero ¿y si no vivo tantos años? Janie tenía muchos planes y ahora ya no está. ¿Por qué tiene que morir la gente? Es tan horrible.

No sé qué decir, así que presiono mi hombro y mi cadera contra los suyos como intentando enviarle mensajes. Parece funcionar.

—Lo siento. Sé que las personas normales no están todo el tiempo pensando en lo triste que resulta que la gente muera, pero a veces no puedo pensar en otra cosa. Pienso en no poder leer un libro nunca más, ni tener un pensamiento, ni dar un beso, y es muy espantoso. A veces, lo único que hago es pensar cómo sería no poder pensar más. Cómo será cuando no esté más.

—No creo que sea raro tener miedo de eso —digo. Me muerdo el labio y pienso en ello un rato—. ¿Crees en el cielo?

—Sí. —Sus ojos se vuelven un poco desesperados—. Sí, tengo que hacerlo porque tengo que creer que volveré a verla.

Asiento.

—Yo también.

Ninguno de los dos dice nada durante un rato.

Hope se aparta el pelo del rostro.

—¿Te he contado que he estado intercambiando e-mails con su novio?

—Oh, guau, no lo sabía. ¿Cómo se llamaba?

—Nolan.

—Cierto. Nolan. —Creo que recuerdo haberlo conocido en el funeral.

—De hecho, vamos a visitarlo en Sudáfrica una semana entera. Mamá, papá, todos. —Sonríe al imaginarlo—. Nos vamos en un par de días. Oh. Me acabo de acordar. Tengo que preguntarte si puedes revisar nuestro buzón cuando no estemos.

—Claro. Así que, dime, ¿cómo es?

—Es… interesante.

Suelto un bufido, y Hope se ríe.

—No, no me refiero a eso. Es solo que sus otros novios se parecían mucho a Dean, y este era más… —Se sonroja—. Pues, es diferente.

Supongo que no me sorprende enterarme de que los novios de Janie se parecían más a Dean. Los Dean del mundo consiguen a las chicas. Es como una ley de la naturaleza.

—Creo que me estoy dando cuenta de que mi hermana no lo tenía todo resuelto. Quizá ella también estuviera intentando resolver cosas. —Hope tirita y se frota los brazos—. De cualquier manera, gracias por escucharme. Jamás pude hablar de esta clase de asuntos con Mikey. Fue uno de los motivos por los cuales rompí con él.

—Ah, ¿sí? —Intento no sentarme un poco más erguido, pero casi nunca habla de su ruptura con él—. ¿Qué tipo de asuntos?

—No lo sé. ¿Cuestiones más sinceras? Quizá no sea eso. No es que finja cuando estoy feliz. Pero a veces no soy feliz. Me parecía que nunca podía estar seria con Mikey… por lo menos podía estar enfadada. Y con la mayoría de las personas no puedo estar triste ni enfadada.

¿Está mal que me sienta tan bien escuchándola decir eso de Mikey? Oh, me está mirando expectante. Esta es la parte en la que se supone que tengo que decir algo.

—Eso debe ser muy difícil.

Encoge los hombros.

—No pasa nada. Creo que mientras haya una persona a la que puedas contarle tus cosas, puede ser suficiente.

Me coge la mano y descansa la cabeza contra mi hombro. Pero está bien, porque los amigos pueden hacer eso, ¿verdad? Y nuestras palmas se unen sin entrelazar los dedos, así que casi no cuenta.

—Gracias por ser mi amigo. De nuevo. Me alegra que no te hayas dado por vencido —dice.

Está hablando muy cerca de mi rostro, pero está bien. Creo que los amigos también pueden hacer eso.

Luego se inclina hacia mí como si fuera a besarme. Bueno, si algo he aprendido del pasado es que, definitivamente, los amigos no se besan. Jamás. De hecho, es suficiente para provocar un cataclismo entre ellos. Así que, a pesar de que nuestras bocas estén tan cerca, y sus párpados estén a medio cerrar, y pueda sentir su aliento contra mis mejillas y vea la lluvia escurriéndose de las puntas de su pelo…

Me besa.

Ligeramente, sobre los labios, y solo un instante. Bombas atómicas estallan dentro de pequeños globos de pensamiento sobre nuestras cabezas. Y luego nos estamos mirando, observando los efectos en los rostros de uno y otro. Sus ojos expresan todo lo que estoy sintiendo: esto no puede ser cosa de una sola vez. Tiene que suceder de nuevo.

Ahora. Tiene que suceder ahora.

Me inclino de nuevo hacia delante, y esta vez sus labios están entreabiertos, y distingo la pequeña medialuna de su lengua dentro de la boca, y quiero tantas cosas.

Pero antes de que podamos volver a besarnos, dice:

—No puedo.

Mi boca se abre y se cierra. ¿Lo habré malinterpretado todo? *¿De nuevo?* No lo comprendo. Fue ella quien me ha besado primero.

—No, no es eso. —Me aprieta el hombro como si eso significara algo.

No funciona. Allí donde se supone que tienen que estar mis pulmones no hay más que colibríes.

—Lo siento. Creí…

—Está bien.

Ahueco mi mano sobre la boca.

—Oh, cielos, lo siento mucho.

—Quería hacerlo. —Respira hondo—. Quiero hacerlo. Pero...
pues, hay algo que tengo que hacer antes.

Tengo tanto miedo de que todo esto vaya a desaparecer.

—Pero ¿después?

—Después.

Parece una promesa.

Hope me ayuda a subir el porche trasero, y la observo entrar en su
casa hasta que el último destello de pelo blanco desaparece al cerrar
la puerta. Luego corro a toda velocidad (en realidad, salto torpe-
mente sobre un pie) arriba, a mi habitación. Abro con estrépito la
cortina metálica. La ventana de Hope está justo en frente, y si
consigo verla, significará, pues, no sé, ALGO. Necesito saber, ¿está
bailando alrededor de su habitación? ¿Cepillándose los dientes re-
petidamente?

¡Ahí está! ¡Cruza al otro lado de la habitación! Está... oh, mierda, también está mirando a través de la ventana, y acaba de verme.
Me aparto con la espalda contra la pared entre resoplidos y jadeos.
Qué vergüenza. Espera, un momento. Ella también estaba mirando. TAMBIÉN ESTABA MIRANDO. Vuelvo a echar una mirada
furtiva, y sigue ahí. Me saluda con la mano antes de cerrar las cortinas metálicas.

Me llevo las manos al corazón. Esa sonrisa. Ese saludo con la
mano. Me deslizo sobre una nube hacia mi cama y caigo de espaldas completamente despatarrado.

CAPÍTULO 29 ♥

Recapitulando.

– Hope y yo nos hemos besado.

– Ninguno tiene novio/novia.

– No tengo idea de lo que debo hacer ahora.

Por supuesto, el siguiente paso es involucrar a Paul. Lo sigo abajo a su sótano para jugar fútbol de mesa, lo cual estoy casi seguro de que es una terapia homeopática para problemas de vínculos. Me muevo con lentitud, con cautela, con cuidado de no apoyar el peso sobre el tobillo (que, por suerte, no se rompió ni me hice un esguince, y solo está hinchado y magullado, o algo así).

—No veo por qué tienes que volverte loco —dice—. Basándome en todo lo que me acabas de contar de lo que sucedió en la casa del árbol…

—*Puesto* del árbol.

—Lo que sea. Saldrá todo genial.

—Ah, pero luego está lo que sucedió hace dos horas.

Hace girar su jugador de madera de un lado a otro, intentando sacar una bola de una esquina.

—¿Qué pasó hace dos horas?

—La vi cuando salía de la casa, y le dije: «Hola, Hope». Pero parecía muy nerviosa, y enseguida comenzó a decir: «Oye, lo siento. No puedo hablar en este momento. Tengo que encontrarme con mi

padre para ir a buscar algunas cosas para el viaje, y llego tarde».
Entonces, yo...

Paul tira hacia arriba uno de sus tiradores y la bola sale dispara-
da hacia el otro lado de la mesa y se estrella contra la parte posterior
de mi arco con un golpe seco.

—¡Terminator!

Alzo las cejas.

—Disculpa, ¿qué?

Pongo los ojos en blanco, pero estoy riéndome.

—Se estaba yendo, y le dije: «Oh, está bien, ¿qué te parece...?».
Y luego sonrió y me apretó el hombro y dijo: «Más tarde. Me tengo
que ir».

—¿Eh? «Me tengo que ir».

—Pero no era una mala excusa.

Paul se muestra más escéptico.

—¿Hay alguna excusa que sea buena?

—No lo sé. —Mete otro gol—. ¡No estás ayudándome!

—Estoy ayudando a patearte el culo en el fútbol de mesa.

—Ja.

Podría preguntarle a Dean... tiene mucha experiencia con
chicas. Mi cerebro desesperado intenta olvidar por un segundo
que Hope está incluida en ese cúmulo de experiencia. Me estre-
mezco.

Paul es de escasa utilidad, a pesar de su reciente experiencia con
las chicas, pero ser derrotado tres veces seguidas en el fútbol de
mesa tiene un efecto positivo sorprendente en mi ánimo. Definitivamente, no me voy a poner nervioso (bueno, no demasiado) camino a casa.

Sigo pensando en Dean. ¿Y si no le digo que es Hope? ¿Si solo le
digo «una chica»? De todos modos, seguiría sintiéndome infeliz.
Quizá deba preguntarle a Hope misma. Sí, o por lo menos saludarla. Asegurarme de que esté bien.

Salgo de la camioneta y me detengo en el porche delantero, con las llaves en la mano, pensando qué hacer.

Luego la veo salir de su casa. ¡Camina hacia aquí! ¡Esto es incluso mejor! Pero antes de que pueda alcanzar los escalones del sendero que conducen al porche, se desvía como si fuera hacia el lado de la casa. Corro al borde del porche. De hecho, *está yendo* al costado de la casa. Se arrodilla delante de la ventana de Dean. Mete la mano en el espacio donde él mantiene la ventana entreabierta.

Esto no está sucediendo.

Hope no acaba de abrir la ventana de Dean para entrar en el dormitorio. Y yo no me encuentro descendiendo de un salto por encima de la barandilla del porche y siguiéndola como una especie de patético perro callejero. Oigo el rechinamiento de la cama cuando aterriza encima. Él también, porque se vuelve de donde está hurgando en su armario, y su rostro se enciende. Me quedo paralizado porque no quiero que me vea. Me quedo paralizado porque la chica que quiero, la chica que creí que por fin también sentía algo por mí, está encima de la cama de mi hermano, y me convierte en piedra.

No parecen estar enfadados el uno con el otro. Ella le dice algo, pero no alcanzo a oírlo. Y luego él le responde, y ella rodea su cuello con los brazos, y él la atrae aún más de la cintura como si hubieran hecho esto cientos de veces. Porque, por supuesto, lo han hecho.

No puedo seguir mirando.

No sé qué hacer conmigo mismo. Voy a mi habitación y me recuesto sobre la cama, sabiendo que Hope sigue en mi casa en este instante haciendo quién sabe qué con mi hermano. No comprendo cómo puede besarme un instante y al siguiente desearlo a él. Continúo dando vueltas a la información en mi cabeza, intentando organizar nuestros sentimientos y clasificar lo que somos el uno para el otro, pero no hay solución. No le encuentro ningún sentido.

Salvo… Ni siquiera quiero admitirlo yo mismo. Salvo que el beso en el árbol haya sido una anomalía. Porque Dean siempre consigue a la chica. Ese es el patrón, ¿verdad? Por supuesto que Hope lo elegiría a él antes que a mí. De nuevo. Cualquiera lo haría. Todo el mundo lo hace. Son cosas que ya sé, pero duelen más ahora que nunca.

—¿Spence? —Está en la puerta.

Hope está en la entrada de la habitación, y tiene una sonrisa tan grande (por supuesto que la tiene), y luego se sienta junto a mí sobre mi cama. Me recuerda a aquella vez en el desván. Sé cómo termina esto. Salvo que no creo que pueda lidiar con otra dosis de su cóctel de compasión y felicidad.

—Hola —dice, de nuevo, sonriendo. Parece a punto de saltar de alegría.

—Hola. —Cruzo los brazos sobre el pecho, pero ella ni siquiera puede detectar mi amargura.

—Perdona por que haya tenido que salir corriendo antes. —Vuelve a sonreír. Si no deja de hacerlo, mañana le dolerá la cara—. Pero ahora estoy aquí.

Ahora. A diferencia de donde estaba hace cinco minutos.

Las sonrisas finalmente desaparecen.

—Pareces desanimado. ¿Te encuentras bien?

Intenta adoptar una expresión adecuadamente compasiva. Me irrita que no lo logre en absoluto.

—No, ¿sabes qué? No estoy bien. Estoy harto de que durante los últimos cinco años me hayas dado falsas esperanzas. Y estoy realmente cansado de ver cómo te metes con Dean.

—¿De qué estás hablando? Yo…

Hay una furia ardiente que perfora el espacio donde solía estar mi corazón. No estoy dispuesto a escuchar sus excusas.

—Solo deja de hablar de una buena vez. He acabado contigo y tus mentiras. Felicitaciones por ser una de las chicas de Dean.

Hope se hace un ovillo, muriéndose por dentro: lo veo en su mirada. Lo cual es bueno. Porque quizá ahora estemos en iguales condiciones.

Se pone de pie y me mira cinco segundos.

—No puedo creer lo que me estás diciendo —dice finalmente. Su voz se rompe, y desaparece.

Creo que también desaparecen todas nuestras oportunidades.

CAPÍTULO 30

Hay muchas buenas razones para que hoy no vaya de caza con papá y Dean:

1. Dormir: me encanta. Levantarme al amanecer un día en que no hay colegio no es mi idea de pasarlo bien.
2. Un cierto incidente relacionado con una cuchilla de hoja flexible Bubba y una incierta cantidad de vómito.
3. No quiero darle un puñetazo sin querer a mi hermano.
4. De todos modos, no se darán cuenta de que no estoy.

Siempre ha sido así. Incluso cuando vamos a hacer camping. Cualquiera creería que estar los tres apiñados en una carpa, las únicas tres personas en cientos de kilómetros a la redonda, nos uniría. El fresco aire de montaña y la conexión entre hombres, y toda esa mierda. Pero siempre están fuera cazando. O elaborando estrategias para cazar. O compartiendo historias sobre «La caza». Y yo me encuentro inclinado sobre mi lupa, intentando marcar más insectos en mi viejo ejemplar de *The National Audubon Society Field Guide to Insects and Spiders*.

Pero ninguna de las razones arriba mencionadas es el motivo más importante por el que no iré hoy de caza. No, no, no. En cambio, la verdadera razón es:

Hoy es el miércoles antes del Día de Acción de Gracias, lo cual significa que la intensidad de papá alcanzará niveles estratosféricos, y si no consigue cazar a un pavo salvaje, regresará a casa con un pavo comprado y una sobrecarga de humillación.

Cuando me despierto la mañana de Acción de Gracias, hay un saco de arpillera con un pavo recién cazado, apoyado sobre la isla de la cocina, y todo está bien en el mundo. Los héroes conquistadores emergieron victoriosos de la excursión de caza realizada ayer, y ahora es cuando siento que realmente puedo hacer un aporte. Tengo un conjunto particular de habilidades y, si bien esas habilidades no incluyen la caza, sin dudarlo, incluyen comer. Y el Día de Acción de Gracias es el único día de toda la temporada de lucha para el cual hago una excepción.

Me pasé casi todo el día de ayer ayudando a Pam a preparar los pasteles: mora y manzana, chocolate y pecana, calabaza, cereza y crema de coco. Esta mañana comenzó con las verduras, y me ocupé de los boniatos con cubierta crocante de azúcar negra y pecanas. Mimi está preparando estofado Brunswick, que, en realidad, no es un plato de Acción de Gracias, pero a nadie le importa porque Mimi prepara un estofado Brunswick espectacular con carne de venado. Y si uno quisiera atenerse a la tradición, se supone que se prepara con ardilla, pero, francamente, ¿quién quiere comer ardilla? Creo que lo está preparando más que nada para aprovechar el venado que Dean cazó ayer y, aunque odie ir a cazar con papá y Dean, sigo pensando que es bastante bueno que jamás cacen más de lo que podamos comer.

—¡Spencer! ¿Dónde has estado, mi gallinita? —Mimi me estruja en un fuerte abrazo que huele a su loción de manos con aroma de limón dulce. Y de seguridad. Si la seguridad tuviera un olor, definitivamente sería el de limón dulce—. ¿Te importaría volver a sacar la basura? —pregunta—. Parece que durante la fiesta de Acción de Gracias generamos una mayor cantidad de residuos.

—Espera, deja que meta estas antes. —Pam avanza para arrojar algunos recortes de corteza de pastel, pero Mimi la detiene.

—Oh, no, querida. Guárdalas para el plato de las zarigüeyas.

Algunas personas tienen compost. Mimi alimenta a las zarigüeyas. Solo ella tiene el corazón lo suficientemente grande para incluir a las zarigüeyas (o a los mapaches, o a los Morlocks que se alimentan de carne humana, o lo que sea que venga en mitad de la noche a comer los restos de comida). En serio, es bastante impresionante. ¿Alguna vez habéis *visto* a una zarigüeya? En comparación, las ratas parecen adorables.

El rostro de Pam se frunce. Es evidente que no comparte la afinidad de Mimi por estos marsupiales de cara poco agraciada.

—Toma. —Deposita los restos enharinados en las manos de Mimi—. Dejaré que tú te ocupes de eso.

Pam y Mimi son incapaces de preparar una comida sin provocarse (demasiadas mamás osas en la cocina), y hoy no espero un milagro de Acción de Gracias, así que cojo la bolsa de basura y salgo rápidamente, no sin antes oír a Pam mascullando algo sobre las plagas.

Me encuentro cerrando la tapa del cubo de la basura cuando oigo:

—Hola, Spencer.

Mi padre sale de detrás de la pila de leña, el humo del cigarro, impregnando su ropa. Espero que sepa que no engaña a nadie.

—¿Sí, señor?

Se frota la parte delantera de su chaqueta.

—Escucha, tengo un importante día de rebajas planeado para el Black Friday, y me parece que estaremos cortos de personal.

—¿Quieres que ayude? —Intento que no suene como si importara demasiado.

—La tienda estará bastante atestada de gente...

—Oh.

—He estado observándote trabajar. Me da la impresión de que estás mucho más cómodo hablando con la gente. ¿Crees que podrás manejarlo?

Lo *ha notado*.

—Sí, sí, por supuesto.

Sonríe.

—Vaya, estupendo.

Le devuelvo la sonrisa.

—Sí.

—Bueno, voy a tomar un poco más de aire fresco. Te veré adentro.

—Está bien.

Caminará alrededor del jardín hasta que se disipe el olor a cigarro, pero estoy tan feliz que ni siquiera me importa. Todo lo que me enseñaron en el campamento y lo que aprendí conociendo a otras personas con Tourette, y buscar una manera de explicárselo a las personas de un modo que me haga sentir más seguro... jamás hubiera creído que todo aquello me hubiera servido igual que mis medicamentos, pero ahora creo que todo está rindiendo frutos. Cuando vuelvo a entrar, Mimi está preparando té dulce.

—Pero ¿Pam no lo ha hecho ya? —pregunto.

Mimi echa un vistazo a la cocina y me rodea con el brazo mirándome de manera cómplice.

—Esa mujer no puede preparar té dulce ni para salvar su vida, Dios la bendiga. —Revuelve aún más rápido—. He vertido el suyo en el desagüe, y este estará listo en el refrigerador antes de que salga de la ducha. ¿Me cuidas la espalda?

Cruzo los brazos como si realmente me estuviera tomando mi tiempo para pensarlo. Mimi parece escandalizada.

—Sabes que te cuido la espalda.

—Y yo cuido la tuya, pajarito.

Guarda en el refrigerador la jarra recién preparada con té dulce, y subo a ponerme el polo y el pantalón caqui porque es una costumbre que tenemos el día de Acción de Gracias. También llevo el hielo, para poder sentarme en la cama y descansar aplicando una vez más el método RICE —reposo, hielo, compresión y elevación— a mi tobillo.

Aplicar el método RICE es bastante aburrido. Me quedo mirando el techo unos minutos, y luego intento releer *Harry Potter* por la octogésima séptima vez mientras Lord Voldemort me juzga en silencio por mi forma de llevar las cosas con Hope.

—Amigo, sé que fue un golpe bajo. No tienes que mirarme así.

En respuesta, le arranca de un mordisco la cabeza a un grillo.

Vuelvo el cuerpo para no verlo porque ocho ojos juzgando a alguien al mismo tiempo resulta demasiado. Supongo que me dejo llevar por la lectura y los sentimientos de odio contra mí mismo, porque para cuando regreso abajo, Mimi se ha ido y Pam está llorando.

—No puedo creerlo —dice.

—¿Es por el té?

—¿Qué?

—Nada.

—Los panecillos. —Pam se ha puesto a sollozar sin consuelo—. Los he dejado demasiado tiempo en el horno mientras me vestía, y ahora están completamente achicharrados.

Los panecillos son lo único que no se prepara en casa el día de Acción de Gracias (bueno, eso y la salsa de arándanos… hola, mi amigo delicioso y gelatinoso). Son solo unos panecillos de la tienda. Nada del otro mundo.

Intento decírselo a Pam.

—No te preocupes. Son lo que menos importa del día de Acción de Gracias.

—Pero son los favoritos de tu padre.

—Hum. —Comienzo a sentir que esta situación me excede por completo cuando entra Mimi en la cocina. Oh, gracias al cielo.

—No te preocupes. —Envuelve a Pam en un abrazo—. Enviaré a los chicos a comprar más, y regresarán en un santiamén. Has preparado una cena encantadora.

Pam asiente y llora, y llora y asiente. Mimi la envía arriba a arreglarse el maquillaje.

—Has estado muy cariñosa —digo.

Mimi finge estar ofendida.

—Por supuesto que lo he estado. Soy una persona cariñosa.

—Supongo que siempre he creído que no te gustaba Pam.

Mimi me rodea con el brazo.

—Al principio, no me gustaba. Pero hay que ser una persona muy especial para querer a los hijos de otra persona.

Mi abuela no expone muy a menudo su lado más vulnerable, sobre todo en lo que se refiere a Pam. Me quedo mirándola, anonadado.

—Sigo creyendo que no tiene idea de cómo se prepara un té.

Ahí está la Mimi que conozco y quiero.

—Busca a tu hermano e id a la tienda.

Oh, rayos, no.

—Voy a ir solo.

—Pues claro que no. ¡Dean, ven aquí!

Dean y yo no hemos estado juntos desde hace tres días cuando vi a Hope subir por su ventana. Me he asegurado de ello, y sospecho que Mimi lo ha notado y esto es parte de una de sus conspiraciones.

Mi hermano emerge del sótano con la mirada aturdida de haber estado inmerso en los videojuegos.

—Dean, tú y Spencer tenéis que ir a la tienda a comprar más panecillos.

—Bueno, está bien. Hombre, tengo la sensación de que no te he visto en todas las vacaciones.

Comienzo a protestar, pero ella lo coge con una mano y a mí con la otra y nos empuja para juntarnos.

—Irás o no comerás tarta. —Me hunde el dedo en la espalda—. Y *sonríe* —susurra.

Intento sonreír durante el viaje en coche pero siento como si mi rostro estuviera haciendo flexiones.

Dean parlotea sobre la universidad. Más que nada, sobre todas las chicas con las que está saliendo. Dejo de hacer un esfuerzo para sonreír y considero la posibilidad de darle un puñetazo en la cara. Por suerte, ya estamos en el aparcamiento del supermercado.

—Yo buscaré el pan. No te molestes en aparcar —digo, y luego prácticamente me arrojo del coche en marcha.

Es fácil encontrar los panecillos, y no se han agotado, lo cual significa que, por fin, hoy tengo algo para agradecer. Me siento menos agradecido cuando regreso a la camioneta y me vuelvo a encontrar con el rostro desagradable de Dean. Por lo menos esta vez pilla la indirecta y deja de intentar conversar conmigo.

Luego llegamos a casa, y Pam nos abraza y nos dice lo maravillosos que somos y casi se pone a llorar de nuevo. Y luego, *La* cena. Y es una comida espectacular. Casi olvido lo cabreado que estoy con Dean. Casi. De todos modos, recuerdo «olvidar» pasarle el puré de patatas hasta la tercera vez que lo pide, y también me aseguro de echarle una mirada asesina y le doy patadas sin querer a intervalos regulares debajo de la mesa. Pero es cuando nos levantamos para servirnos postre por segunda vez y me cuelo delante de él para servirme un trozo de pastel de chocolate y pecanas cuando se arma el lío.

—¿Qué diablos te pasa? —sisea.

Echo una mirada por encima del hombro para asegurarme de que el resto de la familia sigue sentada a la mesa.

—No sé de qué hablas.

—Hum. Te has estado comportando todo el día como un niño estúpido, pero está bien, claro, no pasa nada. —Y luego levanta mi trozo de tarta (MI TROZO) y comienza a regresar a la mesa.

Y estoy tan harto de que le arrebate todo a todo el mundo y de que se niegue a ver el efecto que sus acciones tienen en los demás que digo bruscamente:

—TÚ.

Dean se da la vuelta, como también lo hacen las cabezas de todos los que están presentes, disfrutando de la cena de Acción de Gracias (¡ahora con espectáculo!).

Bajo la voz.

—Tú eres mi problema.

Hace rodar los ojos y me coge del codo.

—Spencer y yo tenemos que hablar de algo abajo. Enseguida volvemos.

Me hace descender a la fuerza y me sienta en el sofá.

—¿Y? Hablemos y acabemos de una buena vez con el melodrama.

Le da un bocado a mi tarta. Dean sabe cuáles son mis puntos débiles… los tengo gracias a él.

—Eres un imbécil —digo—. Sé que esta semana te encontraste con ella en tu habitación, y ni siquiera te importa, y estás tirándote a todas esas chicas en la universidad. Eres un imbécil.

—Ya lo has dicho. —Dean apoya la tarta sobre la mesa de centro, y por lo menos tiene la decencia de lucir avergonzado—. Y lo lamento mucho. No sé qué te dijo, pero yo…

Doy un pisotón en el suelo como un niño. Estoy furioso, y el manantial de ira sale a borbotones, disculpas o no.

—¿Cómo pudiste hacerme una cosa así? ¿Cómo? Con cualquier otra menos con ella.

Dean alza las manos.

—Es lo que intento explicarte. Yo no hice *nada*.

Los recuerdos de aquel día vuelven a raudales y me dejo invadir por ellos. Me dejo impregnar por el maldito suplicio que me provocan.

—*Mentiroso*. La vi escabulléndose por tu ventana.

Mi hermano pone una cara aún más estúpida que lo habitual.

—Espera, ¿de quién estamos hablando?

—De Hope —digo justo cuando él dice:

—De Jayla, ¿verdad?

Hay tres segundos de silencio en los que da la sensación de que estamos sobre un volcán inactivo.

—Espera, ¿Jayla? ¿También te has acostado con Jayla? —*BUM*.

—No, *no me he acostado* con Jayla. Es lo que intentaba decirte. Regresamos caminando de la fiesta de Ethan juntos, y ella me contó que vosotros habíais roto y que a ti no te importaría si nos liábamos porque Hope te gustaba demasiado. Y por respeto a ti, le pedí que se volviera a poner la blusa y la llevé a casa. Lo cual no fue fácil porque, de hecho, creo que seríamos una gran pareja.

Apenas puedo procesar las palabras que salen de su boca.

—Y para que quede claro, Hope fue *mi* novia. Tú fuiste el que suspiraste durante años por mi novia.

—¡A mí me gustó antes!

—Es una persona. No puedes reclamar derechos sobre una persona.

Tiene razón. Pero ¿si alguien que uno quiere ama a otra persona, y está en sus manos no estropearlo? Quiero decir, no debería hacerlo, ¿verdad?

—La quiero —digo en voz baja—. Siempre la he querido.

Suspira.

—Yo también la quiero, Spence.

Ella, en su habitación. Ella, después de que él se deshizo de ella.

—Tú —le apunto a la cara con el dedo— casi la destrozas.

—Le arranco el plato con mi tarta de mierda y me siento en la silla de papá—. Y ella es la única que tiene permiso para llamarme Spence.

Dean pone los ojos en blanco.

—No es tan maravillosa, hombre. Quiero decir, sí, es divertida y encantadora, pero luego sucede algo malo y ahí acaba todo. Se marcha, y resulta que todo es culpa tuya. De ella, nada. No vale la pena.

Me levanto, y estoy cabreadísimo, y la tarta está sobre el suelo, y es una maldita pena que la mesa de centro se interponga entre los dos.

—Su hermana murió.

—Lo sé. Y es realmente triste…

—No, no lo sabes. —Le doy un empujón en el pecho—. Lo único que ves es lo que tiene que ver contigo. Pero ella tiene su propia vida. Su propio mundo. Y es increíble. —Me seco las mejillas. No es que esté llorando—. Pero jamás lo sabrás… ni respecto de ella ni de ninguna otra chica… porque solo las ves como objetos para hacerte feliz o inspirarte o alegrarte.

Me hundo en el suelo y apoyo la cabeza contra las rodillas.

Dean se sienta al lado mío.

—Lo siento. No quise decir eso de Hope. —Hace una larga pausa—. Y quizá tengas razón. Sí, he tenido miles de novias o lo que fuera, pero no es como lo que existe entre vosotros. Lo entiendo. —Está sufriendo mientras lo dice. Lo noto—. Esta semana no nos liamos cuando vino a mi habitación. Estaba pidiendo mi aprobación.

Mi cerebro terminará siendo una papilla antes de que acabe el día. Está incorporando datos nuevos y creando conocimientos de vida nuevos como hormigas trabajadoras que cavan una red de túneles.

—¿Para qué?

Me empuja.

—Para ti, bobo. Estaba pidiendo mi aprobación para salir contigo.

Una aprobación para salir conmigo. *¿Qué?*

—Le dije que no había problema, y luego lo sellamos con un abrazo. Me sorprende de verdad que no hayáis comenzado ya a salir. —Me empuja una última vez antes de subir las escaleras—. Será porque eres muy bobo.

¿Cómo se siente uno cuando sucede?

Como si el corazón fuera un fuego artificial y alguien acabara de encender la mecha.

Como si todos los colores del mundo fueran más intensos, y hubiera más cantidad, colores que juraría que ayer no existían.

Y el aire está lleno de posibilidades. Se encuentran flotando como motas de polvo. Y se me ocurre que siempre han estado allí, una ráfaga de posibilidades que me sigue, solo que ahora las veo. Ahora puedo aprovecharlas.

Podría realizar cualquier acto audaz y temerario, como hacer ala delta o hablar con Hope.

Hope.

Tengo que verla.

No puedo.

Porque A) probablemente, me odie, y B) probablemente, no me lo permitan. Ya es suficiente que Dean y yo nos hayamos levantado en medio de la cena de Acción de Gracias para discutir como paganos en el sótano. No hay forma de que Pam me permita interrumpir esta cena por segunda vez.

Resulta que las cenas de Acción de Gracias duran una maldita cantidad de tiempo. Todo el mundo se pone de pie para servirse por segunda, tercera, cuarta vez, e incluso un último trozo de pastel.

Finalmente, creo que puedo preguntar:

—¿Puedo retirarme? —Y antes de que Pam pueda responder, añado—: La cena ha estado realmente buena. Gracias.

Ella sonríe.

—Gracias, cariño. Por supuesto que sí.

Me levanto con calma de la mesa, salgo con calma por la puerta. Pero apenas se cierra, corro/cojeo hacia el otro lado del jardín, subo los escalones de Hope y golpeo la aldaba con forma de ancla por si sirve de algo.

Nadie responde. Vuelvo a golpear. Caigo en la cuenta de que las luces están apagadas y falta un coche en la entrada de los Birdsong. El viaje. Se han ido. Intento llamar, pero voy directo al buzón de voz, así que vuelvo a guardar el teléfono en el bolsillo. Me siento sobre el felpudo de bienvenida e inclino la cabeza contra la puerta. Siento como si me hubiera tragado una bomba.

CAPÍTULO

31

Tengo un problema. Estoy quieto sobre la balanza reglamentaria y aprobada por los oficiales y los dioses de la lucha libre, y tengo un kilo novecientos gramos de peso extra. Quisiera poder decir que valió la pena morir cubierto de la gloria del triptófano*, pero, en realidad, solo me siento culpable y un poco fracasado. No soy el único. El torneo de hoy es el primero desde Acción de Gracias, y aunque hemos tenido nueve días enteros para quemar los pecados de una tarde delirante de pasteles, y aunque te den medio kilo de ventaja por las vacaciones, los competidores se encuentran en problemas. Por suerte, se trata solo del pesaje preoficial para tener una idea de nuestro peso. El verdadero pesaje será en dos horas. Lo cual significa que ahora es el momento cuando nos alejamos de la sentencia de la balanza y elegimos nuestro veneno: correr, ejercitarnos en la bicicleta fija o tomar laxantes (no recomiendo la última).

Yo elijo correr. Me pongo dos pares de pantalones deportivos: un par más pequeño que me ajusta bien y otro de tamaño normal. Añado una gorra tejida y una sudadera con capucha. Y ahora, vestido como el chico de *Una historia de Navidad* y con el estómago completamente vacío ya que no he tomado desayuno o siquiera agua, correré hasta quitarme un kilo novecientos gramos de sudor de encima.

---

* *N. del T.*: El triptófano es un aminoácido que se encuentra en la carne de pavo.

Espero unos minutos para ver si alguno de mis compañeros de equipo viene a correr conmigo. Jackson se acerca. No me sorprende: siempre le cuesta alcanzar los setenta y dos kilos. Pero luego... ¿Paul?

Lo miro incrédulo.

—¿Te has pasado?

No creo que esto haya sucedido jamás.

Hace girar la cabeza sobre los hombros.

—Lo sé, lo sé, creo que me comí un jamón glaseado entero para Acción de Gracias.

—¿*Solo*?

—Pues mi madre lo compró para mí, y me dijo: «Sírvete una tajada cuando tengas hambre». Así que eso mismo hice. Y luego había desaparecido.

¿Qué puede responderse a eso?

—Solo estoy un kilo por encima. Está todo bajo control —dice Paul a la defensiva.

—Oye, no te juzgo. Solo trato de entender cómo un tío de tu tamaño ha conseguido meterse adentro un jamón entero.

Los tres salimos y echamos a correr. Y como los días de torneo siempre se parecen un poco a la mañana de Navidad, nos comportamos como grandes tontos. Hablamos sobre los atracones de Acción de Gracias, y los atracones de videojuegos, y los atracones de quedarse despiertos hasta tarde hablando con novias recientes. Bueno, en realidad, Paul es el único que tiene algo que decir sobre esto último.

—Aún no puedo creer que estés saliendo con una chica tan sexy como Eva —dice Jackson.

—¡Lo sé! —dice Paul con una sonrisa ridícula.

Obligo a mis piernas a correr aún más rápido, aunque mi estómago vacío esté devorándose a sí mismo. Siento una punzada de dolor en el tobillo, pero muy leve.

—No puedo creer que hayas tenido los huevos para invitarla a salir cuando se iba en un par de semanas.

Paul apoya una mano sobre el pecho.

—Cuando tienes la oportunidad de estar con una chica como Eva, tienes que aprovechar el momento —lo dice como si fuera una especie de experto en el amor y, de los tres, quizá lo sea.

—Y a propósito… —Me da un empujoncito.

—¿A propósito de qué?

—Ya sabes.

—Ni siquiera está en este continente.

—Espera. ¿Qué? —Paul se encuentra jadeando y sudando como un cerdo.

—Está en Sudáfrica. —No tengo aliento para explicar por qué. Es duro correr con el estómago vacío. Y correr con el estómago vacío mientras hablas es prácticamente imposible.

—No, no lo está. La acabo de ver saliendo de su camioneta cuando venía al colegio.

—¿Ha vuelto?

Demonios, ha vuelto. Pienso en Paul y en Eva y en las oportunidades. Pienso en Hope. Cada vez que pienso que acabó de verdad, cada vez que pienso que hemos tenido nuestra última posibilidad, encontramos una oportunidad más para regalarnos el uno al otro. Quizá el amor sea no quedarse nunca sin oportunidades.

No sé si es porque me siento mareado por haber corrido, pero un plan empieza a tomar forma. No estamos demasiado lejos de nuestra calle. Podría estar allí en pocos minutos.

Me adelanto a los otros y doblo a la izquierda.

—Oye, ¿a dónde vas? —grita Paul.

—A casa de Hope —grito a mi vez—. Tengo que aprovechar mi momento.

No dicen nada. Ni se ríen. Oigo sus pisadas detrás de mí. ¿Vienen también? Echo un vistazo por encima del hombro.

—¡Iremos contigo! —dice Paul.

Debería sentir que es extraño que vengan, pero no lo siento. De hecho, me encanta.

Corro escaleras arriba al porche delantero de Hope como si cada segundo fuera importante. Golpeo a su puerta, y es tan, tan urgente. Eponine ladra ruidosamente desde adentro… los perros se dan cuenta de estas cosas.

Abre la madre de Hope.

—Hola, señora Birdsong. ¿Está Hope?

—Acaba de ir a la tienda a comprar los ingredientes para preparar pastelillos y llevarlos a casa de Ashley.

—Oh. —Desplazo ligeramente los pies sobre el felpudo. En realidad, jamás se me ocurrió que podía no estar en casa. Mis amigos me alcanzan y se ponen a hacer saltos de tijera en el jardín de Hope para mantener el ritmo cardíaco. ¿Resulta extravagante? Quizá, un poco—. ¿Sabe cuándo regresará?

—No lo sé. ¿Una hora?

Maldición. No puedo esperar tanto tiempo. Tengo que regresar antes del pesaje.

La señora Birdsong inclina la cabeza, preocupada.

—¿Quieres que le dé un mensaje de tu parte?

—Oh, eh. —Echo un vistazo por encima del hombro como si pudiera hacerla aparecer en el camino de entrada con solo mirar. (Spoiler: no funciona)—. No, está bien. Gracias.

Regreso corriendo hacia los chicos, que me dan palmadas viriles en la espalda. Luego regresamos al colegio. Está bien, no puedo verla ahora mismo. Pero puedo llamarla. Sí, qué gran idea. Casi tan buena como verla en persona. Pero quizá espere hasta que no esté corriendo a toda velocidad con tres capas de ropa sudada encima. Sip. Es posible que esa también sea una gran idea.

Llegamos con tiempo de sobra. Mataría por un trago de agua, pero tengo que esperar. Pienso en llamarla después del pesaje, para no tener una voz reseca y opaca, pero no puedo contenerme. Tomo el teléfono del bolsillo y desplazo el dedo por la pantalla buscando su nombre. El estómago me da un vuelco cuando presiono *send*. Si esa chica responde el teléfono ahora mismo, algún día me casaré con ella.

Salvo que no lo hace. Así que le dejo un mensaje. Lo cual, ¿quieren saber la verdad? Apesta un poco. Porque A) no es el tipo de asunto que se quiera confesar tras oír un pitido impersonal. Y B) voy a sonar como un idiota total: estoy seguro.

Pero esto es demasiado importante para postergarlo, y necesito que lo sepa AHORA MISMO, así que envío el mensaje.

«Hola, Hope, soy Spencer. Bueno, supongo que ya te has dado cuenta. De cualquier modo, lo siento. Todas esas cosas horribles que te dije, solo las dije porque te vi abrazando a Dean y lo malinterpreté todo. Debí haberte preguntado qué sucedió y no lo hice. Estaba furioso y me comporté como un imbécil total y lo siento. De verdad. ¿Te he dicho que lo sentía? Realmente, espero que puedas perdonarme. En realidad, espero mucho más que eso». Respiro hondo. Ahora viene el momento de exponerme en tres, dos, uno: «Porque me gustas. Me gustas mucho». Te quiero. Estoy locamente enamorado de ti. «Y espero gustarte. Quiero decir, gustarte de verdad y que quieras salir conmigo y todo lo demás». Y cuando digo todo lo demás, me refiero a pasar todos los días juntos durante el resto de nuestras vidas. «Si decides que no, lo entiendo. Han pasado muchas cosas. No hay problema si no quieres volver a hablar conmigo». Salvo que no. Por favor, por favor, no. «Así que, bueno. Quiero estar contigo. Voy con todo. Y si tú también vas con todo, ¿podrías quizá venir hoy a mi torneo de lucha libre? Si no vienes, sabré que no estás interesada, pero si vienes… Hum, pues, será genial». Y podemos besarnos hasta que amanezca. «Así que, bueno, supongo que hablaremos después. Adiós». Que alguien me mate antes de que me muera de vergüenza.

Cuelgo el teléfono justo cuando van a comenzar los pesajes. Espero mi turno para ser oficialmente pesado y también oficialmente sometido a la inspección de tiña, molusco contagioso y herpes, porque es algo habitual antes de los torneos de lucha (se supone que las colchonetas son como placas de Petri). Me quito todas mis prendas porque nunca se sabe cuándo la ropa interior puede arruinarlo todo, y luego me subo a la balanza. Cierro los ojos y me concentro en ideas adelgazantes, rezando para pesar sesenta y tres kilos.

La balanza dice sesenta y dos kilos y ochenta y seis gramos.

Acabo de perder dos kilos en dos horas. ¡He superado el pesaje, señores! Pero no es solo mi cuerpo. Todo mi ser también lo siento más ligero.

CAPÍTULO
32

Los plátanos son geniales. Como dos y bebo una Powerade azul por si acaso. Luego echo mano a los dónuts y a la Powerade número dos. Tengo que reponer todos los electrolitos que he perdido. Paul está reponiéndolos justo al lado mío sin siquiera molestarse en masticar.

Mis ojos saltan de un combate a otro. Se trata de una competición bastante importante, así que hay colchonetas dispuestas en todo el gimnasio. Dieciséis colegios diferentes y por lo menos la mitad son 4A o mejores. Peach Valley solo es 3A y, para ser honestos, no ganaremos este torneo como equipo, pero el entrenador parece creer que puedo ganar en la categoría de los sesenta y dos kilos. Siento desplazarse los plátanos en mi estómago. Algunos tíos se ponen muy, muy nerviosos antes de un torneo —algunos incluso tienen que vomitar dentro de un cubo de basura—, pero yo no. A ver, no voy a negar que me pongo algo inquieto y media hora antes tengo que cagar una buena cantidad, como un reloj, pero no estoy *nervioso*. Es que como mucha fibra.

Alterno entre observar a mis amigos y motivarlos con arengas, pelear mis propios combates y revisar mi teléfono para ver si me llama Hope. El entrenador tenía razón: elimino a mis dos primeros adversarios en un santiamén y llego a las semifinales. Si gano, tengo posibilidades de salir campeón. Esta temporada ha sido increíble para mí. Bajé a dos dosis de medicamentos por día, y mi médico dijo que, cuando tengo torneo, puedo tomar la dosis de la mañana por la tarde. Y, es cierto, esperaba dejarlos por completo, pero mis tics se volvieron demasiado intensos. De todos modos, no pasa nada. En todo caso, la dosis antes de acostarme jamás me ha molestado, y dos dosis por día es algo mucho más fácil de manejar que cuatro. Ya no me siento tan grogui, lo cual es, sin duda, algo útil cuando se está luchando encarnizadamente con otro tío. Además, hace poco he leído algunos artículos que señalaban que las diferencias en los cerebros de personas con Tourette abarcan otras características además de los tics: los chicos con síndrome de Tourette podrían tener un procesamiento cognitivo y tiempos de respuesta más veloces, incluso una función motora más rápida. Y ahora, cuando lucho, no puedo evitar preguntarme si mi trastorno está dándome una ventaja. Siento como si tuviera superpoderes o algo así.

Quince minutos antes de mi combate semifinal, comienzo el protocolo de precalentamiento. Corro en círculos, hago saltos de tijera y volteretas. Tengo que sudar un poco porque si uno entra frío en el combate, está acabado. Echo un vistazo a la tribuna mientras hago algunos saltos de tijera más. Mimi me saluda con la mano. Han venido ella, Pam y mi padre. Dean ha tenido que regresar a la universidad (aunque no dudó en pasar antes por la casa de Jayla para humillarse y ver si hay alguna posibilidad entre un millón de que salga con él la próxima vez que regrese). Creí que Hope ya estaría aquí. Si decide venir. Finalmente, me permito pensar en ello: es posible que no venga.

Lo que sea. No puedo pensar en eso en este momento. No puedo dejar que nada me altere.

El combate anterior al mío termina. Seré el próximo, luchando contra un tío de uno de los colegios más grandes de Warner Robins. Chico de pueblo vs. chico capitalino, y el público local está encantado. Me quito el chándal y me quedo con el singlet. Me coloco el casco y el protector bucal. Y justo en el momento en que piso la colchoneta, veo un destello de pelo blanco entre el público. Creo que Hope está sentada junto a Mimi, salvo que sea una especie de espejismo, pero no puedo pensar en ello. Tengo que concentrarme. El árbitro nos entrega nuestras tobilleras, nos convoca al centro de la colchoneta y es hora.

El referí baja la mano en el instante en que sopla el silbato, y mi cuerpo entra en modo robot y luchador, y sé que estoy lanzando un gancho y que él intenta inmovilizarlo, pero es difícil ser consciente de algo hasta que acaba el combate, y estamos de pie uno al lado del otro, y el referí levanta mi mano.

Podría echarme a llorar. Casi siempre lo hago. Iré a la final. Y Hope ha estado allí para verlo.

Mi cabeza gira rápidamente hacia la tribuna, pero el asiento junto a Mimi está vacío. Paseo la mirada por el público, por el suelo, pero no está aquí.

Apenas firmo la hoja de combate y la llevo a la mesa del tanteador principal, me abro camino a donde se encuentra sentada mi familia. Pam me envuelve en un abrazo.

—Has estado fantástico, Spencer. Ven, déjame buscarte una Powerade.

Revuelve la nevera portátil mientras mi padre me mira como si jamás hubiera estado tan orgulloso. Todo se siente genial, pero necesito saber si estaba alucinando. Mis ojos son signos de preguntas, pero por suerte Mimi no me obliga a preguntar.

—Hope ha estado aquí, pero se ha tenido que ir rápido —dice—. Dijo algo de tener que ir a casa de Ashley.

Oh, claro. A casa de Ashley Gray. Recuerdo que Hope dijo que ella y algunas otras chicas van allí los sábados para pasar el rato o algo así.

Mimi no puede lucir más satisfecha y engreída.

—Me dijo que te diera esto.

Me entrega una hoja doblada. La abro.

Voy con todo.

Tengo ganas de hacer algo tonto como aferrar la nota contra el corazón, pero Mimi sigue mirándome. De todos modos, la sonrisa se extiende por mi rostro.

—¡Lo sabía! —dice.

—No es nada. Esto podría no ser absolutamente nada —lo digo como si lo creyera, porque los maleficios existen, y hay que tener cuidado.

—No me orines en la pierna diciéndome que es lluvia, Spencer Barton. Acabo de ver cómo se te ha iluminado el rostro. —Mimi no es justamente sutil.

Ahora comienzan los combates finales. A diferencia de los otros, se llevarán a cabo sobre una colchoneta en el centro del gimnasio. Esta vez la atención no estará dividida. Nadie quiere perderse ni un segundo. Salvo yo. Quiero salir corriendo de aquí y alcanzar a Hope lo más rápido que pueda porque Dios sabe lo que puede suceder si me demoro siquiera un instante. Cambiará de opinión. Un tío sexy aparecerá en casa de Ashley Gray y le pedirá que se case con él y vivan juntos en su isla de Sudamérica. Un tornado arrebatará la casa de Ashley y la llevará a un universo alternativo.

Me siento más inquieto que un gato en una sala llena de mecedoras, y solo quiero que acabe este torneo de una vez. Además, odio que, por sorteo, la categoría de los sesenta y dos kilos deba luchar en último lugar. Necesito calmarme. Ganar esto podría ser muy importante para mí. Nuestro equipo incluso tiene personas en los márgenes filmando todo para poner las mejores partes en los destacados que enviarán a las universidades.

Ninguno de mis compañeros de equipo está en la competición final hasta que le toca el turno a Traven, y me enderezo prestando atención. Él y su oponente están bastante iguales, pero al terminar el segundo combate Traven gana los primeros puntos con una hábil maniobra. En el tercero, su oponente consigue escapar, y Traven pierde un derribo en los últimos segundos. Se lo ve devastado, pero no debería estarlo. De verdad ha sido genial, especialmente para ser un estudiante de segundo año. Si sigue así, ganará el torneo estatal cuando llegue al último año.

Los siguientes dos combates pasan volando, y luego es mi turno. Estoy vestido con el chándal de Peach Valley. He practicado durante semanas. Soy un arma mortal certificada, delgada y tonificada. Meto mi chándal en el bolso de gimnasia y me desplazo a saltos para mantener el calor. Esta vez es extraño. Como si la batalla real viniera después, y esto fuera solo algo por lo que tengo que pasar. Le estrecho la mano al otro chico. Sé que no puede pesar más de sesenta y dos kilos, pero juro que es enorme. Oigo a Paul y al resto de mi equipo gritando mi nombre. Y luego voy por él. Porque todo este día tiene que ver con ir por todo. Basta de contenerme. Basta de tener miedo. Solo hay una acción y el lugar adonde te conduce.

Me impulso con el pie trasero y doy un paso profundo con el otro, para aplicarle un *fireman's carry*. Intenta descender el cuerpo para realizar un *sprawl*, pero tiro de su brazo para subirlo encima. Comienza a resistirse, cae de boca al suelo, e inmediatamente le aplico una media llave Nelson antes de que pueda sujetar mi brazo con el suyo. Presiono la cabeza contra la parte posterior de la suya, haciendo palanca para empujarlo hacia delante. Llevo la mano hacia atrás y le cojo la muñeca. Demonios, su antebrazo parece una anaconda. Intento un golpe con la rodilla y… ¡cae de espaldas! Rodeo la parte trasera de su cabeza con un agarre Gable y aprieto. Se sacude con todas sus fuerzas, y estamos tan cerca del borde de la colchoneta que tengo miedo de que consiga salirse del límite. No creo que pueda derrotar a este tío si logra ponerse de pie. Aprieto aún más fuerte y hago presión con la frente directamente sobre su sien. Entonces oigo el silbato, y la palmada sobre la colchoneta, y sé que es un pin.

Mi equipo invade la colchoneta. Una docena de manos me empujan hacia arriba, hay una nota bajo mi teléfono que dice *Voy con todo* y el día se perfila como uno de los mejores de mi vida. Es extraño saber una cosa así, pero a veces lo sabes. A veces tienes un día que es tan épico que sabes, incluso antes de que termine, que será uno entre un puñado de días que recordarás para siempre.

Hay gritos y felicitaciones, y quiero marcharme y absorberlo todo. Estoy sobre un podio. Me entregan una medalla, me hacen una fotografía, y luego no puedo esperar más.

Me lanzo corriendo hacia el entrenador.

—¡Vamos, chico! ¿Estás listo para celebrarlo?

—Señor, lo siento, pero tengo que irme. —Realmente espero que mi rostro transmita lo importante que es este asunto.

Una arruga aparece entre sus cejas.

—Vaya, por supuesto. ¿Va todo bien?

—Sí. Es que… realmente, me tengo que ir.

Regreso corriendo y cojo mi bolsa, mi teléfono y mis llaves. Comienzo a decirle a mi familia a dónde voy, pero Mimi sacude la mano desestimándolo.

—Ya les he explicado todo.

—Ni siquiera sabes lo que haré.

Alza una ceja.

—¿Es que no vas a ir a casa de Ashley Gray para reunirte con Hope?

¿Cómo lo hace?

—Quizás.

—¡Después quiero un informe completo! —grita mientras me alejo.

Empujo las puertas dobles para salir al encuentro del frío aire de diciembre. Sigo llevando el singlet, pero da igual, puedo cambiarme en el coche. El amor no tiene tiempo para nimiedades como vestimentas.

Pongo en marcha la camioneta, y conduzco en dirección a casa de Ashley. Por suerte, fui a su casa cuando celebró sus dieciséis años, así que sé cómo llegar. Hope estará allí. Conseguiré llegar antes de que algo horrible conspire con separarnos. Estaremos bien.

Pero cuando llego al primer semáforo rojo mi plan sufre su primer contratiempo. Abro el bolso de gimnasia para ponerme algo encima del singlet, pero mi ropa no está dentro. Porque no es mi bolso de gimnasia. Tenía tanta prisa que debo haber tomado el de otra persona. Lo peor es que no hay ninguna clase de ropa dentro de esta bolsa, a menos que cuente un singlet muy grande y muy sudado. Seguramente, el chico ya se ha cambiado.

Considero mis opciones. ¿Regresar al colegio y recuperar mi bolsa? Sí... no. Definitivamente, no. Es exactamente la clase de cosa que los hados que están en contra de Hope y Spencer esperan que haga. ¿Ir a casa de Ashley Gray usando nada más que mi singlet? Pues, no quiero hacerlo, pero al diablo. No hay otra opción.

La casa de Ashley va asomando poco a poco mientras consigo que el coche suba la cuesta sobre la calle Moccasin Lake. La llaman así porque al final de la calle hay un lago donde las serpientes moccasin ponen sus huevos. En la primavera casi puede verse el movimiento escurridizo del agua a causa de las crías de serpiente que se mueven por debajo. Así que quizá no sea buena idea nadar allí.

Pero hoy nada —ni siquiera un lago lleno de serpientes venenosas o un atuendo de lucha que no deja absolutamente nada libre a la imaginación— me va a impedir decirle a Hope todo lo que siempre he pensado sobre nosotros.

CAPÍTULO
33

Golpeo a la puerta quizá con demasiada fuerza. No puedo evitarlo. Me abre una mujer delgada con pelo corto y rubio y párpados traslúcidos.

—¿Puedo ayudarte?

Debe ser la madre de Ashley Gray. Creo que imaginé que Hope abriría la puerta, pero vamos, está bien. Siempre que esté aquí.

—¿Está Hope? —y luego, como parece tan desconcertada, añado—: ¿Hope Birdsong?

Frunce el ceño.

—Sí.

La puerta no se mueve.

—Lo siento —digo—. Necesito verla.

La señora Gray echa un vistazo hacia una sala que no alcanzo a ver. Me mira haciendo un mohín.

—Quizá no sea el mejor momento…

—Por favor, es importante.

No sé si es capaz de leer mi expresión, pero lo que ve es suficiente para convencerla de abrir la puerta algunos centímetros más.

—Iré a buscarla —dice.

Pero luego deja la puerta abierta como si debiera seguirla. Así que lo hago. Hay un breve corredor, y oigo voces de chicas del otro lado. Y luego me encuentro en un comedor, pero ahora puedo ver a las chicas en la sala porque la casa tiene una de esas plantas abiertas en las que todo está dentro de un mismo espacio.

—Hope —llama la señora Gray.

Y ahora todas las chicas pueden verme. No esperaba que hubiera tantas. Hay como siete (¿ocho?) instaladas en sillas, encaramadas sobre sofás y otomanos, sentadas de piernas cruzadas sobre el suelo.

Las cejas de Hope se fruncen de preocupación.

—¿Spencer?

Me acerco despacio, tropezándome al hacerlo con una estatua de piedra de un bulldog que lleva un jersey de Georgia. Los ojos de las chicas se mueven en zigzag siguiendo todos mis movimientos, y de pronto tomo conciencia, contrariado, de dos cosas:

1. Sigo llevando el singlet (y ni una prenda más). Normalmente, estar expuesto en una malla de poliuretano color verde bien ajustada, en una sala llena de chicas, haría que me preocupara por el frío y la contracción, salvo que:

2. Todas están llorando.

Me refiero a que no están sollozando a moco tendido (aunque la que está sobre el otomano meciéndose de adelante hacia atrás sí), pero todas tienen los ojos rojos, y algunas tienen el rostro húmedo de lágrimas o un puñado de pañuelos de papel en la mano. La última vez que interrumpí un grupo de mujeres que lloraba así fue cuando sorprendí a Hope y Janie viendo *Los miserables* con Mimi y su madre ante una mesa de centro llena de galletas de las niñas exploradoras. En ese momento, al igual que ahora, me encuentro penosamente mal preparado.

—Hum, hola —digo—. Lo siento. No quería interrumpir. Es que necesitaba hablar con Hope, y…

De pronto, comienzo a sentir que todo lo que quiero decir puede esperar, y quiero volver atrás en el tiempo y borrar este plan, o por lo menos la parte en la que salgo corriendo del torneo sin vestirme con ropa normal. Lección aprendida. Llamar antes es una buena idea. También, pedir permiso. ¿Por qué los tíos en las películas no parecen *stalkers* repulsivos? Porque, definitivamente, así es como me siento en este momento. Hope se levanta de un salto del sofá.

—¿Qué ha pasado? ¿Va todo bien?

—Sí, va todo bien. —Me siento ridículo—. Hum, ¿hay algún lugar donde podamos hablar?

—Claro. Eh… —Hope echa un vistazo alrededor y parece advertir lo que yo ya he comprendido: podrán vernos en cualquier lugar. Me conduce de regreso al corredor junto a la puerta de entrada. Por lo menos hay una pared—. ¿Te parece bien aquí?

—Ajá. —Me froto la nuca—. Lo lamento mucho. No me di cuenta… Quiero decir, creía que era una fiesta de pijamas.

—Oh. —Ahora le toca el turno a Hope de sonrojarse—. Sí, no se lo he contado a nadie porque supongo que me daba vergüenza. No es que haya algo de lo que deba avergonzarme… no lo hay. —Respira hondo como si estuviera intentando poner las ideas en orden—. Es un grupo de apoyo emocional. Con otras chicas que están pasando por lo mismo que yo.

Así que es la peor situación en la que podría haber irrumpido.

—Pues, genial. Me alegro mucho de que lo estés haciendo.

La sonrisa que se extiende por todo su rostro es tímida/orgullosa/genuina/aliviada.

—Gracias. Ha sido algo realmente bueno para mí. He estado… bueno, me ha ayudado de verdad.

—Eso es fantástico. —Le devuelvo una sonrisa excitada/boba/perdida.

—Así que… estás aquí.

—Oh, claro. Solo quería… pues, quería… —No creí que pudiera sentirme aún más como un idiota, pero irrumpir aquí para declarar mi amor eterno por ella comienza a parecer la peor idea del mundo. Mi pulgar delinea formas sobre el trozo de papel doblado que tengo en la mano. De todos modos, voy a dar el salto—. Quería hablarte sobre el mensaje de voz que te dejé. Y sobre esto.

Desdoblo el papel para que ambos podamos ver las palabras. Para recordarme a mí mismo de que son reales. Hope sonríe, y esta vez se trata de una sonrisa tímida/ilusionada/cómplice/sexy. El estómago me da un vuelco. Podría pasarme el resto de la vida clasificando sus sonrisas.

—Yo también quería hablarte de eso —dice—. Pero quizá en algún otro lugar que no sea aquí.

Echo un vistazo al salón de Ashley.

—Sí, por favor.

Saludo a las chicas con la mano y me disculpo alrededor de ochenta y cinco veces. Luego Hope permanece allí para dar algún tipo de explicación. Salgo y me dirijo a mi camioneta, frotándome los brazos para que no me entre frío. Ella se queda dentro muchísimo tiempo. Lo suficiente para que imagine que están todas riéndose de mí y que jamás saldrá de la casa.

Finalmente, la puerta de entrada de Ashley se abre.

—Oye —digo—. ¿Qué les has dicho?

Hope encoge los hombros con coquetería.

—Digamos que creo que ahora tienes tu propio club de fans.

—Oh. —Apenas consigo caerle bien a una chica, mucho menos a toda una sala repleta de chicas. Enderezo la espalda, saco un poco de pecho—. Vaya, eso es bastante guay.

Pone los ojos en blanco.

—Basta.

Y luego se dispone a empujar mi hombro, pero es como si su piel desnuda contra mi piel desnuda fuera demasiado porque su mano queda pegada allí. Nos quedamos paralizados un segundo, y luego, como un idiota, miro su mano porque quiero verla tocándome. De inmediato, recupera la cordura y la aparta. Pero ahora que nos hemos tocado, no quiero dejar de hacerlo, así que extiendo mi mano, contengo la respiración y deslizo mi dedo sobre el dorso de su mano. Me lo permite. En realidad, emite un pequeño jadeo que me hace inquietarme por el hecho de llevar un singlet. Entrelazo mis dedos con los suyos. Es diferente de la vez cuando nos cogimos de la mano en el puesto del árbol. Porque aquella vez intentaba entender si éramos amigos, y esta vez sé que no lo somos.

—¿Nos vamos? —pregunto.

—Sí —dice Hope. Pero no hace ningún movimiento para meterse dentro de la camioneta—. Vine en coche, así que probablemente tengo que regresar también en coche.

—Oh. —No sé por qué esta información me resulta tan decepcionante—. Bueno, entonces, nos vemos en un rato.

—Sí —dice. Pero sigue sin hacer movimiento alguno para entrar en el coche—. ¿En casa?

—Claro.

Me quedo allí parado.

Ninguno de los dos quiere soltar la mano del otro. Finalmente se me ocurre que cuanto antes nos vayamos, antes comenzaremos.

Aprieto su mano.

—Pronto.

—Pronto —repite. Me ofrece otra sonrisa para catalogar, y dejamos que nuestros brazos se extiendan al tiempo que ella se aleja. Nuestros dedos se despegan en el último segundo posible. Luego nos reímos porque nos damos cuenta de lo ridículos que somos.

»Adiós, Spence. —Hope vuelve a reírse y sacude la cabeza. Luego, se marcha.

CAPÍTULO 34

Debí haberla besado. O hacer algo para que esto pareciera más definitivo. Todo es demasiado frágil, y hemos tenido demasiados encuentros cercanos. No quería perderla de vista, pero teníamos que llegar a casa de algún modo. Quizá ella sienta lo mismo porque su Civic color plateado sigue mi coche de cerca como si estuviéramos en una mala película de espías, y cada vez que llegamos a una luz roja, lanzo una mirada al espejo retrovisor y la veo sonriéndome.

Una parte de mí quiere ir directamente a su casa cuando lleguemos, pero una parte aún más grande quiere correr dentro para cambiarse de ropa (y, para ser franco, ponerse desodorante). Los frenos chirrían cuando estaciono, y subo las escaleras saltando dos escalones a la vez.

—OÍD, VOY A CASA DE HOPE. ME ESTOY CAMBIANDO. OS VEO MÁS TARDE —grito.

Esto es necesario porque Pam y Mimi esperan en la sala fingiendo que no están esperándome.

—¡Aún no te has librado! —grita Mimi cuando paso corriendo delante de ellas por segunda vez (¡ahora con la ropa puesta!).

—¡Está bien! —Hoy todo tiene signos de exclamación.

Cierro la puerta de un golpe. Hope está esperando en su porche delantero.

—Hola —dice.

—Hola.

Oh, guau, esto está sucediendo realmente. Extrae la llave de la casa, y advierto que el auto de su padre no está en la entrada. Abre el cerrojo. Entramos en la casa y nos detenemos en el salón, algo que ya he hecho millones de veces. Todo está igual, y todo está completamente patas arriba.

—Tu mensaje de voz fue muy interesante.

Oh, claro. Lo había olvidado. No sé por qué estoy tan nervioso. Sé lo que escribió en el papel. Sé que me cogió la mano delante de la casa de Ashley tan fuerte como yo cogí la suya. Pero sigo sintiendo como si estuviera entrando en un campo lleno de minas. Una palabra equivocada, y BUM. Todo lo que podríamos llegar a ser desaparecerá en una nube de humo.

—Yo...

Cruza los brazos.

—No vas a hacérmelo fácil, ¿verdad?

—Si lo recuerdas, la última vez fui yo quien me ocupé de hacer esto, y sufrí un rechazo.

Hago una mueca.

—Lo recuerdo. Lo siento mucho.

—No, perdona, solo estoy molestándote. Adelante con tu discurso. —Baja la voz hasta que es un susurro—. Si te hace sentir mejor, mi respuesta será sí.

Y me hace sentir mejor.

—Está bien. Ahí va. Te deseo.

Sus ojos se agrandan. Mierda.

—Me refiero a que deseo que seas mi novia. Pero también, otras cosas. —No la deseo en ese sentido—. Deseo verte todos los días, y besarte todos los días, y deseo que nos sigamos conociendo para siempre y construir la vida que soñemos juntos.

La mueca de Hope ha desaparecido, y parece a punto de llorar.

—Yo también deseo todas esas cosas —susurra.

Durante unos instantes nos quedamos mirándonos, y parece el momento después de un huracán cuando todo se calma y uno sabe que todo irá bien.

Se acerca un paso más.

—Siempre quise saber lo que sería besarte.

—Yo también. —Espera—. Nos hemos besado.

—No así.

Envuelve la mano alrededor de mi cuello y atrae mi rostro hacia el suyo. Me besa. Al instante, las flores estallan en los árboles y los tulipanes brotan del suelo como uno de esos videos grabados en cámara rápida. Todo se vuelve más vivo y se orienta, crece y extiende los brazos hacia ella como si fuera el mismísimo sol. Todo es mucho más grande que las etiquetas, las categorías y las pequeñas cajas que resultan convenientes, y casi me arrastra con su fuerza. Cuando finalmente nos apartamos, parece tan aturdida como me siento yo.

—No. Definitivamente, no así —digo—. Ni tampoco así.

Esta vez soy yo quien la besa, y no se siente como flores ni magia, sino como una tormenta. Cuerpos que se aplastan uno contra otro; manos que se enredan en el pelo. Sentimientos tan fuertes que parecen explosiones. Esta vez no quedamos aturdidos, sino que nos falta el aire.

Y ahora que las puertas se han abierto de par en par respecto de besarnos, se levanta la prórroga, y nos besamos con todos los besos con los que hemos soñado los últimos cinco años. Nos besamos y nos reímos. Nos besamos y nos reímos. Nos revolcamos en la increíble novedad de todo ello. A veces hago un tic, pero estamos demasiado ocupados para darnos cuenta.

Hope hace un descanso entre los besos y apoya la cabeza sobre mi regazo alzando los ojos para mirarme.

—¿Por qué no hemos podido hacer esto antes?

—Es cierto, ¿verdad? Hemos perdido años de besos. *Años.*

Hope suelta un bufido.

—Gracias, Spencer y Hope del pasado.

Nos reímos, y luego su expresión se vuelve seria.

—Antes no estaba lista.

La rodeo con mi brazo como diciéndole: *Puedes contarme lo que quieras en este momento.*

—Hubo momentos cuando creí que lo estaba, pero no lo sé. Creo que lo habríamos estropeado.

Pienso en lo que habría sido comenzar una relación con Hope cuando todavía prácticamente la adoraba.

—Creo que tienes razón.

—Necesité mucho tiempo tras lo de Janie. Te pido perdón si te hice daño, pero era lo que necesitaba. Tenía que hacer el duelo en mi propia línea de tiempo.

—Jamás tienes que pedir perdón por eso. Yo lamento haberlo intentando demasiado e insistir tanto.

—Tampoco tú tienes que pedirme disculpas. Sé lo que intentabas hacer, y te amo por eso.

El amor. Definitivamente, acaba de decir la palabra «amor». Ambos enrojecemos, y de pronto el empapelado se vuelve considerablemente interesante.

—Oye, ¿quieres ver algo en mi habitación?

—Está bien. —Enrojezco aún más, lo cual no creía posible.

La sigo arriba.

—Mira —dice.

Su habitación se ve igual: las paredes vacías, las estanterías atestadas de libros, el escritorio con el… Oh. Hay un mapa sobre su escritorio. Uno pequeño, pero así comienzan las mejores cosas. Me acerco y lo toco con dedos vacilantes.

—¿Brasil, eh?

Encoge los hombros tímidamente.

—He comenzado a planear viajes de nuevo. Puf. Pero sería mucho más fácil si no hubiera arrojado al cubo de basura todo ese material después de, hum, ya sabes.

¡Oh, Dios, por fin es el momento adecuado!

—¡Espera aquí!

Solo puedo imaginar la serie de expresiones de su cara mientras salgo corriendo de su habitación, pero ni siquiera me importa. Esto valdrá mucho la pena.

Entro corriendo a mi casa.

—ESCUCHADME, SOLO VOY A SACAR ALGO DEL DESVÁN. NO PUEDO HABLAR.

El desván está oscuro y cubierto de telarañas. Hace mucho que no sube nadie. Pero el contenedor de plástico está justo donde lo dejé. Intento quitarle un poco de polvo de encima, pero es una causa perdida. Oh, bueno.

Lo levanto y vuelvo corriendo abajo.

—REGRESO A CASA DE HOPE. OS VEO DESPUÉS.

—¡Aún no te has librado! —grita Mimi.

—¡Tomo nota!

Y luego cruzo el jardín a toda velocidad, paso por la puerta de entrada de Hope y subo las escaleras con gran estrépito hasta llegar a su habitación y apoyar la caja sobre su escritorio.

—Ábrela. —Casi no puedo contener mi excitación. Así debe de sentirse Santa Claus o aquel tío que reparte medallas de oro en las competiciones de lucha libre durante las Olimpiadas.

Hope parece… escéptica. Levanta con cuidado la tapa de plástico y luego se limpia las manos sobre los vaqueros antes de meterlas dentro. Los mapas y dibujos siguen allí, perfectos, protegidos, aunque tuve que pegar algunos con cinta adhesiva.

Despliega el mapa, lenta y silenciosamente. Es Haití, y su entrecejo se contrae.

—Pero… —Extrae otro trozo de papel, largo y enrollado, con trozos de cinta adhesiva que lo une en todos los lugares que quería visitar. Se cubre la boca con la mano. Las lágrimas se escurren por sus mejillas. Aparecen manchas oscuras en su rostro y su nariz comienza a gotear, y es la chica más hermosa que he visto jamás.

—Así que cuando estabas…

—Sí.

—Pero ¿por qué no…?

Encojo los hombros.

—No quería empeorar las cosas.

Está sollozando y sacude la cabeza, y luego está riendo.

—¿Qué?

—Estaba arrojando mis sueños al cubo de basura, y tú estabas *literalmente* rescatándolos.

Sonrío.

—Supongo que sí.

Más que abrazarme, se arroja contra mí. La atrapo. La sujeto, envuelto en la magia de segundas oportunidades y de estar juntos.

UNA TAXONOMÍA DE LAS SONRISAS DE HOPE

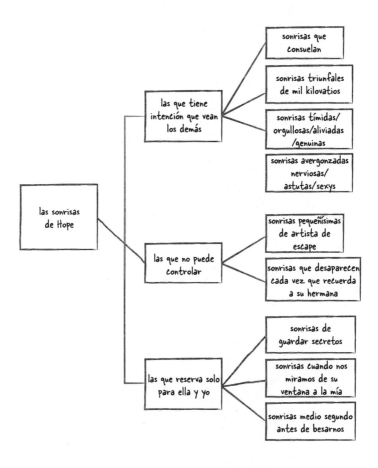

Epílogo
19 años

UNA TAXONOMÍA DE NOSOTROS

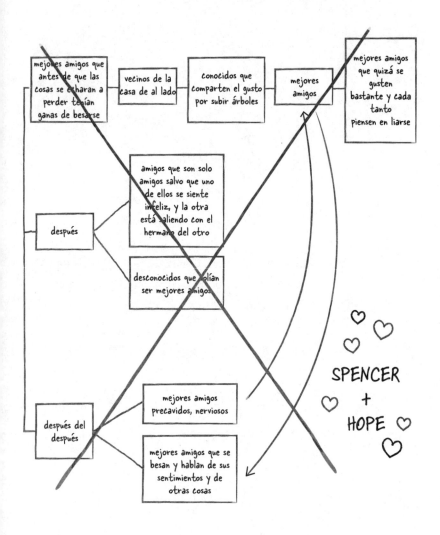

mejores amigos que antes de que las cosas se echaran a perder tenían ganas de besarse

vecinos de la casa de al lado

conocidos que comparten el gusto por subir árboles

mejores amigos

mejores amigos que quizá se gusten bastante y cada tanto piensen en liarse

después

amigos que son solo amigos salvo que uno de ellos se siente infeliz, y la otra está saliendo con el hermano del otro

desconocidos que solían ser mejores amigos

después del después

mejores amigos precavidos, nerviosos

mejores amigos que se besan y hablan de sus sentimientos y de otras cosas

SPENCER
+
HOPE

—¡Una selfi sorpresa! —Hope me besa en la mejilla en el instante en que me hace una foto con su teléfono. Estoy ochenta y siete por ciento seguro de que mis ojos estaban cerrados.

Chequea la fotografía.

—¡Perfecta! —La envía a Paul.

—No estoy tan seguro de que le gusten esta clase de fotografías.

—Por favor. Vive para las selfis en las que salimos tú y yo. Y pronto estaremos fuera del país, y ya no podré enviarle ninguna. ¿Podrá sobrevivir?

El tío que lleva traje detrás de nosotros entrecierra los ojos ante el entusiasmo de Hope y vuelve a gritar en el teléfono sobre idiotas y cuestiones de la cadena de abastecimiento. La mujer de mi lado me pasa encima del pie con su maleta por segunda vez. La fila se mueve en cámara lenta o hacia atrás, o ni siquiera se mueve. Hope aprieta mi mano, y la fila no importa. (Nota aparte: cuando encuentras a alguien que hace tolerable incluso la fila de la TSA, no la dejas ir).

Avanzamos a una velocidad de centímetros, milímetros y nanómetros. Recorro con mi pulgar la mano de Hope, deteniéndome en la marca negra junto a su dedo. Se manchó hoy pintando la última X con marcador indeleble sobre nuestro calendario que llevaba la cuenta regresiva al Caribe.

Cuando al fin llegamos al frente de la fila, carga su equipo de fotografía sobre la cinta transportadora como si fuera un bebé recién nacido. Rebota sobre las puntas de los pies mientras esperamos pasar por el escáner que, probablemente, achicharra las pelotas y hace que el vello de la nariz se vuelva radioactivo. El equipo sale del otro lado de la máquina de los rayos X. Hope lo comprueba obsesivamente.

—Descuida. —Apoyo la mano sobre su hombro—. No han cambiado tu máquina por un mutante.

Me lanza una mirada que finge disparar chispas de enfado.

Tras pasar por tres escaleras mecánicas, un túnel y un paseo de quince minutos en tren, atravesamos con éxito el corazón del Aeropuerto Internacional de Hartsfield-Jackson. Pasamos nuestra puerta de embarque, escaneamos nuestras tarjetas de embarque, guardamos nuestros bolsos de mano en el compartimento superior y nos sentamos con los cinturones de seguridad abrochados y las bandejas en posición vertical.

Hago un par de tics inspirando y me limpio la nariz.

—¿Tienes hambre? Porque yo estoy muerto de hambre. Me pregunto si nos darán de comer. Espero que hayan mejorado la comida de los aviones desde la última vez que volé.

Hope mira fijamente el asiento delante de ella. No creo que haya escuchado una palabra de lo que he dicho. Apoyo la mano sobre su rodilla.

—¿Estás bien?

—Ella murió en un avión —susurra.

—Lo sé. —Pone la mano encima de la mía, y la vuelve para que pueda entrelazar sus dedos con los míos—. ¿Tienes miedo?

—No lo sé. Quizá. Más que nada, estoy triste. Pero también siento que no puedo recobrar el aliento.

—Todo irá bien.

Me inclino y saco mi iPad del bolso. Su padre me dijo que podía pasar esto. Cojo los audífonos y le paso uno, quedándome con el otro.

—¿Qué haces? —en su voz hay lágrimas contenidas.

—No estamos en un avión —susurro—. Estamos en un cine que hace las veces de portal mágico y transporta personas de Atlanta a la ciudad de Belice sin abandonar jamás la pista.

Hope inspira y me dirige una mirada escéptica.

—¿Qué están dando en este cine con portal mágico?

Sonrío.

—Un musical.

El escepticismo de Hope va en aumento.

—¿Cuál?

—Tiene que ser sorpresa o la magia se vuelve defectuosa.

Frunce el ceño.

—Este cine de portal mágico parece muy temperamental.

—Oh, lo es.

Nos ponemos los audífonos, y oprimo el botón de *play*. La dama de Columbia aparece en la pantalla.

—¿Qué pasa cuando acaba la película? —pregunta.

Le doy una palmadita a mi iPad.

—He cargado esta máquina con suficientes musicales para llegar a Belice y volver.

Se acurruca contra mi hombro. Empieza la música. Las personas comienzan a cantar durante quinientos veinticinco mil seiscientos minutos, como mínimo, y las lágrimas se deslizan por el rostro de Hope.

Levanta su mirada hacia mí, y mueve los labios: *Te quiero*.

Yo le respondo sin voz: *Y yo te quiero a ti*.

Querida Janie:

Ha pasado mucho tiempo, ¿no? Lo siento. Aunque quizá no estuvieras preocupada. ¿Sabías desde el principio que te volvería a escribir?

Las cosas han mejorado mucho. Bueno, yo estoy mucho mejor. A mamá y papá les vendría bien un poco de ayuda. ¿Puedes hacer algo al respecto?

He terminado el instituto el mes pasado. Cada vez que cierro una etapa sin que estés ahí para vivirlo conmigo, me siento muy extraña. Como si hubiera dos mundos paralelos en mi cabeza: el real y aquel en el que sigues aquí, sujetándome el birrete para que no me estropee el peinado, burlándote de papá por llorar durante casi toda la ceremonia, ofreciéndome un brindis luminoso a la hora de la cena.

Estoy organizando una exposición de arte para finales de agosto. Te gustaría. Está destinada a recaudar fondos para la energía sostenible en países en vías de desarrollo. Y sé que probablemente estés riéndote en este momento y pensando quién en su sano juicio pagaría por ver mis obras de arte con figuras de palo. Pero no son mis obras. Son las tuyas. ¿Recuerdas cuando tuve una rabieta y arranqué todos tus dibujos, además de los mapas? Spencer los salvó. (Volveremos a hablar de él). De hecho, escarbó entre nuestra basura, les quitó las arrugas, los volvió a unir y los guardó en su desván hasta que estuve lista para verlos. Lo cual, está bien, generó un enorme malentendido, pero ya lo hemos hablado. (También volveremos sobre este punto).

Así que tenía todos tus dibujos preciosos e inspiradores, e intentaba pensar qué hacer con ellos. Se me ocurrió volver a colgarlos en mi habitación, pero ya no quería que fueran solo para mí. Quería que todo el mundo supiera lo especial que eres. Que la gente viera los rostros que dibujaste y sintiera como si los hubieran vertido dentro de ellos mismos. Fue Mimi a quien se le ocurrió organizar una exposición de arte. Sigue fascinada por la idea. «¡Vamos a traer un poco de cultura a este pueblo!», dijo. Para acompañar la exposición, organizó una degustación de vinos en una granja local. La señora Pam me ayudó a planear el menú mientras Spencer iba como consejero a su campamento, y luego, cuando regresó, ambos me ayudaron a hacer instalaciones con todas las piezas. Mamá y papá tenían algunos dibujos más guardados, y Nolan también me envió algunos. Viene en agosto para la exposición. Creo que será algo bueno para él. Para todos nosotros.

Y puede ser que, si antes de la exposición hago algunas fotografías (estoy muy orgullosa porque, para que lo sepas, ¡ahora tengo clases de fotografía! ¡Todo un acontecimiento!), añada algunas a la muestra.

Y hablando de Spencer...

Está bien, como quieras, no estaba hablando de Spencer, estaba hablando de Nolan, y luego de la fotografía, pero sabes muy bien que estás desesperada por que te cuente todo sobre Spencer y yo.

...

...

...

Ahora estamos juntos.

Probablemente, estés esbozando una sonrisa engreída y pensando «por fin». Y quizá, si estuvieras en mis zapatos, habrías resuelto todo este asunto antes, pero no sé. A veces siento que las cosas tienen que suceder en el momento justo.

De cualquier modo, planeamos el mejor viaje mochilero por el Caribe, comenzando en Belice. Y en este preciso instante estoy en un avión escribiéndote esta carta sobre mi bandeja, y Spencer está sentado a mi lado cogiéndome la mano, y el hombre de delante está roncando como una motosierra, y todo es tan perfecto, increíble y mágico que siento que podría estallar de felicidad.

Aún te echo de menos. Siempre te echaré de menos. Pero sé que estás ahí, esparcida sobre el mundo como las piezas de un gran rompecabezas. Las vidas que cambiaste, las cosas que hiciste, las aventuras que tuviste, en Samoa, Haití, Sudáfrica, Belice.

Estás en todas partes, Janie. Así que es ahí adonde iré.

A todas partes.

Agradecimientos

Estoy muy agradecida a todas las personas increíbles de mi vida que me ayudaron a hacer posible este libro:

A mis lectores beta ridículamente talentosos y graciosos: Michelle Ampong, Dana Alison Levy, Kate Boorman, Kate Goodwin (básicamente, si no tenéis una Kate, BUSCAD UNA YA MISMO), Jamie Blair, Erin Brambilla, Janine Clayson, Christa Desir, Debra Driza, Marie Marquardt, Nic Stone y Jenn Walkup. Este libro es mucho mejor gracias a vosotros, y tengo mucha suerte de poder llamaros amigos.

A Ellen Rozek, no sé cómo agradecerte tus lecturas; me dejaste impresionada con tus valiosas observaciones. Robert Worthington, muchísimas gracias por leer y responder a todas mis preguntas. Y a Jess Thom por las conversaciones por e-mail, por indicarme todo tipo de recursos increíbles, y por todo tu trabajo de concienciación sobre el síndrome de Tourette, que ha cambiado tantas vidas.

A esta comunidad asombrosa de escritores que tengo la suerte de integrar, especialmente los pequeños grupos como OneFour KidLit, las incomparables LB, la Not-So-YA Book Club, Yay YA!, y mi equipo de escritores de Atlanta y chicas de retiro (¡especialmente mis compañeras de planes Gilly y Maryann!). A Little Shop of Stories, que es como mi propio Hogwarts, y a todos los bibliotecarios, blogueros, profesores y personas del mundo de los libros que hacen que la literatura juvenil sea fabulosa. Un agradecimiento especial a la mujer con la que hablé en una reunión de YALSA en 2014, por dar origen a la idea para este libro, y a Natalie Parker y Madcap Retreats, sin los cuales, jamás habría terminado a tiempo.

A todos los niños neurodiversos: creo que sois geniales.

A mi agente, Susan Hawk. Gracias por hacer que mis sueños se hagan realidad una y otra vez. Por apoyarme e inspirarme y por no dejar de creer jamás en mí y en este libro: lisa y llanamente, no podría haberlo escrito sin ti. También, gracias por las mejores conversaciones telefónicas (¡Equipo Banana por siempre!).

A mi editora, Erica Finkel, por llevar este libro a lugares que jamás imaginé, por resolver la cuestión sobre prolongar la historia de amor en el tiempo (y por sugerir que viera *Siempre el mismo día,* aunque me hiciera llorar a mares), y por ser tan divertido trabajar contigo.

A Samantha Hoback, Alyssa Nassner, Kyle Moore, Melanie Chang, Nicole Schaefer, Trish McNamara, Mary Wowk, Elisa Gonzalez, Rebecca Schmidt, Susan Van Metre, Andrew Smith, Michael Jacobs y a cualquier otro en Abrams que trabajó con este libro de la forma que fuera. Sois mis héroes. También, a Libby Vander-Ploeg: gracias por diseñar una portada tan bella y perfecta que aún no puedo dejar de mirarla.

A mi familia, que tanto apoyo y cariño me da, especialmente a mi madre, Mica, Bekah, Dennis y Maxie por cuidar a mis hijos para poder escribir libros. Os quiero.

A Ansley y Xander, por ser lo mejor de mi vida.

Y a Zack Allen. Gracias por saber todo lo que hay que saber sobre la lucha libre, por los miércoles de escritura y por más cosas de las que puedo decir.

¿TE GUSTÓ ESTE LIBRO?

Escríbenos a

puck@edicionesurano.com

y cuéntanos tu opinión.

ESPAÑA /MundoPuck /Puck_Ed /Puck.Ed

LATINOAMÉRICA   /PuckLatam

/PuckEditorial

¡Gracias por vivir otra
#EXPERIENCIAPUCK!

Ecosistema
digital

Floqq
Complementa tu
lectura con un curso
o webinar y sigue
aprendiendo.
Floqq.com

AB

Amabook
Accede a la compra de
todas nuestras novedades en
diferentes formatos: papel,
digital, audiolibro
y/o suscripción.
www.amabook.com

Redes sociales
Sigue toda nuestra
actividad. Facebook,
Twitter, YouTube,
Instagram.